KB218771

현상과 언어

오규원 시의 미학

지은이

문혜원 文惠園, Mun, Hyewon

서울대학교에서 국문학을 전공했으며 동대학원에서 박사학위를 취득했다. 현재 아주대학교 국어국문학과 교수이자 문학평론가로 활동하고 있다. 김환태평론문학상을 수상했다. 저서로는 『한국근현대시론사』, 『존재와 현상』, 『1980년대 한국 시인론』 등이 있다.

현상과 언어 오규원 시의 미학

초판발행 2025년 1월 20일

지은이 문혜원

펴낸이 박성모
펴낸곳 소명출판
출판등록 제1998-000017호
주소 서울시 서초구 사임당로14길 15 서광빌딩 2층
전화 02-585-7840
팩스 02-585-7848
이메일 somyungbooks@daum.net
홈페이지 www.somyong.co.kr

ISBN 979-11-5905-544-7 93810
정가 22,000원

ⓒ 문혜원, 2025

현상과 언어

오규원 시의 미학

문혜원 지음

일러두기

- 인용된 시는 『오규원 시전집』 1·2(문학과지성사, 2002)를 원본으로 한 것이다. 전집에 실려 있지 않은 『새와 나무와 새똥 그리고 돌멩이』(문학과지성사, 2005), 『두두』(문학과지성사, 2008)는 각 시집을 원본으로 했다. 시집과 시 제목, 본문의 한자는 원본의 표기를 따른다.
- 인용된 시의 출처를 보다 더 명확하게 하기 위해 오규원의 시집을 숫자로 표시하였다. 숫자는 시집 발간 순서에 따라, 1.『분명한 사건』(1971), 2.『순례』(1973), 3.『왕자가 아닌 한 아이에게』(1978), 4.『이 땅에 씌어지는 抒情詩』(1981), 5.『가끔은 주목받는 生이고 싶다』(1987), 6.『사랑의 감옥』(1991), 7.『길, 골목, 호텔 그리고 강물 소리』(1995), 8.『토마토는 붉다 아니 달콤하다』(1999), 9.『새와 나무와 새똥 그리고 돌멩이』(2005), 10.『두두』(2008)를 지시한다.

　오규원의 시와 시론은 시가 자연스러운 감정의 표출이 아니라 시인의 의식적인 활동의 결과라는 전제에서 출발한다. 이때 중심이 되는 것은 시를 쓰는 주체와 그 대상인 세계의 관계이다. '주체가 세계를 어떻게 인식하는가'는 세계에 대한 주체의 이해를 묻는 것이고, '그것을 어떻게 표현하는가'는 이해의 내용을 언어로써 표현한 양상이 어떠한지를 말하는 것이다.

　오규원의 시에서 주체의 세계에 대한 이해는 '현상'이라는 말로 요약될 수 있다. 오규원은 의식 주체에 나타나는 직접적 사실에 주목하고 그것이 어떤 양상으로 주어지는가를 밝히고자 했다. 시에서 그것은 언어로써 표현되는 것이므로 현상에 대한 인식은 자연스럽게 언어에 대한 탐구로 연결될 수밖에 없다. '현상'과 '언어'는 오규원이 일관되게 추구했던 시적인 화두였던 셈이다.

　주체와 세계의 관계에서 중요한 것은, 주체가 외부적 실재인 세계 대상를 어떻게 감각할 수 있는가 하는 것이다. 주체는 우선 시간과 공간이라는 선험적 형식을 통해서 대상을 감각한다. 주체가 대상을 인지하는 것은 그것이 어떠한 시공간 좌표에 놓여 있는지를 아는 것에서부터 시작된다. 일상적인 차원에서 그것은 대상이 언제 어디에 있는가를 살피는 것으로서 시계의 시간과 실제 대상이 있는 자리라는 의미의 공간space을 지시한다. 이러한 시공간 좌표는 특히 중기 시의 배경으로 등장한다. '도시'의 시간은 일상적인 삶의 흐름과 동일한 것으로서 시계 시간을 기본으로 하고, 공간은 도구적인 쓰임새를 기준으로 하여 구성된다. 그러나 이 같은 일상적인 시공간은 편의를 위해 인위적으로 만들어 놓은 틀일 뿐이다. 주체가 감각하는 시간은 시계의 시간과 일치하지 않고, 공간 또한 실제 자리나 건물만을 의미하지는 않는다.

초기 시에 나타나는 시간 표현들은 주체가 파악한 현상을 언어로써 어떻게 표현하는지를 보여주는 예이다. 문법적 표지인 시제와 상의 배합을 통해 나타나는 다양한 시간 표지들은 사건에 대한 주체의 정서적 반응과 감춰진 의식을 드러낸다. 예를 들어 '~고 있~'이라는 진행상은 사건이 과거로부터 지속되고 있고 주체가 그것을 인지하고 있음을 나타내는 시간 표지이다. 이 표지가 사용된 시들은 불안과 공포감을 드러내고 있는데, 그것이 환상과 결합되어 표현됨으로써 실제적인 맥락이 지워져 있다. 이는 주체가 과거 경험과 관련된 트라우마를 극복하기 위한 장치로 작용한다. 주체는 과거 기억의 지속과 단절, 분리의 과정을 통해 점차 현재로 옮겨간다. 그 결과 중기 시에서 시간은 일상적인 시계의 시간과 동일하게 처리되고, 후기 시에서는 현상에 내재한 생성적인 시간을 구현하는 것으로 변화한다.

공간적인 면에서, 중기 시의 '도시'는 현실적인 생활의 공간으로서 기능적이고 도구적인 환경이다. 오규원은 기술로 정복된 공간을 비판하고, 대상에서 용재성Zuhandenheit, handiness을 제거함으로써 대상을 그것 자체로 되돌려 놓는다. 이때 공간은 해방된 사물과 더불어 비로소 열리기 시작한다. 후기 시에서의 '허공' 혹은 '두두頭頭'와 '물물物物'의 세계는 사물로 대표되는 존재자들이 탈은폐 과정을 거쳐서 그것들의 존재를 드러내는 세계를 말한다. 이때 공간은 특정한 장소가 아니라 주체가 연관을 맺고 살아가는 의미 연관으로서의 세계 전체를 말한다.

한편 주체는 신체로써 외부적 세계를 감각하고 인지한다. 초기 시에서 신체는 외부의 대상을 지각하고 인지하는 필수적인 조건인 데 비해, 중기 시에서는 신체로써 경험하는 세계와의 연관성이 두드러진다. 여기서 신체는 주체와 세계를 연결하는 실존의 기본적인 조건이다. 이러한 변화는 주체가 신체를 통해 세계와 관계를 맺는 지각적 주체임을 자각하면서 생겨나는 것이다. 이러한 자각을 바탕으로 하여 후기 시에서 주체는 세계와 신체적으로 관계하며 실존하는 신체-주체로서 대상과 더불어 존재한다. 이때 신체는 세계내부적 존재로서 다른 존재자들과 동등하게 존재한다.

세계에 대한 관점이 변화하면서 그에 대응하는 언어 역시 변화한다. 물질주의 비판의 도구로 사용되는 언어가 특정한 대상을 대신하는 은유적 언어라면, 열린 세계에 대응하는 언어는 세계의 인접성을 표현할 수 있는 환유적 언어이다. 오규원은 현상 자체를 설명하는 '환유적 글쓰기'를 강조했다. 그것은 사실을 단순히 모사하는 것이 아니라 사실들 자체가 만들어내는 내적인 상호 연관을 밝히는 것이다. 후기 시와 시론에서 강조되는 풍경의 깊이, 유보된 리얼리티 등은 대상 자체가 가지고 있는 세계와의 의미 연관성을 드러낸다. 이는 세잔의 회화적인 방법론과 유사한 것으로서, 오규원의 후기 시는 세잔이 공간의 중첩으로 표현한 '깊이'를 시간적 순차성으로 표현하고 있다.

이러한 현상학적 사유는 시론으로 잘 정리되어 있다. 그가 말하는 '날이미지'는 이미지 시론의 갈래에 해당하지만, 이때 이미지는 대상을 있는 그대로 모사하는 것이 아니라 현상을 그대로 드러내되 그 안에 있는 현상의 생성 과정을 시간성으로 표현하는 것이다. 즉 개념화되거나 사변화되기 전의 두두물물頭頭物物의 현상을 그대로 구현하는 것으로서, 이는 인간의 관념으로 가공하지 않은 그대로의 '날것'이라는 의미와 '어떠한 것이 만들어지는 생성의 과정을 담은'이라는 의미를 동시에 가지고 있다. 이때 이미지는 실제적인 공간을 차지하고 있는 대상을 묘사하는 동시에 대상에 내재해 있는 시간성을 구현하는 것으로서 그 자체가 세계의 상호 연관을 드러내는 것이 된다. 이런 면에서 '날이미지'는 세계에 대한 현상학적 이해를 집약해 놓은 산물이라고 할 수 있다.

오규원의 시는 스스로 세운 시적인 화두를 풀어 가는 과정이라고도 할 수 있다. 그는 시를 창작하는 한편으로 자신의 창작 과정을 검토하고 그것을 이론화하면서 창작과 이론 간의 정합성을 끊임없이 확인했다. 그의 시와 시론에서 종종 드러나는 자기반영적인 특징은 창작의 경험을 이론화하는 과정에서 나타나는 불가피한 것으로 보인다. 연작시 「한 잎의 여자」의 개작 과정은 이를 잘 보여주는 예이다. 원작이 전형적인 서정시임에 비해, 개작된 연작시들은 언어에 관한 내용을 각각의 부제로 함으로써 시와 언어에 대한 반성적 사유를 암시하고 있다. 또한 『현대시작법』은 실제 강의의 결과물을 근거로 하여 창작 방법론을 설명한 중요한 시창작서이자 시론서이다.

창작과 이론이 긴밀하게 결합된 그의 시와 시론은 한국 현대시의 한 경지를 보여주는 탁월한 업적이다.

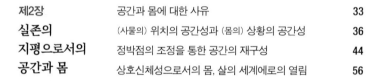

공간에 대한 현상학적 이해

1

1. 현상학적 관점에서의 공간

시에서 공간은 시에 드러나는 정황이나 사건 등이 성립되는 장소로서 시와 시인을 이해하는 중요한 단서이다. 그것은 실제 풍경이나 지역으로서 시의 공간적 배경이 될 수도 있고, 수사학적 차원에서 특정한 정서적 상태를 의미하는 비유나 상징일 수도 있다.

시에서 공간이 중요한 이유는 그것이 어떤 의미로든 인간과 관련을 맺고 있기 때문이다. 공간은 그것이 설령 비어 있다고 하더라도, 어디까지나 인간主體과의 관련하에서 설명될 수밖에 없다. 이런 면에서 시에서의 공간은, 공간에 대한 객관적인 기술이 아니라 공간 성립 내지 공간 구성의 바탕이 되는 '체험의 공간성'을 기술하고자 하는 현상학적인 관점에서 설명되는 것이 더 타당하다. 현상학적 관점에서 공간은 사유 실체의 이념적 추상물이 아니라 그 자신 연장 실체의 하나인 몸의 움직임에 종속된 의식의 체험에 의해 규정된다.[1] 시에서의 공간 역시 시인이 공간을 어떻게 의식하고 있으며 의식된 내용을 어떻게 표현하고 있는지에 초점이 맞추어진다. 그것은 공간을 지리적 위치나 수사학적 비유로 설명하는 차원을 넘어서 공간에 대한 시인의 사유를 살펴보는 일이다.

오규원의 시는 주로 문명 비판과 연결되어 설명되어 왔다. 「詩人 久甫氏의 一日」 연작을 비롯한 문명 비판적인 시들에서 공간은 '도시'와 크게 다르지 않다. '도시'는 인간의 편의를 위해 만들어진 기능

---

1   서도식, 「공간의 현상학」, 『철학논총』 54, 2008, 341면.

적 공간이며 상품의 소비가 이루어지는 자본주의적 공간으로서 주체와 단절된 비인간적인 환경으로 설명된다.[2] 이러한 공간적 특징은 특히 5시집 『가끔은 주목받는 生이고 싶다』의 시들에서 집중적으로 나타난다. 광고를 차용한 「빙그레 우유 200ml 패키지」, 「롯데 코코아파이 C.F.」와 같은 시들은 상품의 전시 공간으로서의 '도시'를 보여 주는 대표적인 예이다.

그러나 오규원의 시를 전반적으로 살펴볼 때, 공간에 대한 기능적인 이해가 나타나는 것은 문명 비판의 주제로 묶인 일부의 시들에 한정되어 있다. 그의 시에서 공간은 오히려 사물과 사물 사이의 관계 혹은 사물과 인간 사이의 관계에 집중해서 해석되는 경우가 더 많다. 이러한 특징은 후기 시로 갈수록 더욱 선명해지면서, '공간'은 사물과 사물만이 아니라 사물과 그것을 발견하는 주체의 관계 양상 또는 그것이 드러나는 '세계'라는 의미로 확산된다. 이는 하이데거적인 '공간'의 개념에 가깝다.

하이데거 철학에서 '공간'은 주제적으로 대상화되기 이전에 인간의 실존의 조건이자 근원적인 경험이다. 공간을 '인간이 거주하는 장소'라는 일반적인 의미로 해석할 때, 공간은 인간과 기타 존재자를 모두 품고 있는 거대한 그릇과도 같은 착각을 불러일으킨다. 즉 모든

---

2 오규원의 시를 물질문명에 대한 비판과 저항으로 읽어 내는 대표적인 예로는 아래와 같다. 김동원, 「물신시대에서 살아남기 위하여」, 『문학과 사회』, 1988 겨울호; 김병익, 「물신 시대의 시와 현실」, 『오규원 깊이 읽기』, 문학과지성사, 2002; 이광호, 「오규원 시에 나타난 도시 공간의 이미지」, 『문학과 환경』, 8권 2호, 2009; 이윤정, 「오규원 시 연구―공간 상징과 주체 인식을 중심으로」, 한양대 박사논문, 2011.

존재자를 품고 있는 컨테이너^{container}로서의 또 다른 존재자를 연상하게 되는 것이다. 그러나 하이데거의 철학에서 공간은 존재자를 담는, 즉 그 자체가 또 하나의 존재자가 아니라 하나의 의미 연관 자체이다. 그것은 세계-내-존재^{In-der-Welt-sein}[3]로서의 현존재와 세계내부적 존재자들과의 연관인 동시에 그것을 바탕으로 해서 열리는 세계[4] 자체를 뜻한다. 의미연관으로서의 세계를 드러내는 계기가 되는 것은, 현존재가 일상에서 마주하게 되는 도구^{Zeug}[5]를 통해서이다.

오규원은 대상에서 기존의 해석을 배제하고 대상 자체를 표현하는 것에 주력했는데, 이는 도구에서 도구성을 제거함으로써 그것이 탈은폐되는 과정과 유사하다. 또한 그는 대상을 주변 세계와의 연관 속에서 묘사함으로써 그것의 존재를 드러내고자 했다. 여기서 공간은 주체와 대상이 관련을 맺고 있는 '세계성'으로 이해된다. 이는 오규원의 공간에 대한 이해가 실존적인 사유를 바탕으로 하고 있음을 보여 준다.

---

3   하이데거는 『존재와 시간』에서 현존재를 '세계-내-존재(In-der-Welt-Sein)'라고 하여 세계 내부에 존재하는 다른 존재자(세계내부적 innerweltlich 존재자)와 구별한다. 세계 안에 속해 있는 것으로서 존재하는 다른 존재자들의 존재 양태와 달리, 현존재는 세계 '속'에 속해 있는 것이 아니라 그것과 더불어 존재한다는 면에서 '세계-내-존재'라고 설명된다. 마르틴 하이데거, 이기상 역, 『존재와 시간』, 까치, 2012, 576면 참고.

4   하이데거는 '세계(Welt, World)'의 다의성을 설명하고 있는데, 여기서의 의미는 '현사실적인 현존재가 이 현존재로서 "그 안에서" "살고 있는" 그곳'이라는 의미에 가장 가깝다. 그리고 '세계성'은 '특수한 '세계들'의 그때마다의 구조 전체로 변양될 수 있지만 자체 안에 있는 선험적 토대'라고 할 수 있다. 위의 책, 96면 참고.

5   '도구(Zeug, useful things)'는 일상적으로 생활하면서 손안에 들고 사용하는 것으로서, 바라보기만 하는 눈앞에 놓여 있는 '사물(res, things)'과 구별된다.

2. 기술에 의해 정복된 공간, '도시'

오규원의 시에서 공간은 우선 주체인 현존재가 생활하는 '주위세계Umwelt'[6]로 설명될 수 있다. '도시'는 현존재가 생활하는 일상적인 주변 환경으로서, 현존재가 배려적인 관심Besorgen[7]을 가지고 그 역시 세계내존재인 타인과 세계내부적 존재자와 왕래하는 세계이다. 생활 환경으로서의 '도시'는 자본주의 문명이 만들어놓은 인위적 공간으로서 상품들의 전시 공간이다. 여기서 인간은 상품을 소비하는 주체인 동시에 그것들에 의해 소외되는 이중적인 입장에 놓여 있다.

생각하면, 피부도 자연의 일부……

드봉 미네르바

브라 스스로가 가장 아름다운 바스트를 기억합니다

비너스 메모리브라

　　국회의원 선거 이후 피기 시작한

　　아이비 제라늄이 4, 5월이 가고

꽃과 여인, 아름다움과 백색의 피부,

6　이기상은 'Umwelt'를 '주위세계'라고 번역하고 "우리를 둘러싸고 있는 주변세계 또는 환경세계만을 지칭하는 것이 아니라, 우리의 행위, 우리의 기획투사, 우리의 배려의 '그 때문에'가 부여하고 있는 유의미성도 간직하고 있는 세계"라고 설명하고 있다. 위의 책, 577면.

7　배려(Besorgen, taking care)는 현존재가 자신의 존재가능을 위해 세계내부적 존재자와 관계를 맺는 방식으로서, 현존재 자신의 '존재'와 관계 맺는 방식인 '염려(Sorge, care)'와 구별된다. 위의 책, 98~105면 참고.

그곳엔 닥터 벨라가 함께 갑니다, 원주통상

6월이 되었는데도 계속 피고 있다

착한 아기 열나면 부루펜시럽으로 꺼주세요

여소야대 어쩌구 하는 국회가

까샤렐 — 빠리쟌느의 패셔너블센스

개원되고 5공비리니 광주특위의

사랑의 심포니 — 상일가구

말의 성찬이 6월에서 7월로 이사하면서

LEVI'S THE BEST JEANS IN THE WORLD

가지가 부러지고 잎이 상했는데도

태림모피는 결코 많이 만들지 않습니다

그리고 최고가 아니고는 만들지 않습니다

제라늄은 계속 피고 있다 베란다에서

송수화기 들지 않고 전화를 걸 수 있습니다

「제라늄, 1988, 신화」 부분 (6)

　위의 시는 표면의 광고 문구들과 이면의 목소리가 나란히 배치된 이중 구조를 취하고 있다. 시인이 실제 말하고자 하는 내용은 이면의 진술이고, '신화'와도 같이 화려하게 치장된 광고들이 표면에 배치됨으로 해서 아이러니를 만들어 내는 것이다. 광고 문구들은 하나같이 인간의 욕망을 자극하고 그것을 충족시킬 수 있음을 강조하고 있다. 브래지어가 가장 아름다운 가슴을 기억하고, 모피가 그것을 입는 인간의 최고 가치를 증명한다. 가구가 사랑을 보장하고 해열제가 착한 아기의 건강을 지킨다. 이처럼 상품은 인간의 생활을 편리하게 하고 자유롭게 한다. 이때 브래지어, 모피, 가구, 해열제 등은 인간의 필요에 의해 만들어지고 사용되는 '도구'들이다. 즉 처음부터 목적을 위해 만들어진 수단들로서 정해진 역할과 자리를 부여받은 것들이다.

그러나 이들 도구를 사용하는 주체인 인간은 결국 도구에 의해 지배되기도 한다. 윗 시에서, 내 가슴의 모양을 가장 잘 기억하는 것은 내가 아니라 '비너스 메모리브라'라는 상품이고, '나'의 품격을 증명하는 것은 나의 인품이 아니라 내가 입고 있는 '모피'라는 상품이다. 도시에서 모든 것은 돈으로 환산되고, 인간은 상품을 구매하는 소비자이면서 거꾸로 상품의 기능을 확인하는 장으로 사용된다.

상품의 전시 공간으로서의 도시는 현대 기술의 탈은폐 방식을 그대로 보여 준다. 그곳에서 모든 존재자는 어디에서나 즉시 가까이 지정된 자리에 놓여 있을 것을 도발적으로 요청받는다. 하이데거는 현대 기술시대에 존재자에 대한 이해 방식을 '부품Bestand'이라고 말한 바 있다.[8] 부품으로서의 존재자는 더 이상 자립적이지 못하다. 부품은 수행 가능한 임무의 요청에 의해서만 신분을 부여받기 때문이다.[9] 위의 시에서 상품을 소비하는 주체인 인간은 한편으로 상품에 의해 호명된 '부품'이기도 하다.

반쪽만 빨간 구두 한 켤레가 간다

점점만 빨간 구두 한 켤레가 닿는

---

8 마르틴 하이데거, 이기상 역, 『기술과 전향』, 서광사, 1993, 43~51면 참고.
9 이승종, 「기술에 대한 하이데거의 물음」, 『해석학연구』 24, 2009, 142면.

점점의 길을 끊으며

전폭적으로 검푸른 구두 한 켤레와

부분적으로 검붉은 구두 한 켤레와

나란히 가다가 에스콰이아 앞에서

　　니나리찌 앞에서

　　비제바노 앞에서

　　브랑누아 앞에서

뒷굽을 들었다가 내리며 내렸다가 비틀며

기울며 나란하지 않게⋯⋯그렇게

「明洞 4」 부분 (6)

　위의 시에서 '에스콰이아, 니나리찌, 비제바노, 브랑누아'는 구두 브랜드 이름이자 그것들을 파는 매장의 상호명이다. 구두를 진열해 놓은 매장이 집중된 명동 거리에서 사람들은 '구두'로 지시된다. 몸 전체가 아니라 '발'이, '발'이 아니라 발에 신은 구두가 사람을 대체하는 이러한 전환은 상품이 인간을 대체하는 물질만능주의를 빗댄 것이다. 인간은 다른 상품들과 마찬가지로 목적을 위한 수단으로 전락한다.

　위의 시들에서 도시는 '상품'이라는 도구로 가득 찬, 기술에 의해 정복된 공간이다. 그곳에서 도구는 우선 '무엇을 위한' 것으로서 그때마다 일정한 자리를 배정받는 방식으로 존재한다. 이러한 도구적 존재자의 기본 양식은 '손안에 있음용재성, 用在性, Zuhandenheit, handiness'이라고 규정되는데, 이것은 도구적 존재자가 우리의 일상생활 속 관심으로 취급되는 방식을 말한다.[10] 현대 기술 사회에서 발생하는 인간 소

외는 상품뿐만 아니라 인간인 현존재에까지 용재성의 존재 방식을 적용시킨 결과라고 할 수 있다.[11]

3. 사물의 해방성을 통해 열리는 세계와의 의미 연관

도시를 소재로 한 시들에서 공간은 기술에 의해 정복된 것이고 도구들로 채워져 있는 것이다. 오규원은 기술 문명에 대한 직접적인 비판을 보여주는 한편, 대상에서 용재성을 제거함으로써 대상을 쓸모에서 해방시킨다. 대표적인 예로서 「안락의자와 시」는 '안락의자'라는 도구에서 용재성을 제거한 후 그것의 세계와의 연관을 추적해 가는 과정을 표현한 것이다. 여기서 '안락의자'는 인간이 안락하게 쉴 수 있도록 팔걸이와 등받이를 갖추고 있는 '도구'로 해석되다가 의자 자체의 물질성을 가진 것으로 해석되고, 나아가 방바닥을 만드는 시

---

10   박은정, 「하이데거와 메를로-퐁티의 '공간' 개념」, 『존재론 연구』 24, 2010, 371면. '용재성'과 '전재성'이라는 번역은 소광희, 『존재와 시간』, 경문사, 1995 의 번역을 따른 것이다. 하이데거의 『존재와 시간』은 개념 자체도 난해하지만, 그것을 번역한 용어 또한 통일되지 않은 상태이다. 대표적인 예로 'Zuhandenheit'는 도구성(전양범), 용재성(소광희), 손안에 있음(이기상)으로, 'Vorhandenheit'는 사물성(전양범), 전재성(소광희), 눈앞에 있음(이기상)으로 각각 번역되어 있다. 본고는 이기상의 번역을 기준으로 하고 있다. 그러나 '손안에 있음'과 '눈앞에 있음'이라는 번역은 의미를 이해하는 데는 무리가 없지만, 각 존재 방식의 성격을 설명하는 맥락에서는 의미가 정확하게 전달되지 않을 수도 있기 때문에, 두 가지 번역을 함께 사용하기로 한다.

11   하이데거는 공간에 인위적인 질서를 부여해서 인간을 옭죄고 몰아세우는 근대적 의미의 기술을 '몰아세움(닦달, Gestell)'이라고 명명하고 있다. M.하이데거, 이기상 역, 『기술과 전향』, 53면.

멘트나 철근과 같은 세계의 연관 속에서 재해석된다.

이것은 도구가 용재성이 제거됨으로 해서 '눈앞에 있음_{전재성 前在性,}
Vorhandenheit, objective presence'으로서의 성격을 드러내는 것과 유사하다.
작업 도구가 파손되었을 때 혹은 도구가 손에 닿는 곳에 있지 않을
때, 도구는 여전히 용재성을 가지고 있지만 사용 불가능한 것이다.
이때 도구는 용재성이라는 익숙한 지시 연관과 단절됨으로써 전재
성의 존재 방식을 드러낸다. 즉 사용 불가능해진 도구는 '그것을 가
지고 무엇을 하기 위해서' 손안에 있었는지를 보게 하고, 그때 도구
를 둘러싼 도구전체성을 통해 주위세계가 개시되는 것이다.[12]

길을 벗어난 곳에 사당이 있다 / 동서로 기울여져 있는 지붕에서 쏟아져
내리는 햇볕에 저희들끼리 모여서 / 뱀딸기들이 닥치는 대로 나무와
그늘에 붉은 몸을 내려놓고 있다 / 그래도 잎은 붉은 몸과 함께 파랗게

12 하이데거는, 도구는 항상 다른 도구와의 관계 속에 놓여 있음으로 해서 그것의
연관을 드러낸다고 보고, 이를 '도구전체성'이라고 이름 붙였다. '도구'는 그 자
체가 오로지 수단적 성격만을 가지는 것은 아니다. 설령 '그것을 위해서' 제작
된 물품이라고 해도 동시에 '재료'에의 지시가 놓여 있다. 예를 들어 '신기 위
하여' 제작된 구두는 가죽, 실 등의 재료에 의존하고 있다. 가죽은 짐승의 살가
죽인 표피에서 만들어진 것이고, 이를 제공한 짐승은 다른 사람에 의해 사육된
것일 수도 있지만 세계 내부에서 사육되지 않은 채로 발견되기도 한다. 제작
된 물품은 '그것을 위해서'라는 수단성만이 아니라 착용자와 이용자에 대한 지
시도 아울러 놓여 있는 것이다. 그러므로 도구는 그것을 위하여 제작된 현존
재의 존재 양식의 존재자와 만나고, 그 안에서 착용자와 이용자가 살고 있는,
동시에 우리가 살고 있는 세계를 만나게도 한다. 이것이 도구 전체성으로서의
세계를 의미한다. 그런 면에서 도구는 단지 쓸모를 위해 사용되는 수단이 아
니라 현존재에게 세계를 열어 보이는 가장 가까운 존재자이다. M. 하이데거,
이기상 역,『존재와 시간』, 103면 참고.

물결친다 사당에서도 개미들은 / 자기의 그림자에 발이 젖어 있다

사당을 세운 자들은 이미 사라지고 / 처마 밑에 진을 친 거미는

속이 없는 진중을 오가며 / 아직 무겁게 몸을 다스린다 그러나

나팔꽃 줄기는 담장의 / 중간쯤에서 더 오르지 않고

흔히 본 그런 꽃을 / 서너 개 내려놓고 있다

「사당과 언덕」 전문 (7)

위의 시의 제목은 '사당과 언덕'이지만, 시의 내용에는 사당이나 언덕 자체에 대한 이야기는 없다. '언덕'은 아마도 사당이 있는 곳이라고 짐작될 뿐 직접 드러나지 않고, '사당' 또한 제사를 올리는 장소로서의 목적성은 이미 폐기된 상태이다. 사당 세운 자들이 사라지고 거미가 진을 쳤다는 것은 '사당'이 도구로서의 성질을 상실했음을 의미한다. 그러나 용재성이 상실됨으로 해서 오히려 사당은 그것이 속한 세계 연관'사당을 세운 자들'이나 '진중'으로 표현된 도구 전체성을 환기시킨다. 시에서 이러한 세계의 의미 연관은 암시만 되어 있을 뿐 상세히 설명되지는 않고, 용재성이 사라진 상태에서의 전재성만 나타나 있다. '사당'은 만들어질 당시의 목적성 대신 뱀딸기와 개미와 거미, 나팔꽃 등이 함께 피어 있는 공간일 뿐이다.

벽은 방을 숨기고 길을

밖으로 가게 한다 집과

집 사이에서 길과 함께 집을

짓지 않은 나무들이 서서

몸을 부풀린다

부푼 나무의 몸들이

매일 가지와 잎들을 들고

집을 지운다

「안과 밖」 부분 (7)

일상적인 차원에서 '방'은 인간의 편의를 위해 만들어진 '무언가를 품는 컨테이너'로서의 도구적 공간이다. 그것을 다른 공간과 구별하는 것은 사방의 '벽'이다. 그러나 위의 시에서 '벽'은 오히려 '방'을 숨기고 '밖'의 '길'과 연결되어 있다. '벽이 방을 숨긴다'는 것은 '방'이 사방의 벽으로 이루어진 막힌 공간이 아니라 밖을 향해 열려 있음을 말한다. 벽이 방을 숨김으로써 '방'은 인간이 머무르기 위한 것으로서의 용재성이 제거되는 셈이다. '집을 짓지 않은 나무들'이 '집'을 '지우는' 것은 나무 이파리로 집이 가려짐을 표현한 것이지만, 이면에는 '집'의 용재성을 '지우는' 것이라는 의미를 담고 있다. 따라서 '숨기다', '지운다'는 도구의 용재성을 제거하고 그것을 전재성의 존재 방식으로 파악해 가는 과정이라고 볼 수 있다.

여기서 공간은 사물과 주위 세계의 관계 양상으로 설명되는데, 이는 이미 2시집 『순례』의 「개봉동과 장미」에서부터 예고되었던 것이다. "개봉동 입구의 길은 / 한 송이 장미 때문에 왼쪽으로 굽고, / 굽은 길 어디에선가 빠져나와 / 장미는 / 길을 저 혼자 가게 하고 / 아직 흔들리는 가지 그대로 길 밖에 선다"「개봉동과 장미」는 길이 왼쪽으로 굽어지기 시작하는 지점에 장미가 피어 있거나 또는 장미가 피어 있는 이유로 길이 잠시 가리어진 상황을 표현한 것이라고 볼 수 있다. 그러나 이것이 '개봉동'이라는 특정 지역의 실제 상황을 표현한 것인지는 중요하지 않다. '개봉동'이라는 지명은 실제적인 지역의 공간적 특징을 표현하려는 것이 아니라 길에 장미가 피어 있는 상황에 사실감을 주기 위해 사용되었을 가능성이 높다. 여기서 중요한 점은 '길'이라는 공간이 장미와의 관계로 인해 재구성되고 있다는 점이다. 즉 장미와 길의 관계 맺음의 양상이 곧 이 시의 공간을 구성하고 있는 것이다.

이때 사물은 그 자체가 세계 안에 속해 있는 세계내부적 존재자이면서 세계의 연관을 드러내 보이는 지점이 된다. 그것은 어느 사물 하나가 다른 사물들보다 우위에 있는 중심을 차지한다는 것이 아니라 세계의 연관을 열어보이는 출발점[13]으로서 있다는 것이다.

> 장미를 땅에 심었다
> 순간 장미를 가운데 두고
> 사방이 생겼다 그 사방으로 길이 오고
> 숨긴 물을 몸 밖으로 내놓은 흙 위로
> 물보다 진한 그들의 그림자가 덮쳤다
> 그림자는 그러나
> 길이 오는 사방을 지우지는 않았다

「사방과 그림자」 전문 (8)

---

13 "어떤 사물은 해방적이다. 사물이 그저 도구로서만 존재하기보다 그것을 넘어 그 바깥의 존재나 그것을 구성하는 세계를 나타내 보일 때 그러하다." 이종건, 『시적 공간』, 궁리, 2016, 56면.

위의 시는 사물들 사이의 연관과 공간의 관계를 좀더 명료하게 보여 주고 있다. 장미를 땅에 심자 그것을 중심으로 '사방'이 생겼다는 것은, '장미'가 놓임으로 해서 그 주변에 있는 길과 물이 뿌려진 흙, 그림자가 비로소 눈에 들어옴을 말하는 것이다. '그림자가 흙을 덮치지만 사방을 지우지는 않는다'는 것은, 길과 그림자가 겹치지만 서로를 방해하지 않는다는 면에서 「안과 밖」과 마찬가지로 사물들 간의 더불어 있음을 표현한다. 이때 '공간'은 '하나의 사물로 인해 비로소 현존재의 관심 속으로 들어오는 사물들 혹은 그 주변의 장소'라는 의미만이 아니라, 사물로부터 발생하는 세계의 연관 자체를 의미하는 것이기도 하다. 그것은 사물의 해방성을 통한 세계의 열림이다.

중요한 것은 세계와의 의미 연관을 발견하는 것이 어디까지나 현존재라는 점이다. 존재의 자리로서의 '세계'는 도구적 연관이라는 의미의 공간이며, 이러한 공간은 오직 현존재인 인간에게만 개방된다. 현존재의 관심이 세상과 주변 세계의 모든 공간과 장소의 공간성을 낳는 원천인 것이다. 오규원은 종종 '숨긴다', '지운다', '덮친다', '빠져나온다' 등의 동사를 사용하여 사물들의 연관을 표현하는데, 이것은 그의 시에서 그려진 풍경들이 재현이나 사생이 아니라 주체의 해석이 부여된 해석의 결과임을 말해 준다. 즉 공간을 객관적으로 재현하는 것이 아니라 체험된 공간성을 표현하고 있는 것이다.[14] 사물의 해방성을 발견하는 것은 인간인 현존재이고 그를 통해 세계의 의미

---

14   오규원의 시에서 '체험된 공간성'은 회화와의 연관성으로 드러나기도 한다. 이에 대해서는 졸고, 「오규원의 시와 세잔 회화의 연관성 연구」, 『국어국문학』 185, 2018 참고.

연관을 밝혀내는 것 역시 현존재이다. 그러므로 이때 공간을 경험한다는 것은 곧 현존재의 존재 방식, 실존의 양상이다.

4. 존재자의 존재를 드러나게 하는 '무'로서의 '허공'

3절에서 설명한 시들의 특징은 주체의 우위하에 공간을 파악하고 있다는 것이다. 공간은 하나의 사물에서 시작되어 주변 세계와의 연관으로 열려 가고 있지만, 사실상 그것은 오직 현존재의 사유를 통해서만 가능한 것이다.

이에 비해 『새와 나무와 새똥 그리고 돌멩이』에서 공간은 현존재 중심의 공간이 아니라 존재 일반의 진리를 드러내는 공간으로서 그 자체가 선명한 의미 공간이다. 여기서 공간은 "존재자 그 자체의 근원적인 열려 있음"[15]을 의미한다.

나무가 있으면 허공은 나무가 됩니다

나무에 새가 와 앉으면 허공은 새가 앉은 나무가 됩니다

새가 날아가면 새가 앉았던 가지만 흔들리는 나무가 됩니다

새가 혼자 날면 허공은 새가 됩니다 새의 속도가 됩니다. 새가 지붕에 앉으면 새의 속도의 끝이 됩니다 허공은 새가 앉은 지붕이 됩니다

지붕 밑의 거미가 됩니다 거미줄에 날개 한쪽만 남은 잠자리가 됩니다

---

15 이기상, 앞의 책, 153면.

지붕 밑에 창이 있으면 허공은 창이 있는 집이 됩니다

「허공과 구멍」 부분 (9)

위의 시에서 '허공'은 존재자들이 배경이 아니라 존재자들과 함께 있는 것이다. '허공'은 나무가 있으면 나무가 되고, 거기에 새가 앉으면 새가 앉은 나무가 되고, 새가 사라지면 가지만 흔들리는 나무가 되었다가, 새가 되고, 새의 속도가 되고, 새가 앉았던 지붕이 된다. 이것은 '허공'이 비어 있는 '무'인 것 같으면서도 사실은 모든 것과 더불어 있음을 의미한다. 위의 시들에서 '허공'은 다른 존재자들의 배경이 아니라 오히려 존재자가 그 스스로를 드러나게 하는 바탕이라고 할 수 있다.

이것은 "인간 현존재에게 비로소 존재자가 그 자체로 드러날 수 있게 해 주는 바 그것"[16]으로서의 '무無, Nichts'와 유사하다. 하이데거는 존재자에게 맞춰졌던 시각을 존재자의 존재를 향한 것으로 바꾸는 과정을 '무'의 '무화작용'이라고 설명한다. 즉 '무화작용'은 기존의 해석에 의해 파악된 존재자에서 그것의 존재를 드러나게 하는 탈은폐의 과정이다. 그러나 이 무화작용은 현존재가 자체적으로 시도하는 것이 아니라 존재자 자체의 본질이라는 점에서, 현존재의 우위를 인정하는 입장과 다르다.[17] 여기서 공간은 현존재의 실존 방식으로서 우월성을

---

16 위의 책, 154면.

17 공간을 의미 연관으로 보는 것은 하이데거의 전 후기 사상에서 동일하지만, '전회' 이전의 공간은 인간의 역사적 실존을 통해 개방되는 존재의 자리인 반면, '전회' 후에 공간은 인간의 실존적 삶의 공간에서 존재 자체의 역사가 개방되는 공간으로 변화한다. 서도식, 앞의 글, 349면 참고.

보장하는 것이 아니라, 거꾸로 존재자의 위치에서 현존재의 공간을 구성해 오는 것으로 바뀐다. 현존재는 다른 존재자와 마찬가지로 '무' 속에 머물러 있음으로 해서 존재자와 관계할 수 있는 것이다.

> 온몸을 뜰의 허공에 아무렇게나 구겨 넣고
> 한 사내가 하늘의 침묵을 이마에 얹고 서 있다
> 침묵은 아무 곳에나 잘 얹힌다
> 침묵은 돌에도 잘 스민다
> 사내의 이마 위에서 그리고 이마 밑에서
> 침묵과 허공은 서로 잘 스미면서 투명하다
> 그 위로 잠자리 몇 마리가 좌우로 물살을 나누며
> 사내 앞까지 와서는 급하게 우회전해 나아간다
> 사내의 이마 위에서 그리고 이마 밑에서
> 침묵과 허공은 서로 잘 스미면서 투명하다
> 그 위로 잠자리 몇 마리가 좌우로 물살을 나누며
> 사내 앞까지 와서는 급하게 우회전해 나아간다
> 그래도 침묵은 좌우로 갈라지지 않고
> 잎에 닿으면 잎이 되고
> 가지에 닿으면 가지가 된다

「하늘과 침묵」 부분 (9)

위의 시에서 '침묵'은 「허공과 구멍」에서의 '허공'과 유사한 속성을 가지고 있다. 그것은 '허공'과 마찬가지로 아무 곳에나 잘 얹히고 스며든다. 침묵이 잎에 닿으면 잎이 되고 가지에 닿으면 가지가 된다는 것은, 그것이 대상과 더불어 있음을 의미한다. 이 시에는 하늘이나 잠자리, 나무 외에도 인간 현존재인 '사내'가 등장한다. 그러나 이 '사내'는 잠자리나 나무와 다를 바 없이 '허공'과 '침묵'에 잘 스며들어 있다. 그는 허공에 자신의 몸을 구겨 넣고, 그럼으로써 다른 존재자들과 더불어 나란히 있다. 즉 대상을 해석하고 공간을 구성하는 우월한 위치에 있는 것이 아니라 다른 존재자들이 공간을 구성하는 것을 지켜보고 있을 뿐이다. 오규원은 최대한 자신의 해석을 배제하고 대상을 있는 그대로 옮기기 위해 노력한다.

> 제발 내 시 속에 와서 머리를 들이밀고 무엇인가를 찾지 마라. 내가 의도적으로 숨겨놓은 것은 없다. 이우환식으로 말해, 있는 그대로를 있는 그대로 읽으라. 어떤 느낌을 주거나 사유케 하는 게 있다면 그곳의 존재가 참이기 때문이다. 존재의 현상이 참이기 때문이다. 내 시는 두두시도 물물전진頭頭是道 物物全進, 모든 존재 하나하나가 도이고, 사물 하나하나가 모두 진리다의 세계다. 모든 존재가 참이 아니라면 그대도 나도 참이 아니다. (…중략…)
> 날이미지시를 읽는 방법은 의외로 간단하다. 우선 존재의 편에 서라. 그리고 시 속의 현상을 몽상하라. 날이미지의 세계는 돈오의 세계가 아니다.
>
> 『두두』 표지글 부분[18]

위의 글에서 오규원은 자신의 시가 존재의 현상을 그대로 옮긴 것

---

18 [저자 주] 강조 표시는 저자가 한 것이다.

뿐이라고 말하고 있다. 날이미지 시가 돈오의 세계가 아니라는 것은, 그것이 주체의 해석을 옮긴 것이 아니라 존재의 현상 자체를 옮겨 놓은 것이라는 뜻이다. 주체는 대상을 해석하는 것이 아니라 그것의 탈은폐 과정을 눈치채고 옮기는 존재일 뿐이다. 이때 공간은 주체의 실존의 양상에서 더 나아가 존재 일반의 근거로서의 세계성으로 설명된다. 여기서는 인간 또한 특별한 현존재가 아니라 다른 존재자들과 나란한 자리에 있는 세계성의 일부일 뿐이다. 인간은 세계를 개시하는 유일한 존재가 아니라 존재자들과 나란히 세계에 있다.

현존재는 '무화'를 통해서 '인간의 자의와 처분권 밖에서 일어나고 있는, 인간에게 닥쳐오고 있는 어떤 것'[19]인 '존재의 사건'을 눈치챌 수 있게 된다. 공간은 더이상 사물이 아닌 '사건'의 자리이다. 공간이 사건의 자리로 매김될 경우 그것은 도시의 '몰아세움'과 달리, 존재의 진리가 탈은폐되는 의미의 공간, 역사의 공간이 된다. 이럴 경우 공간은 상실할 수 없는 사물 존재자의 '고향'의 위상을 갖는다. 오규원 시의 '허공'은 바로 이 사건의 자리이다. 그가 말한 '두두시도 물물전진'의 세계란 결국 사물들 각각이 진리인 세계이며, 이를 경험하는 것은 '만남 Gegegnet'이라는 보다 근원적인 공간 경험이다.[20] 이처럼 오규원의 시는 공간에 대한 현상학적 이해를 잘 보여 주고 있다.

---

19   이기상, 앞의 책, 164면.
20   하이데거는 근대적 공간 이해에 앞서는 보다 근원적인 공간 경험을 '몰아세움'
      이 아니라 '만남'이라고 명명했다. 서도식, 앞의 글, 351면.

실존의 지평으로서의 공간과 몸

2

1. 공간과 몸에 대한 사유

공간은 시간과 함께 실존의 근원적인 지평으로서 인간의 존재 방식과 직결된다. 지각 주체는 그때마다 처하게 되는 어떤 상황 즉, '공간적 수준spatial level'을 가지고 있다. 이것은 인간의 실존과 더불어 이미 주어져 있는 것으로서, 인간은 필연적으로 이미 항상 어떤 공간적 수준에 적응하고 거주하고 있다. 그러나 공간적 수준의 '이미 주어져 있음'은 순수 수동적인 상태는 아니다. 공간적 수준은 수시로 변화하며, 주체는 그에 따라 새롭게 공간적 수준을 구성한다. 이때 구성은 지성적으로 대상을 창조하거나 통일하는 작업이 아니라, 내가 세계에 깊숙이 개입되어 언제든 새로운 공간적 수준에 적응하고 거주하도록 하는 가능적이고 능동적인 실존 태도를 가리킨다.[1]

그런데, 주체가 어떤 지각 대상을 공간적 관점과 시간적 관점으로 경험할 수 있는 것은 지각의 주체인 내가 몸을 가지고 있기 때문이다.[2] 몸은 공간 속에 있는 하나의 대상이 아니라 세계에 대한 모든 경험의 조건이다. 몸은 공간 속에서 개인이 정향을 하기 위해 필요한 출발점을 제공한다. 대상물의 객관적으로 규정할 수 있는 위치란 존재하지 않으며, 항상 지각하는 자의 위치를 통해 규정될 수 있는 각각의 특수한 장소로부터의 그 대상에 대한 지각이 존재할 뿐이다. 어

---

1   박은정, 「하이데거와 메를로-퐁티의 '공간' 개념」, 『존재론 연구』 24, 2010, 376면, 각주 10 참고.
2   "이러한 점에서 신체는 모든 지각 경험의 대상들과 지각세계가 그 나름의 의미를 가지고 우리에게 현출될 수 있는 토대이다." 이남인, 『후설과 메를로-퐁티 지각의 현상학』, 한길사, 2013, 177면.

떤 상황에서든 나의 몸은 위아래, 좌우, 앞뒤를 가지고 있는 세계 내 하나의 조합 중심으로서 작동한다.[3] 그러므로 공간과 몸은 이미 필연적으로 연결되어 있다.

오규원의 시[4]는 실존의 지평으로서의 공간과 몸의 관계에 대한 사유를 잘 보여 준다. 이것은 특히 중기 시인 5시집 『가끔은 주목받는 生이고 싶다』, 6시집 『사랑의 감옥』[5]에서 잘 나타난다.[6] 이 시집들은

---

3   마르쿠스 슈뢰르, 정인모·배정희 역, 『공간, 장소, 경계』, 에코리브르, 2010, 315면.

4   오규원 시에서 공간은 초기 시인 1시집 『분명한 사건』, 2시집 『순례』에서는 내면적이고 추상적인 성격을 띠다가 중기 시인 3시집 『왕자가 아닌 한 아이에게』부터 양봉동, 개봉동 등 실제 지명과 장소가 등장하고 구체적이고 현실적인 것으로 변화된다. 4시집 『이 땅에 씌어지는 抒情詩』에 나오는 등촌동이나 시흥, 밀양 역시 삶의 현장이자 생활 환경이다. 5시집 『가끔은 주목받는 生이고 싶다』, 6시집 『사랑의 감옥』에는 특히 생활 공간으로서의 도시가 집중적으로 그려지고 있는데, 이때 도시는 상품들의 전시 공간으로서 물질문명이 낳은 기형적이고 비인간적인 공간으로 설명된다. 오규원 시의 공간에 대한 기존 연구들은 이와 같은 특정 공간의 의미를 밝혀내는 데 초점을 맞추고 있다. 대표적인 예는 아래와 같다. 이광호, 「오규원 시에 나타난 도시 공간의 이미지」, 『문학과 환경』, 8권 2호, 2009; 조동범, 「오규원 시의 현대성과 자연 인식 연구」, 중앙대 석사논문, 2010; 이윤정, 「오규원 시 연구─공간상징과 주체인식을 중심으로」, 한양대 박사논문, 2011.

5   6시집 『사랑의 감옥』은 중기 시의 물질주의에 대한 비판과 후기 시의 대상의 구현, 날이미지 모색 등의 특징을 함께 가지고 있다. 이런 이유로 해서 6시집 『사랑의 감옥』은 연구자와 주제에 따라 중기 혹은 후기로 분류되어 왔다. 공간의 특징을 기준으로 할 때 6시집 『사랑의 감옥』은 도시 공간의 고정성을 보여줌과 동시에 그것을 넘어서 세계로 열리는 지평을 보여준다는 점에서 5시집 『가끔은 주목받는 生이고 싶다』와 유사한 성격을 가지고 있다. 따라서 이 글에서는 6시집 『사랑의 감옥』을 중기에 포함시켜 설명할 것이다.

6   3시집 『왕자가 아닌 한 아이에게』의 「유다의 부동산」, 「그 회사, 그 책상, 그 의자」, 「김해평야」, 「방아깨비의 코」, 4시집 『이 땅에 씌어지는 抒情詩』의 「어둠은 자세히 봐도 역시 어둡다」, 「두 風景의 두 가지 이야기」 등의 시들에서도 공간과 몸의 연결성이 드러나긴 하지만, 이것들은 일반적인 소재와 배경 이상의 의미를 지니지 못하고 공간에 대한 자각적인 탐구 이전에 있다.

'도시'로서의 공간의 특징을 보여 주기도 하지만, 한편으로는 '공간이란 무엇인가'에 대한 탐구가 집중적으로 이루어지고 있다. 즉 특정 공간의 의미를 묻는 것이 아니라 공간 혹은 공간성 자체의 개념에 질문을 던지는 것이다. 이는 인간의 지각의 기본 틀이 되는 시간과 공간에 대한 철학적인 사유에 닿아 있다.[7]

여기서 특히 주목되는 것은 실존 지평인 공간이 주체의 몸과의 관계 속에서 파악되고 있다는 점이다. 공간은 주체와 분리되어 객관적으로 존재하거나 주체를 담고 있는 그릇이 아니라, 주체의 몸이 있음으로 해서 감각되는 것이다. 공간은 전후, 좌우, 원근 등 대상의 위치를 알리는 표지로서 인식되는데, 그것을 판단하는 기준은 주체의 몸에 있다. 즉 주체는 몸을 기준으로 하여 공간을 파악하고, 몸의 이동에 따라 새로운 공간적 수준을 구성한다. 공간은 주체의 몸의 운동에 따라 변화하고 새롭게 구성되는 '상황의 공간성'[8]을 갖는다. 이것은 '몸'을 토대로 하여 주체와 연결되어 있는, 실존 조건으로서의 공간에 대한 이해를 보여준다.

이때 공간적인 관계 양상의 기준은 주체의 몸으로서, 몸을 근거로 한 공간성의 파악은 대상의 몸에 대한 발견과 더불어 대상의 몸을 준거로 한 공간의 인식으로 연결된다. 이는 동일한 지각의 장에 있는 주체와 대상의 상호신체성에 근거해서 가능해진다. 중기 시의 공간과 몸은 이러한 실존론적인 이해의 과정을 보여 주는 것이다.

---

7   졸고, 「오규원 시에 나타나는 공간에 대한 이해 연구-하이데거의 '공간' 개념을 중심으로」, 『한국시학연구』 59, 2019 참고.
8   메를로-퐁티, 류의근 역, 『지각의 현상학』, 문학과지성사, 2002, 168면.

2. (사물의) 위치의 공간성과 (몸의) 상황의 공간성

공간을 파악하는 기본적인 표지는 정위^{상하, 좌우}와 원근^{깊이, 너비}이다. 정위는 대상이 어디에 있는가, 즉 전후 좌우와 같은 위치와 방향성을 말하고, 원근은 주체와 대상 사이의 거리의 정도를 뜻한다. 정위와 원근은 일차적으로 주체의 몸을 기준으로 해서 설명된다. 예를 들면, '길 왼쪽에는 나무와 마을이 있고 오른쪽은 밭이다', '가까이에 나무 하나가 있고, 그보다 멀리 큰 길이 보인다' 등은 대상을 바라보는 주체의 위치를 기준으로 한 설명이다. 대상의 공간적 위치는 서로의 관계에 의해 주어지지만, 대상 간의 관계에 따른 정위를 전체적으로 파악하는 것은 주체의 몸이다.

오규원의 시에서 공간에 대한 인식은 일차적으로 위 / 아래, 앞 / 뒤 등 위치와 방향을 나타내는 단어들로 나타난다.⁹ 대상의 정위는 '~의 위', '~의 옆'과 같은 형태로 표현되어, 그 자체가 다른 대상과의 관계 속에 있음을 보여 준다. 예를 들어 "비워둔 식탁 위에 무슨 일이 / 있나 숟가락과 젓가락이 / 다 낮게 앉고 그렇게 / 고단한 꿈인지 숟가락 밑에 녹이 한번 더 슬고"「4월이여 식탁이여」에서 '숟가락과 젓가락'은 식탁의 '위'에 있고, 숟가락 '밑'에는 녹이 슬고 있다. "눈은 / 언

---

9   5시집 『가끔은 주목받는 生이고 싶다』의 시들은 제목에서 공간적 표지를 보여 주는 경우가 많다. 「분식집에서」, 「층계 위에서」, 「버스 정거장에서」의 '분식집, 층계, 버스 정거장'은 창작의 배경이자 계기가 되는 공간들이다. 「정방동에서」, 「바다의 길목에서」, 「남대문 시장에서」, 「충무로에서」 등에서 '정방동, 바다, 남대문 시장, 충무로' 또한 창작 배경이자 계기인 것은 동일하지만, 주체의 몸이 직접 이동하면서 경험하는 공간이라는 차이가 있다.

덕 위에서 바다 쪽으로 내려오고 나는 / 바다 쪽에서 사람의 언덕으로 오르다가"「정방동에서」에서 '눈'은 바다 쪽으로 내려오고 '나'는 언덕으로 오르고 있다. 그러므로 '나'는 언덕보다 아래쪽에 있고, 눈이 오는 방향을 향해 가고 있음을 알 수 있다. 이처럼 시에 나오는 대상들은 서로 간의 관계 속에서 정위를 가지고 있다.

> 층계의 위는 밑에서 보면 높지만
> 위에서 보면 층계의 위도
> 내 발의 아래이고 내가 신은 구두의 밑이다
> 층계의 위에서 보아도 층계의 위는
> 언덕의 밑이고 산의 밑이다
>
> 높은 곳은 보다 높은 곳의 가슴이거나
> 턱수염 밑이고 낮은 곳은
> 보다 낮은 곳의 엉덩이거나 아랫배이거나
> 그런 높이로 층계는 이어져 있다 나는
> 보다 높은 곳의 사타구니쯤에서 피우던
> 담배를 구두 뒷발로 뭉개고 앉아 있다

「층계 위에서」 부분 (5)

　이 시는 사물의 정위가 고정된 것이 아니라 관계에 의해 주어진다는 것을 보여 주는 동시에, 그것이 결국 주체의 몸을 기준으로 함을 설명하고 있다. 1연에서 '층계'는 높은 곳과 낮은 곳을 연결하려는 목적으로 만들어진 것이므로 그것 자체가 위아래를 가지고 있다. 층계 아래쪽에서 보면 층계의 윗부분은 높지만, 층계를 올라가서 '층계의 위'에 서면 층계는 '내 발의 아래'이자 '내가 신은 구두의 밑'에 있다. 이때 층계의 정위를 결정하는 것은 주체의 몸이다. 내가 밑에서 올려다보면 층계는 나의 위에 있지만, 내가 층계를 올라가서 내려다보면 올려다보던 층계는 '내 발의 아래'가 된다. 그러나 '나'는 층계의 위에 있으면서 언덕이나 산보다는 아래에 있으므로, 층계의 위는 결국 언덕과 산의 밑에 있는 것이 된다.

2연은 1연의 공간 이해를 바탕으로 하여 사물들의 정위가 주체를 포함한 그것들 간의 관계에 따른 상대적인 것임을 말하고 있다. 높은 곳은 더 높은 곳에서 보면 가슴 혹은 턱수염 밑 정도의 위치에 있고, 낮은 곳은 더 낮은 곳의 엉덩이나 아랫배 정도의 위치에 있다. 층계에 있는 '나'의 위치 또한 층계를 기준으로 보면 '보다 높은 곳'의 사타구니쯤이라고 파악될 수 있다. 즉 사물의 공간성은 그것들 간의 관계와 그것을 바라보는 주체의 시선에 따라 파악되는 것이다.

내가 바다에게 아무것도 원하지 않았으므로 바다는
주검이나 주검의 위치에서 나와 마주 서 있었고

마주 보고 서 있어도 너무나 당연하게
나는 내 옆사람 속으로 들어가 서서

사람을 통해 구부러지는 길과 무덤을 보고

내 머리 위에 탕아처럼 누운 정신 나간 하늘을 보았다

「바다의 길목에서」 부분 (5)

대상 간의 원근은 주체의 위치와 필연적으로 관계 지어져 있다. 인용된 부분은 '나'와 바다, 그리고 옆사람 간의 원근감을 표현하고 있다. '나'와 '옆사람'은 '바다'와 마주보고 서 있다. 이 같은 상황에서 '내가 옆사람 속으로 들어가 선다'라는 표현이 가능하려면, 바다와 나 사이에 옆 사람이 서 있어야 한다. 즉 바다 편에서 볼 때 '나'가 옆 사람에 가려져 보이지 않아야만 옆 사람 속으로 들어간 것처럼 보일 것이다. 전통적인 원근법으로 보면, '나'를 중심으로 해서 조금 가까운 앞에 '옆사람'이 있고 그보다 먼 거리에 '바다'가 있는 것이다. 그러나 오규원은 이것을 '내가 옆사람 속으로 들어간다'고 표현함으로써, 대상 간의 원근감을 이차원의 평면으로 옮겨서 표현하고 있다. 가까이 있는 사물을 크게, 멀리 있는 사물을 작게 그림으로써 사물 간의 원근을 표시하는 일반적인 원근법과는 달리, 대상들을 평면적으로 중첩시켜서 표현하는 것이다. 이것은 대상을 보이는 그대로의 현상에 충실하게 반영한 결과[10]로서, 주체의 실제적인 시선을 강조한다. 실제로 사람은 대상을 고정된 하나의 시점에서만 바라보는 것

---

10 이는 "뒷머리를 질끈 동여맨 여자의 모가지 하나가 / 여러 사내 어깨 사이에 끼인다 / 급히 여자가 자기의 모가지를 남의 몸에 / 붙인다 두 발짝 가더니 다시 / 모가지를 남의 어깨 위에 붙여놓는다"(「거리의 시간」)에 나타나는 표현법과 동일한 방식이다. 이같은 '체험된 원근법'은 후기 시의 중요한 창작 방식이다. 졸고, 「오규원 후기 시와 시론의 현상학적 특징 연구」, 『국어국문학』 175, 2016 참고.

이 아니라 순간순간 상대적인 시점들을 갖는다. 전통적인 원근법은 한 지점에 고정된 주체의 시선을 기준으로 하여 사물의 원근을 설명하지만, 주체의 시선이 이동한다고 가정하면 원근감은 변화되고 사물들은 겹쳐져 있는 것으로 보이기도 한다. 사물의 공간성은 결국 주체의 몸과의 관계에 의해 파악되는 것이다.

'몸'은 공간에 대한 인식을 가능하게 하는 기본 토대이다. 주체는 세계를 통해 스스로의 몸을 의식하고, 동시에 몸을 수단으로 해서 세계에 대한 의식을 갖는다. 메를로-퐁티는 이같은 특징에 기반해서 주체를 '세계에의-존재l'etre-au-monde로서의 몸'이라고 설명한다.[11]

그런데 몸은 머리, 가슴, 손 등 각 부분들의 연결로 이루어져 있으면서 그 자체가 공간성을 가지고 있다. 몸 자체의 공간성은 외부 대상들의 공간성과 같은 것이 아니다. 몸은 원래적 방식으로 상호 관련되어 있고, 그 부분들은 하나를 다른 하나의 곁에서 펼치지 않고 서로가 서로에게 둘러싸여 있다.[12] 몸은 불가분의 총체성을 가지므로, 일부분만을 분리해서 정위를 말할 수는 없다.

바닥에게는 낮은 창문도

희망이고

몸이 무거운 나무에게는 떨어지는

잎 하나도 기쁨이다

11   조광제, 『몸의 세계, 세계의 몸』, 이학사, 2004, 95면.
12   메를로-퐁티, 앞의 책, 165면.

층계 위에 오래 앉아 있은 나는

내려가는 것이 희망이고

「분식집에서」 부분 (5)

  인용된 부분에서 사물들은 관계 속에서 상대적인 정위를 가지고 있다. '창문, 나무'는 위에 있고 '바닥, 잎'은 아래에 있다. 이때 '위 / 아래'는 짝을 이루는 사물에 대한 상대적인 개념이다. 아무리 낮은 창문도 바닥을 기준으로 보면 위에 있는 것이고, 나뭇가지는 떨어지는 잎보다 위에 있다. 그런데 여기에는 사물들 간의 정위를 파악하는 주체의 시선이 숨어 있다. '~보다 / ~에 비해'라는 비교 대상 없이 '낮은 창문'이라고 표현된 것은, 그것을 바라보는 주체의 시선이 이미 개입되어 있음을 뜻한다.

  '창문'과 '나무'를 바라보는 '나'는 '층계 위'에 앉아 있다. 그런데 이때 '위'에 있다는 것은 '창문이 바닥보다 위에 있다'는 위치의 공간성과는 달리, 층계에 몸의 일부를 얹고 있다는 것이다. 층계에 닿는 부분은 '나'의 엉덩이와 허벅지 일부이지만, '나'는 몸 전체로서 층계 위에 앉아 있다고 표현된다. 나무와 창문을 바라보는 눈과 층계 위에 앉은 엉덩이는 모두 '나'의 몸을 구성하는 전체로서 정위를 나눌 수 없다. 즉 지각 주체인 나의 몸은 그 자체가 하나의 덩어리로서 정위를 차지한다.

1

나는 지금 거울 앞에 있다 거울의

입구는 거울만큼의 크기로 넓고 단정하고

거울의 안은 더도 아니고 덜도 아니게
나의 크기만큼 차 있고 나머지는 비어 있다

거울이 아니고 인간인 나는 늘 큰 키 덕분에 내 머리와 모가지는
거울 밖에 있고 심장부터 발까지는 거울 속에 있거나

혹은 내 아랫도리는 거울 밖에 있고
머리와 심장은 거울 속에 있다

나는 지금 거울 앞에서 걷고 있지만 거울 속의 나는
아랫도리이거나 윗도리이거나 둘 중의 하나이다

아랫도리이거나 윗도리이거나 그 중 하나가
거울 밖으로 나오면 나는 하나가 된다

2
나는 거울을 보지 않는다 면도를
할 때도 한 손으로 면도기를 들고
다른 손으로 수염을 더듬는다 그래도
수염은 잘 깎인다

우리집 딸놈은 자기 아버지가 잘생기지는 못했지만

멋있다고 믿고 있다 딸놈의

착각이 재미있으므로 나는 거울을 보지 않는다

「거울 또는 사실에게」 전문(5)[13]

1에서 '나'의 몸은 거울에 비친 부분과 그렇지 않은 부분으로 나누어진다. 키가 커서 머리와 목은 다 보이지 않고 가슴 이하만 보이거나, 머리와 가슴을 포함한 상반신이 보이도록 하면 하반신이 보이지 않는다. 머리와 목, 가슴, 아랫도리 등은 나의 몸의 위와 아래에 있다. 거울과 몸의 상대적인 위치에 따라 윗부분이 보이기도 하고 아랫부분이 보이기도 한다. 그러나 몸은 유기적으로 연결되어 있으므로 각각 분리된 공간으로 설명할 수 없다.

2에서 '나'가 거울을 보지 않고도 면도를 할 수 있는 것은, 나의 몸이 하나로 연결되어 있다는 것을 단적으로 보여주는 것이다. '나'의 얼굴은 총체적인 몸의 일부분으로서 나머지 몸의 부분과 연결되어 있으므로, 거울을 보지 않아도 손으로 더듬어서 수염이 난 자리를 예상할 수 있다.

'몸'의 각 부분은 손이나 다리처럼 어떤 특정한 부분이 도드라져 보인다고 하더라도, 나머지 몸의 부분이 사라지는 것이 아니라 연속적으로 연결되어 있다. 예를 들어 내가 두 손으로 책상을 짚고 있다면, 두 손만이 강조되고 나머지 몸의 부분은 중요해 보이지 않지만,

---

13　[저자 주] 이하 인용된 시의 부제는 생략했다.

나의 어깨와 허리가 차지하고 있는 자리가 사라지는 것이 아니라 그 것들은 두 손의 자리에 의해 덮여 있는 것이다. 즉 나의 모든 자세는 책상에 가해지는 나의 두 손의 누름에 의거해서 읽혀진다. 이런 점에서 몸은 객관적 대상들의 '위치의 공간성'과는 구별되는 '상황의 공간성'을 갖는다. 몸의 각 부분이라든가 몸을 둘러싼 각 대상들은 동일한 공간적 가치를 갖는 것이 아니라 몸이 목적하는 의도에 따라 수시로 다른 공간적 가치를 갖는 것이다.[14] 즉, 몸은 상황에 따라 특정 부분이 강조되는데, 그 부분은 몸의 나머지 부분들을 모두 덮어쓰고 있는 것이다. 이것이 실존적 기획을 가지고 있는 고유한 몸의 공간성이다.

3. 정박점의 조정을 통한 공간의 재구성

사물의 공간성이 주체의 몸의 공간성과 밀접하게 연결된다는 것은, 대상인 사물과 주체가 하나의 세계의 의미 연관 속에 놓여 있음을 말한다. 주체가 인지하는 공간성은 주체의 몸에 따라 변화되는 것인 동시에 주체가 그것에 맞춰서 스스로를 적응해 가는 상호적인 지평이다.

오규원의 중기 시는 이러한 실존적인 공간성과 도시의 고정된 공간성을 대비시킴으로써 문명에 대한 비판적인 관점을 드러낸다. 실존 지평으로서의 공간이 주체의 몸의 이동에 따라 정위가 달라지는

---

14   위의 책, 168면; 조광제, 앞의 책 137~138면 참고.

것에 비해, 도시의 공간은 주체와의 상호성이 단절된 객관적이고 물리적인 것이다. 사물들의 정위는 이미 고정되어 있고, 주체는 정위가 고정된 공간으로 편입된다. 공간이 주체의 몸의 이동에 따라 변화되는 것이 아니라, 주체가 고정된 공간에 편입된다.

예를 들어 '길'은 몸이 이동함에 따라 정위가 결정되는 열려 있는 공간이지만, 도시에서 그것은 특정한 목적지까지 가기 위한 수단적 공간이며 목적지에 도착하는 것으로 끝나는 닫힌 공간이다. 길의 좌우에 있는 '테라스', '청솔밭', '페페', '모모' 등「明洞 2」은 카페와 음식점, 의류 매장 등의 이름이고, '사랑이란……'은 카페 이름'Love is' 이다「明洞 3」. 사람들은 간판을 따라 목적지를 찾고, 도착하면 간판이 달려 있는 가게로 들어가고 거기서 길은 끝난다.

> 서울은 어디를 가도 간판이
> 많다 4월의 개나리나 전경보다
> 더 많다 더러는 건물의 마빡이나 심장
> 한가운데 못으로 꽝꽝 박아놓고
> 더러는 문이란 문 모두가 간판이다
> 밥 한 그릇 먹기 위해서도 우리는
> 간판 밑으로 머리를 숙이고 들어가야
> 한다 소주 한잔을 마시기 위해서도 우리는
> 간판 밑으로 또는 간판의 두 다리 사이로
> 허리를 구부리고
> 들어가서는 사전에 배치해놓은 자리에

앉아야 한다 마빡에 달린 간판을

보기 위해서는 두 눈을 들어

우러러보아야 한다 간판이 있는 곳에는

무엇이 있다 간판이 있는 곳에는

무슨 일이 있다 좌와 우 앞과 뒤

무수한 간판이 그대를 기다리며 버젓이

가로로 누워서 세로로 서서 지켜보고 있다

간판이 많은 길은 수상하다 자세히

보라 간판이 많은 집은 수상하다

「간판이 많은 길은 수상하다」 전문 (6)

　도시에 있는 수많은 간판은 건물의 쓰임새와 목적을 알려 주는 표지이다. 사람들은 밥을 먹거나 술을 마시기 위해 목적에 맞는 간판을 찾고, 간판이 안내하는 공간으로 들어간다. 간판이 건물 위에 있다면 머리를 숙이고 그 아래로 들어가야 하고, 때로는 간판들 사이로 허리를 구부리며 가야 한다. 앞뒤 좌우에 있는 간판은 '버젓이 가로로 누워서 혹은 세로로 서서' 주체를 지켜보고, 사람은 위를 올려다보고 주위를 두리번거리며 그것들을 찾아 헤맨다. 공간은 고정된 위치를 가지고 있고, 주체는 그것을 찾아가는 일방적인 입장에 있다. 가게 이름이 붙어 있는 '문' 또한 목적을 위한 간판과 다르지 않다. 그것은 가게 안을 들고 날 수 있는 일시적으로 열리는 입구일 뿐이다.

　도시에서 주체는 세계를 구성하지 못하고 오히려 스스로를 가둔다.[*] 이 거리가 나를 내가 / 가두게 한다 / 이 거리의 속도가 / 이 충무로가 나를 / 내가 가두게 한다 / 치사하게 내가 / 비겁하게 / 나를 가두게 한다", 「충무로에서」. 열려 있는 것처럼 보이는 이 공간은 상품의 구매와 소비만 가능한 곳으로서, 그에 부합하지 못하는 몸은 스스로를 가둘 수밖에 없다. 즉 공간이 주체의 몸을 근거로 하여 구성되는 것이 아니라 오히려 그것을 가두고 왜곡하는 기능을 한다. 공간이 주체의 몸을 구속하는 이러한 상황은 「MIMI HOUSE — 인형의 집」에 상징적으로 표현되어 있다. 호화로운 북구풍 저택을 완구로 재현해놓은 '미미하우스'는 상품의 전시와 물질적 소비를 집약해 놓은 상징적인 공간이다. 삼만 오천 원이면 모든 것이 갖추어져 있는 이 집을 살 수 있지만 그 집 안에 있는 미미는 절대로 나올 수 없다. '미미'는 '미미하우스'의 일부이고 삼만 오천 원이라는 가격을 책정하는 가장 중요한 부품이기 때문이다. 도시에서 주체는 공간을 구성하는 실존적 주체가 아니라 고정된 공간 속의 상품을 구매하는 소비자로서만 의미가 있다.

오규원은 도시 공간의 고정성을 비판하면서 주체의 몸과 연결되는 실존적인 지평으로서의 공간성을 회복하고자 한다. 「詩人 久甫氏의 一日」[15] 연작은 이러한 도시 공간에 대한 비판적 시선을 담고 있다.

골드만 같은 여의도
권터 그라스 같은

---

15 「詩人 久甫氏의 一日」은 박태원의 「소설가 구보씨의 일일」을 패러디한 것이다. 시의 화자가 쇼핑센터를 배회하는 것은 박태원 소설에서 구보가 가지고 있는 산책자적 성격과 유사하다. 박태원의 소설과 연작시의 비교는, 이연승, 「박태원의 小說家 仇甫氏의 一日 과 오규원의 詩人 久甫氏의 一日 비교 연구」, 『구보학보』 12, 2015 참고.

카프카 같은

쇼핑 센터에서

　나는 사랑하는 애인에게 사주고 싶네 하이네 같은 쌍방울표 메리야
스, 워즈워스 같은 일곱 색 간지러운 삼각 팬티, 아 나는 등기 소포로 보
내고 싶네 바스카 포파의 「작은 상자」에 든 월계관표 콘돔

지친 뒤 늘 혼자

한잔의 술에 취해 서쪽

하늘의 능선에다 번번이 토악질을

벌겋게 한 뒤 주저앉는 태양이여

안심하라 우리들 인간도 밤에 취해

주저앉기는 마찬가지 어떻든

쉬는 것은 일요일이 복음이고

취하는 것은 人生의 복음이고

나는 지금 쇼핑 센터를 돌며

오징어 다리를 잔인하도록 유쾌하게 찢어

씹는다 가로등이

주둥이 밑으로 찝찝한

타액을 조금씩 양을 늘려

흘리기 시작할 때

「詩人 久甫氏의 一日 3」 부분 (5)

도시 공간의 억압적인 폐쇄성에서 벗어나는 방법은 그 공간에 부여된 고정적인 기능을 부정하는 것이다. 시에서 '나'는 쇼핑센터를 돌며 사랑하는 애인에게 상품을 사 주고 싶다고 말하지만, 실제로는 상품 사이를 부유하며 그것들을 보여 줄 뿐이다. 여의도, 쇼핑센터, 각각의 상품들은 각각 에마 골드만, 귄터 그라스와 프란츠 카프카, 하인리히 하이네 등에 비유되는데, 비유되는 상품들과 원관념인 작가 사이에는 아무런 연관 관계가 성립되지 않는다. 이는 쇼핑센터에 진열된 상품들이 화자에게는 아무런 상품 가치를 지니지 못함을 의미한다. 화자는 상품을 구매하기 위해 쇼핑센터를 둘러보는 것이 아니라 그저 떠돌아다닌다. 이는 '쇼핑센터'라는 공간의 상업적인 기능을 전면적으로 부정하는 것이다. 주체는 고정된 공간에 편입되기를 거부하고, 시선을 자신의 몸으로 돌림으로써 공간적 수준을 재구성하고자 한다.[16] 이것은 '몸'의 공간적인 특징에 주목함으로써 가능한 것이다.

여자가 간다 비유는 낡아도
낡을 수 없는 生처럼 원피스를 입고
여자가 간다 옷 사이로 간다
밑에도 입고 TV 광고에 나오는

16　「詩人 久甫氏의 一日 5」는 예외적으로 도시 공간을 배경으로 하는 대신, 그곳에서 살아가는 화자의 일상의 모습을 소재로 하고 있다. 이 시에서 공간은 주체와 무관하게 고정되어 있는 도시 공간이 아니라, 주체의 상황에 따라 변화하며 새롭게 구성되는 것으로서 나타난다. 이는 「詩人 久甫氏의 一日」 연작이 도시 공간에 대한 비판을 주제로 한 것임을 말해주는 근거이다.

논노가 간다 가고 난 자리는

한 物物이 지워지고 혼자 남은

땅이 온몸으로 부푼다 뱅뱅이

간다 뽕뽕이 간다 동그랗게 부풀어

오르는 땅을 제자리로 내리며

길표양말이 간다 아랫도리가

아랫도리와 같이 간다

윗도리가 흔들 간다 차가 식식대며

간다 빈혈성 오후가 말갛게 깔리고

여자가 간다 그 사이를 헤집고 원피스를 입고

낡은 비유처럼

「원피스」 전문 (6)

인용된 시에는 '논노, 뱅뱅, 길표양말' 등 상품의 브랜드가 그것을
입고 있는 사람을 대체하고 있다. 길을 가는 '여자'는 TV에서 광고되
는 브랜드 '논노'의 원피스를 입고 길을 가고 있다. 마찬가지로 '뱅뱅'
옷을 입은 사람과 길표 양말을 신은 사람이 지나간다.

그러나 상품을 입고 있는 몸들은 특정 브랜드로 지칭되는 이상의
것으로 남아 있다. 논노 원피스를 입은 여자의 몸은 '옷 사이로' 가고
있고, 길표양말을 신은 사람의 발은 연결되어 있는 몸의 아랫도리와
함께 길을 간다. 그에 따라 아랫도리와 연결된 윗도리도 흔들리며 간
다. 이것은 부분으로 나누어질 수 없는 몸의 공간적인 특징을 바탕으
로 한 것이다. 몸은 각 부분들이 연결된 총체성으로 존재하므로 옷이

나 양말로 대체될 수 없다. 옷을 벗는 순간 몸은 다시 브랜드가 아닌 고유의 공간성을 회복한다. 몸은 상품으로 대체될 수 없으며 총체적인 것으로서 남아서 공간을 파악하는 중심이 된다.

사물의 공간성이 주체의 몸을 기준으로 하여 파악된다는 것은, 주체의 몸이 이동함에 따라 사물의 정위가 변화됨을 뜻한다. 그러나 공간을 지각하는 것은, 주체의 일방적인 시선에 따라 대상의 정위가 결정되는 것만은 아니다. 반대로 주체는 사물의 정위를 포함한 공간적 수준이 변화할 때, 정박점^{points d'ancrage}을 새롭게 조정함으로써 새로운 공간적 수준에 적응한다. 사물이 기울어진 상태에 있는 방에 들어갔을 때, 주체는 처음에는 공간이 기울어진 것을 인지하고 불편함을 느끼지만, 시간이 지나면 기울어진 상태를 똑바로 서 있는 것으로 인지한다. 즉 스스로 정박점을 조정함으로써 주어진 공간적 수준에 적응하는 것이다.[17]

주체는 변화되는 상황에 맞게 스스로 공간적 수준을 재구성한다. "우리는 어디서나 앉는다 / 앉으면 중심이 다시 잡힌다"^{「우리는 어디서나」}는 이것을 단적으로 표현하고 있다. '앉는다'는 것이 앉음으로써 공간적 수준이 달라지는 것을 의미한다면, '중심이 다시 잡힌다'는 것

---

17   메를로-퐁티, 앞의 책, 378~382면 참고. "피실험자가 처음에 방에 들어갔을
      때 전체가 이전의 모습과 달라 혼란스러워했다는 것은 이전의 공간적 수준에
      여전히 머물러 있어서 새로운 공간적 수준이 어색하기 때문이다. 메를로-퐁
      티는 이런 현상을 새로운 공간적 수준에 대한 '정박점(anchoring point)'이 결
      여되어 있기에 발생하는 현상이라고 설명한다. 그러나 결국 피실험자는 새로
      운 공간적 수준을 정박점으로 삼아 점차 안정을 찾고 거기에 익숙해지면서, 위
      와 아래의 정위에 대한 새로운 의미를 갖게 된다." 박은정, 앞의 글, 365면.

은 새로운 정박점을 만들고 그에 따라 공간적 수준을 새롭게 구성한
다는 것이다.

　　허름한 해안 식당에서 점심을 끝내고 나선 나는
　　내 키보다 나직한 담장 안을 넘보며 담장의

　　안에만 있는 생활이며 사람의 문지방을 넘보며 또한
　　그러한 나를 넘보는 사람들을 넘보며 언덕을 오른다 눈은

　　언덕 위에서 바다 쪽으로 내려오고 나는
　　바다 쪽에서 사람의 언덕으로 오르다가

　　눈 날리는 정방동의 언덕길을 더듬고 있는 며칠 전
　　나를 치료한 장님 안마사와 마주친다 장님 안마사는

　　눈송이가 놓인 사이사이의 검은 도로의
　　바닥만 지팡이로 두드리며 가고 나는 내 근육을 풀어간

　　키 작은 한 사내의 손이 눈과 눈 사이에서 검은
　　바닥만 두드리는 지팡이의 끝에 실수마냥 거듭 찔린다

　　해안으로 난 골목으로 안마사가 방향을 꺾자 한 사내와
　　나 사이로 눈과 파도가 한꺼번에 달겨들어 나는

숨이 차다 날리는 눈 속의 정방동 길은 어느 순간보다 더 검고
웅크린 언덕의 어깨는 나보다 나직하다 그러나 이 길도 내가
사는 곳으로 올라가는 길 내가 사는 곳이므로

의·식·주가 먼저 올라가고 눈이 먼저 내린다 그러나
올라가는 길은 어느 길이나 숨이 차야 내려간다

「정방동에서」 전문 (5)[18]

이 시는 우선 주체의 몸의 움직임에 따라 변화하는 대상의 공간성을 표현하고 있다. 1, 2연에서 '나'는 담장보다 키가 크므로 그것보다 위에 있고, 담장의 밖에 있어서 그 안을 넘겨다보며 언덕을 오른다. 3연의 '눈은 언덕 위에서 바다 쪽으로 내려오고 나는 바다 쪽에서 언덕을 오르고 있다'는 나의 몸이 이동함에 따라 인지되는 공간성을 표현한 것이다. 즉, '나는 눈을 맞으며 언덕을 오른다'라는 일반적인 표현을, 주체의 몸이 이동함에 따라 '눈'이 방향성을 가지고 내려오는 것으로 설명하는 것이다. 8연에서 '웅크린 언덕의 어깨는 나보다 나직하다'는 '나'가 언덕을 모두 올라왔으므로 언덕이 낮은 곳에 위치한다는 것이다. 나의 몸이 이동함에 따라 언덕은 '위'에 있다가 '아래'에 있는 것으로 변화한다.

그러나 '나'가 인지하는 공간성은 이처럼 나의 몸의 이동에 따라 결정되는 것만은 아니다. 7연에서 '해안으로 난 골목으로 안마사가

---

18   [저자 주] 인용된 시의 부제는 생략했다.

방향을 꺾자 한 사내와 나 사이로 눈과 파도가 한꺼번에 달겨든다'는 것은, 마주오던 장님 안마사가 방향을 바꾸어 골목으로 사라지자, 그에 몸에 의해 가려졌던 시야가 트이며 갑자기 눈과 파도가 달려드는 것처럼 여겨졌다는 것을 말한다. 이것은 안마사가 갑자기 사라지자 순간 공간적 수준이 변화하면서 공간 감각에 잠시 혼란이 온 상태를 표현한다. 그러나 다음 순간 정박점이 조정되면서 '나'는 다시 언덕을 오른다.

> 공중전화 부스 옆에서 한 아이가
> 울고 있다 칸칸의 부스 안에는
> 제각기 간절하고 급한 어른들이
> 전화선에 매달려 혹은 손짓하고 혹은
> 발짓하고 아이스콘을 빨다 울고 있는
> 아이의 목줄기로는 눈물보다 차가운
> 얼음물이 벌겋게 흘러내리고 거리를
> 떠도는 아이의 시선을 지나가는 사람들이
> 툭툭 치며 간다 그럴 때마다 아이의
> 눈에서 눈물이 쭐쭐 나온다 저 아이는
> 아마도 한국에서 태어나 혼자일 때
> 하느님과 통화하는 방법을 모르리라
> 저기 바라보이는 성당에는 하느님과
> 직통 전화가 가설되어 있으리라 그러나
> 공짜로는 안 되리라 한 사내가 아이 곁에

앉아 무어라고 달래지만 아이는 고개를

저으며 한사코 운다 울긋불긋 유명 메이커

상표의 타이탄 한 대가 서더니 아이를

밀치고 음료수 상자를 척척 쌓는다 상자가

하늘을 오르기 시작하더니 아이는 금방

간 곳 없고 하늘엔 흰 구름 두둥실 떠돌고

상자 가득 얼굴이 누우런 오렌지 주스

병들은 출동 직전 서울의 전경처럼

「하늘엔 흰 구름 떠돌고」 전문 (6)

인용된 시의 앞부분은 공중전화 부스 옆에서 울고 있는 아이를 묘사하고 있다. 시선의 초점은 아이에게 맞춰지고 그 주변의 사람들과 풍경이 그려진다. 아이의 목에는 아이스콘이 녹아서 흘러내리고 있고, 지나가는 사람들이 볼 때마다 아이는 더욱 크게 운다. 그 옆에서 한 사내가 아이를 달래고 있다. 그런데 타이탄 트럭 한 대가 들어서면서 이같은 공간적 수준에 변화가 일어난다. 아이와 공중전화 박스가 중심에 있는 공간적 수준에 타이탄 트럭이 들어서자 아이는 더 이상 보이지 않고 트럭에 쌓인 박스 위로 하늘만이 보이게 된다.

이때 트럭이 아이를 밀치고 음료수 박스를 쌓는 것처럼 보이는 것은 공간적 수준이 재구성되기 이전의 상태를 표현한 것이다. 기존의 공간에 트럭이 들어와 정차하면서 아이가 보이지 않게 되면, 정박점이 자연스럽게 조정되면서 트럭과 그것을 배경으로 하여 공간적 수준이 재구성된다. 음료수 상자가 쌓임에 따라 그것을 따라가는 주체의 시선은 자연스럽게 위를 향하게 된다. '상자가 하늘을 오르기 시작하더니'는 정박점이 조정되고 새로운 공간적 수준을 구성해 가는 과정을 표현하고 있다. 새롭게 구성된 공간적 수준에서 시선은 높이 쌓여 있는 상자를 채운 오렌지주스와 그 배경인 하늘을 향하게 된다.

이때 새롭게 펼쳐진 '하늘'은 대상인 상자를 둘러싸고 있는 지평이다. 주체가 하나의 대상의 공간성을 파악한다는 것은 그것을 둘러싼 세계를 본다는 것이다. 어떤 대상을 본다는 것은, 대상을 주제화함과 동시에 대상 주변의 세계를 지평으로서 인식한다는 것이다.[19] 즉 오렌지주스가 담긴 상자를 보는 것은 동시에 그 주변 세계인 하늘까지를 보는 것이다. 주체는 지각 대상을 보면서 자연스럽게 그것과 더불어 있는 세계를 지평으로서 받아들인다.

4. 상호신체성으로서의 몸, 살의 세계로의 열림

주체의 몸은 대상의 정위를 결정하는 동시에 정박점을 조정함으로써 대상의 공간적 수준에 적응한다. 즉 주체와 대상의 관계는 서로에게 영향을 미치는 상호적인 것으로서, 이때 몸은 대상과 교감이 가능한 '살chair'[20] 로서 이해된다.

---

19 "한 대상의 내적 지평이 대상이 되려면, 그것을 둘러싸고 있는 대상들이 그 한 대상의 지평이 되지 않으면 안 되고, 또 봄이 이중적인 작용 [즉 한 대상을 주제화하는 작용이자 동시에 주변의 대상들을 지평으로 만드는 작용]이 아니면 안 된다. (…중략…) 따라서 지평은 탐색의 과정에서 대상의 정체성을 확증하는 것이다." 조광제, 앞의 책, 78~79면.

오늘은 안쪽에 놓인 식탁에서 식사를

하리라 그늘이 따뜻한 곳에서 식사를

하리라 그늘이 따뜻하지 않으면 내가 몸으로

그늘을 데우며 천천히 그리고 넉넉하게

그늘과 함께 식사를 하리라 광화문이나

남대문시장이나 난장 또는 신길동의 지천에

「오늘의 메뉴」 부분 (6)

나는 지금 샛강에 서 있다

샛강은 길 밖의 물이요 물 밖의

길이라 이곳에서는 나도

길 밖의 물이요 물 밖의 길이다

「길 밖의 물」 부분 (6)

「오늘의 메뉴」에서 '몸'은 안쪽, 그늘이 따뜻한 곳에서 식사를 하는 구체적인 신체이다. 그런데 그것은 따뜻한 곳을 찾아 수동적으로 거기에 있는 것만이 아니라, 따뜻하지 않은 공간을 데울 수 있는 능동적인 성격 또한 가지고 있다. '내가 몸으로 그늘을 데운다'는 것은, 마치 차가운 수건을 몸에 댄 후 시간이 흐르면 수건이 따뜻해지는 것

---

20 메를로-퐁티의 '살(chair)'이라는 개념은 주체와 대상이 소통하는 신체성의
영역으로서, 주체와 대상이 공통으로 포함되면서 어느 것에도 완전히 속하
지 않는 제3의 영역이다. 이에 대해서는 졸저, 『존재와 현상』, 소명출판, 2017,
131~154면 참고.

과 같다. 시인은 열전도에 의해 생기는 현상을 '몸으로 그늘을 데운 다'고 표현함으로써, 몸과 공간 사이의 상호성을 강조한다.

「길 밖의 물」에서 '샛강'은 길도 아니고 물도 아닌 것으로서, 길과 물 사이에 있다. 길을 기준으로 할 때 그것은 길의 바깥쪽에 있고, 물 을 기준으로 해도 물의 바깥쪽에 있다. 사전적인 의미로 '샛강'은 '큰 강의 본류에서 물줄기가 갈라져 나가서 가운데에 섬을 이루고 하류 에서 다시 본류에 합쳐지는 지류'이다. 샛강을 따라 길을 만든다고 하더라도 그것은 다시 물에 합쳐지므로 '길'이라고 할 수 없고, 물을 기준으로 본다면 중간에 섬을 이루고 있으므로 큰 강과 같다고 말할 수도 없다. 샛강을 따라 걸으면 '나' 역시 샛강의 공간성을 공유하게 된다. 몸은 대상의 공간성을 파악할 뿐만 아니라 그것들과 더불어 공 간성을 만드는 것이다.

이처럼 주체가 다른 사물들과 소통할 수 있는 것은, 몸이 보는 것 이면서 동시에 보이는 것으로서 이중성을 가지고 있기 때문이다. 우 리가 다른 대상을 보는 순간 우리의 몸은 보여지는 것이고, 대상을 만질 때 우리는 그것에 의해 만져진다. 퐁티는 이처럼 봄과 보여짐, 만짐과 만져짐이 동시에 발생하는 몸의 특징을 '살'이라는 가역적인 세계라고 말하고 있다.[21] '살'은 주체가 자신의 몸을 바탕으로 하여 대상에 대한 이해로 옮겨가게 하는 중요한 근거이다.

재배에 성공한 이후 귤은 몇십 원으로

---

21   메를로-퐁티의 '살' 개념에 대해서는, 심귀연, 「메를로-퐁티의 '몸-살 존재론'
      을 통해 살펴본 차이의 문제」, 『대동철학』 85, 2018 참고.

어디서나 살 수 있다 그러한 귤이

그러나 온몸의 무게로 앉으니까 앉은 자리와
주변이 슬그머니 정돈된다 자리와 주변을 정돈하는

그 조용한 무게는 크기와는 달리 나보다 오히려 무겁다
놓인 그 자리에서 밑으로 아무렇게 앉은 그는 그 무게 하나로

이미 내가 감당하기 힘든 한 세계의
중량이다 지금 내 앞에 있는 그의 무게는

순수해서 학문이나 신념보다 무겁다
온몸으로 아무렇게나 앉은 그 자세 하나로

이미 탈사물의 중량이다 그 무게는
정치나 권력 부정이나 부패의
무게가 아니라 존재의 무게여서
이 시대보다 순수하게 더 무겁다

「귤을 보며」 부분 (5)

귤 하나가 놓이면서 그 주변이 정돈된다는 것은, '귤'이라는 대상
이 주어진 공간에 들어옴으로 인해 공간적 수준이 재구성되는 것을
의미한다. 대상을 바라본다는 것은 해당 대상을 그것의 지평으로부

터 떨어뜨려서 두드러지게 하는 것과 같다. 귤을 본다는 것은 그것에 시선의 초점을 맞추는 동시에 귤 주변의 대상들이 귤의 지평으로 물러남으로써 가능한 것이다. 귤이 놓임으로 해서 정박점이 조정되고 그에 따라 공간적 수준 전체가 재구성되는 것이다.

귤이 크기는 작지만 '나'보다 무겁다고 하는 이유는, 귤이라는 사물에서 그것이 거느리고 있는 세계를 깨닫고 있기 때문이다. '내가 감당하기 힘든 한 세계의 중량'은 귤이라는 사물의 실제 중량이 아니라 그것이 놓임으로써 비로소 파악되는 세계의 중량을 뜻한다. 대상이 놓여 있다는 것은 물리적인 공간을 차지한다는 의미를 넘어서, 그것이 거느리고 있는 지평인 세계의 장을 연다는 것이다.

주체는 스스로를 수동적인 입장에 위치시킴으로써 비로소 대상과 '나'가 더불어 존재하는 세계를 발견하게 된다. 이때 공간의 구성은 새로운 것을 창조한다는 의미가 아니라 사실적 상황을 떠맡으면서 현상들이 말하려 하는 바를 의식하는 것이다. 지각의 우월한 능력은 창조의 역량이 아니라 대상의 상황을 파악하고 알아차리는 능력인 것이다.

이를 바탕으로 해서 공간성은 주체의 몸에서 대상으로 정박점을 옮겨가고, 그것들의 지평이자 존재의 장인 세계에로 열리게 된다. 이것은 사람들과 사물들이 지나간 후에도 땅이 여전히 그곳에 남아 있는 것과 같다. '물물物物'들은 지나가고 나면 사라지지만 그것이 밟고 간 땅은 여전히 남아 있다. 남아 있는 땅이 '동그랗게 부풀어오르는' 것은 그 위를 밟고 지나가는 물물들에 대한 땅의 반응이다"땅을 제자리로 내리며 / 길표양말이 간다", 「원피스」. 땅과 물물들, 그리고 사람은 상호적으로 관계를 주고받는다. 이것은 공간을 주체의 몸과 대상 간의 관계성으로 이해하는 것에서 더 나아가 물물들끼리의 관계 양상과 공간성을 파악하는 것으로 확대된다.

이는 자연스럽게 후기 시의 탈주체적인 시각, 상호신체성으로의 변화를 설명할 수 있는 근거가 된다. 후기 시에서 주체와 대상은 상호신체성을 가진 동등한 존재로서 지각의 장 안에 더불어 있다. 공간 역시 주체와 동등한 대상의 몸을 준거로 하여 파악된다. 이는 중기 시의 공간에 대한 실존론적인 이해를 바탕으로 하여 가능해진 것이다.

신체(성) 그리고 현상학

3

1. 신체, 세계와의 연관 근거

오규원의 시는 시기에 따라 서로 다른 주제들로 설명된다. 초기 시가 언어 자체에 대한 사유에 집중하고 있다면, 중기 시는 물질문명과 현대 사회에 대한 비판적인 성격을 띠고, 후기 시는 사회적인 메시지가 사라지고 대상을 구현하는 방법론을 모색하는 데 집중되어 있다. 그러나 표면상 주제가 변화되는 것과 달리 시인의 시적 관심사는 시세계 전반에 걸쳐 지속되고 변주된다. 현상, 언어, 세계에 대한 관심이 그것인데, 이것들은 결국 주체가 세계를 어떻게 인식하고 표현하는가의 문제로 집약된다. 초기 시에서 주체가 대상보다 우월한 위치에서 대상에 의미를 부여하는 역할을 한다면, 후기 시에서 주체와 대상은 동등한 지위를 가진 존재로서 같은 지각의 장에 있다.

이러한 변화는 주체가 신체를 통해 세계와 관계를 맺는 지각적 주체임을 자각하면서 생겨나는 것이다. 예컨대 시의 배경인 공간은 주체의 몸과 관련된 '상황의 공간성'으로 이해되면서 실존적인 지평으로서 세계를 향해 열리게 된다. 즉 주체는 신체를 근거로 하여 세계와 관련을 맺게 되는 것이다. 따라서 '신체(성)'[1]는 오규원 시의 변화를 설명할 수 있는 중요한 키워드이다.

신체에 대한 관심은 오규원의 초기 시에서부터 일관되게 드러난다. 초기 시에서 신체는 외부의 대상을 지각하고 인지하는 필수적인

---

[1] '신체'는 구체적인 몸 자체를 말하고 '신체성'은 신체가 가지고 있는 속성을 강조하는 것이다. 이 글에서는 신체와 신체성을 거의 동일한 개념으로 사용할 것이며, 신체의 속성을 강조하는 경우 외에는 '신체'라는 말로 통일할 것이다.

조건이다. 이것들은 감각을 활용한 이미지 표현이나 의인법 같은 수사법으로 표현된다. 이에 비해 중기 시에서는 신체 혹은 몸이라는 단어가 직접적으로 드러나는 대신 신체로써 경험하는 세계와의 연관성이 두드러진다. 여기서 신체는 주체와 세계를 연결하는 실존의 기본적인 조건이다.[2] 후기 시에서 주체는 세계와 신체적으로 관계하며 실존하는 신체-주체[3]로서 대상과 더불어 존재한다. 그럼으로써 주체와 대상은 동등한 지위를 가진 존재로서 공존하게 된다. 후기 시의 생태학적인 특징은 신념이나 이데올로기가 아니라 이러한 현상학적 사유의 자연스러운 귀결인 셈이다.

2. 수사학적 도구로서의 신체

시에서 '신체'는 일차적으로 대상과의 비유의 근거로 사용된다. 동식물이나 무생물, 자연 현상 혹은 개념 등 사람이 아닌 것을 사람인 것처럼 표현하는 의인법이 대표적인 예이다. "이것은 소리 없는 아우성"유치환, 「깃발」, "너의 머리는 파아란 하늘에 젖어 있다"김현승, 「플라타너스」

---

2   졸고, 「신체(성) 그리고 현상학」, 오규원문학회 편, 『끝없이 투명해지는 언어』, 문학과지성사, 2022에는 "중기 시에서는 신체에 대한 관심이 거의 드러나지 않다가 후기 시에서 현상학적인 관점과 연결되며 구체화된다"라고 되어 있다. 이것은 '몸 / 신체' 자체에 대한 직접적인 관심 여부만을 기준으로 한 잘못된 서술이다. 중기 시는 '신체'를 근거로 하여 변화하는 '상황의 공간성'을 드러냄으로써, 신체에 대한 물질적인 관심이 현상학적 이해로 이행되는 과정을 잘 보여준다.

3   '신체-대상', '신체-주체'의 개념은 강미라, 「사르트르의 현상적 신체에 대한 메를로-퐁티의 비판」, 『대동철학』 61, 2012 참고.

에서, 깃발이 아우성을 치거나 나무가 머리를 가지고 있다고 보는 것은 모두 인간의 신체를 기준으로 했을 때 성립되는 비유이다.

오규원의 시에서 역시 대상을 의인화한 표현들[4]이 빈번하게 등장한다「서쪽 숲의 나무들」,「길」,「정든 땅 언덕 위」,「꽃이 웃는 집」,「무서운 계절」,「들판」 등. "낱말은 지친 바람을 가만가만 풀잎 위에 안아 올린다"「현상 실험(別章)」, "바람에 흔들리며 부르르 떨고 있는 나뭇잎의 새파랗게 질린 표정"「무서운 계절」, "길이 끝난 곳에 / 산이 / 무릎을 꿇고 앉아 있다"「들판」에서, 낱말, 바람, 나뭇잎, 산 등은 마치 사람처럼 무언가를 안아 올리고 표정을 짓고, 무릎을 꿇고 앉는다.

나뭇가지를 타고
이웃집으로 도주해버린
시간의 신발이
발을 떠나서
거주하는 뜰을

이혼 승낙서를 앞에 놓고
어깨를 나란히한
두 송이 꽃이
웃으며 보고 있었다

---

4   의인법적인 표현은 후기 시에서도 종종 나타난다. 그러나 그것은 단지 대상을
     사람처럼 표현하는 수사법의 차원인지 아니면 동등한 신체를 가진 대상에 대
     한 이해인지에 따라 구별된다.

곡괭이를 빠져나온 長木 자루가

바보처럼

허리를 구부리고

담 밖을 기웃거리다가

되돌아 들어가곤 하는

그 집에는

「꽃이 웃는 집」 부분 (1)

바람이 불고 간 그 이튿날

뜰에 나간 나는

감나무의 그림자가 한 꺼풀 벗겨진 걸

발견했다.

돌아서는 순간

뜰이 약간 기울어진 걸

발견했다.

뜰 위에는

부러진 아침 어깨뼈의 일부.

부러진 하느님 어깨뼈의 일부.

「그 이튿날」 부분 (1)

「꽃이 웃는 집」에서 실제 있는 사물은 옆집 담을 넘은 나뭇가지와 두 송이 꽃, 곡괭이에 박혀 있던 장목 자루 등이다. 시인은 그것을 시간이 이웃집으로 도주했다거나 꽃이 이혼 승낙서를 앞에 두고 있다고 표현하고 있다. 곡괭이 자루가 허리를 구부리거나 담 밖을 기웃거린다는 것은 시간의 흐름에 따라 생겨난 그림자를 비유한 것으로 읽을 수 있다. 꽃이 이혼 승낙서를 앞에 놓고 나란히 있다는 것은 두 송이 꽃이 반대 방향을 향해 피어 있는 것을 표현한 것일 수 있지만, 비유의 실제적인 근거가 뚜렷하지는 않다. 이는 대상의 속성 외에 그것을 대하는 주체의 주관적인 판단을 덧입혀놓은 것이다.

이에 비해 「그 이튿날」에서 대상은 구체적인 신체의 부분에 견주어 파악됨으로써 비유의 근거가 보다 선명하게 드러난다. 감나무의 그림자가 한꺼풀 벗겨졌다는 것은 바람이 몹시 불어서 감나무들 이파리가 떨어졌다는 것을 말한다. 뜰이 약간 기울어진 것처럼 느낀 것은, 떨어진 감나무 이파리가 쌓여 있기 때문일 것이다. 다음 연의 '부러진 아침 어깨뼈의 일부', '부러진 하느님 어깨뼈의 일부'에서 '부러진 어깨뼈'는 비어 있는 뜰의 자리에 비치는 햇빛을 말한 것으로 보인다. 여기에는 햇빛을 어깨뼈에 비유하는 동시에, '아침', '하느님'을 '어깨뼈를 가진 신체'에 비유하는 이중의 의인법이 사용되고 있다. 「꽃이 웃는 집」에서 '이혼승낙서를 앞에 둔 꽃'이 주체의 판단에 근거하여 대상을 해석하고 있음에 비해, 「그 이튿날」에서 뜰의 풍경은 신체를 매개로 하여 보다 구체적인 비유의 근거를 확보하고 있다.

주체는 대상에 인간적인 속성을 부여하고 그것을 통해 대상을 이해한다. 이는 인간이 세계를 이해하는 가장 기본적인 방법으로서 인간 중심적인 사고를 반영하고 있다. 이때 주체는 대상에 대해 우월한 위치에 있으며, 신체성은 주체의 우월성의 표지로서 대상에 부여되는 인간적인 속성이다. 이때 대상은 주체에 의해 일방적으로 해석되고 덧입혀지는 수동적인 것으로서 존재한다.

3. 대상을 인식하는 과정으로서의 '신체화'와 다중감각

의인법이 대상을 인간의 신체에 빗대어 표현하는 수사법이라면, '신체화'는 표현의 문제가 아니라 주체가 대상을 인식하는 방법이다. 즉 주체가 대상을 어떻게 지각하는가에 초점을 맞추는 것이다.

주체가 대상을 이해하고 표현하는 과정은 신체를 통해서 가능하다. 대상을 지각하는 것은 시각, 청각, 촉각 등 특정 감각 기관을 사용함으로써 가능한 것인데, 이것은 주체가 신체를 통해서 대상과 관계를 맺는다는 것을 말한다. 주체는 신체적인 감각을 통해 대상을 지각하고 그것을 인식한다. '감각sensation'이 '감각 기관이 어떤 자극을 받음으로써 생기는 의식 현상'이라면, '지각perception'은 '감각 기관을 통하여 대상을 인식함, 또는 그런 작용'이고, '인식cognition'은 '자극을 받아들이고 저장하고 인출하는 일련의 전신 과정'이다.[5] 주체는 눈, 코, 귀, 혀, 살갗을 통해 바깥의 어떤 자극을 알아차리는데, 이것들은 각각 시각, 후각, 청각, 미각, 촉각 등으로 구별될 수 있다. '신체화'는 이처럼 주체가 다양한 신체의 감각 기관을 통해서 대상을 인식하는 과정을 의미한다.[6]

---

5   변정민, 「한국어의 인지 단계에 대한 연구」, 『사회언어학』 10권 2호, 2002.12, 90면 참고.

1시집 『분명한 사건』에 빈번하게 나타나는 감각적 이미지들은 주체가 대상을 지각하는 과정으로서 신체화의 양상을 잘 드러내고 있다. _{「분명한 사건」, 「정든 땅 언덕 위」, 「무서운 사건」, 「현황 B」, 「그 마을의 주소」, 「그 이튿날」 등} 대상은 주체의 신체의 감각을 통해 포착되는데, 이것은 주체가 대상에 의미를 부여하기 전, 대상을 인지하는 과정에 신체성이 개입되는 것이다.[7]

> 시간의 둔탁한 대문을
>
> 소란스럽게 열고 들어선
>
> 밤이
>
> 으스름과 부딪쳐
>
> 기둥을 끌어안고
>
> 누우런 밀밭을 밟고 온
>
> 그 밤의 신발 밑에서
>
> 향긋한 보리 냄새가
>
> 어리둥절한 얼굴로

---

6   인지시학에서 '신체화'란 인지 과정에서 사람의 몸 또는 신체성이 작용하는 양상으로서, 우리의 일상적이며 신체적인 경험이 의미 또는 개념적 세계를 구조화하는데 필수적 역할을 수행한다고 보는 것이다. 임태성, 「다중감각어의 환유적 접근」, 『국어교육연구』 71, 2019, 52면 참고.

7   "실제로 우리가 이 세계를 경험하는 것은 우리의 마음과 몸, 문화적 배경에 대한 상호작용에서 비롯된다. 곧 우리가 어떤 것을 유의미하게 경험할 가능성은 우리의 신체적 경험의 성격에 달려 있다. 우리가 경험하는 것, 그 경험이 의미하는 것, 그 경험을 이해하는 방식, 그 경험을 추리하는 것 모두가 우리의 신체적 존재와 관계가 있다. (…중략…) 상상력의 구조는 근원적으로 신체적 수준의 경험에서 직접적으로 발생되므로, 선인지적이고 비명제적이다." 임지룡, 『인지의미론』, 한국문화사, 2017, 10면.

고개를 내밀고 있다.

「분명한 사건」 부분 (1)

이 시에서 대상은 다양한 감각을 통해 포착되고 있다. "시간의~끌어안고"에서 '밤'은 촉각'둔탁한'과 청각'소란스럽게 열고', 시각'으스름'을 통해 포착되고, "누우런 ~ 있다."에서는 시각'누우런'과 촉각'밟고 온', 후각'향긋한 보리냄새'으로 포착된다. 이 과정을 통해 '밤'이라는 추상적인 시간 명사는 구체적이고 감각적인 것으로 표현된다. 주체는 촉각, 시각, 청각, 후각 등 다양한 감각을 이용해서 대상을 지각하고, 그것을 '대문을 열고 온다'. '향긋한 냄새가 난다'와 같이 인지한다. 이때 밤이 대문을 열고 온다거나 향긋한 냄새가 난다고 보는 것은 대상에 대한 지각을 바탕으로 하여 이루어진 판단에 해당한다. 즉 '밤이 대문을 열고 온다'는 '밤'을 사람의 행위에 빗대어 표현한 의인법이라는 점은 동일하지만, 그것에는 주체가 신체성을 이용해서 대상을 파악하는 과정이 선행되는 것이다.

그 마을의 주소는 햇빛 속이다
바람뿐인 빈 들을 부둥켜안고
허우적거리다가
사지가 비틀린 햇빛의 통증이
길마다 널려 있는
논밭 사이다
반쯤 타다가 남은 옷을 걸치고

나무들이 멍청히 서서

눈만 감았다 떴다 하는

언덕에서

뜨거운 이마를 두 손으로 움켜쥐고

소름 끼치는, 소름 끼치는 울음을 우는

햇빛 속이다

「그 마을의 주소」 부분 (1)

이 시에서 '햇빛'은 빈 들을 부둥켜안고 허우적거리다가 사지가 비틀리고, 나무는 멍청히 서서 눈만 떴다 감았다 한다. 이것은 대상을 사람처럼 표현하는 차원을 넘어서 신체화를 통해서 표현한 것이다. '사지가 비틀린 통증'이나 '소름끼치는 울음'은 햇빛에 대한 지각 내용을 넘어서 그것에 바탕한 인식과 판단의 내용이다. '햇빛이 논밭과 길, 언덕을 비추고 있다'는 시각을 통해 지각된 것이지만, '햇빛의 허우적거림, 사지가 비틀림'은 지각한 것을 바탕으로 주체가 받아들인 인상이다. 그리고 그 인상은 거꾸로 주체의 신체를 통해 전달되어 온다. '허우적거리다, 사지가 비틀리다, 소름끼치다'는 대상에 대한 인상이 주체의 신체로 느껴짐을 표현하고 있다

여기서 주목되는 것은 다양한 감각들이 동시에 작용해서 대상을 지각한다는 점이다. 인용된 시에서 밤은 청각과 촉각, 시각, 후각으로 동시에 감각되고 있다. 이것들은 하나의 감각으로 먼저 포착된 후 다른 감각으로 전이되는 것이 아니라 다양한 감각으로 동시에 포착된다. 즉 하나의 감각에서 다른 감각으로 옮겨지며 재해석되는 것이

아니라 감각되는 순간부터 복합적으로 존재하는 것이다.

> 바람이 불 때마다
> 으으으
> 신경이 떨리는 소리에
> 달이 산산조각이 되어 흩어지고
> 지층에서 얘기하던
> 소극적인 사람들의 말소리가
> 밤의 한쪽에
> 바늘만한 구멍을 뚫고
> 그속으로
> 보이기 싫은
> 세계의 눈물이 한 방울
> 뚜욱 떨어지고 있다.

「밝은 밤」 부분 (1)

"바람이 불 때마다 / 으으으 / 신경이 떨리는 소리에 / 달이 산산조
각이 되어 흩어지고"에는 처음부터 청각과 촉각이 섞여 있다. '바람'
은 '으으으'라는 소리와 동시에 '신경이 떨리는' 것과 같은 촉각적인
느낌으로 전해진다. 이어지는 "달이 산산조각이 나서 흩어지고"는 산
산이 부서진 시각적인 모양과 아울러 깨어지는 소리를 포함하고 있
고, 산산조각난 파편들의 뾰족하고 날카로운 촉각적인 느낌까지를
포함하고 있다.

이는 '공감각적'이라고 설명되는 이미지들이 은유라는 도식을 따라 전이되는 것이 아니라 신체화된 경험 자체의 다중성을 반영하는 것임을 보여 준다. 이는 인지시학에서 말하는 '다중감각'에 가깝다. 다중감각은 감각들이 다중적으로 기능하며 동시에 지각된다는 의미로서, 시각과 청각, 청각과 촉각, 후각과 미각, 후각과 촉각 등 다중감각은 일반적 보편적으로 지각된다.[8] 신체화를 보여주는 시들에서 감각들은 종종 다중적으로 경험되는데, 그 중 가장 두드러지는 것은 다른 감각과 촉각과의 복합성이다.

2

시간의 육신이 부서지고 있다.

들쥐들이 갉아 먹은 뜰이

조금씩 간격을 두고

분쟁을 제기하는 나무들이

어둠에 구멍을 뚫고 있다.

신경의 왼쪽과

---

8   "'다중감각어'가 '감각'이라는 큰 틀에서 지각되며, 하위 감각 영역들이 한 영역과 다른 영역 간에 독립적으로 지각되지만, 인접한 감각들끼리 동시 발생할 수 있다는 것을 나타낸다. 이것은 감각어에 대한 지각이 한 영역에서 다른 영역으로의 전이 즉, 은유적으로 이해되는 것이 아니라, 감각 간 인접성에 의한 환유적으로 이해된다는 것을 나타낸다. 물론, 감각 간에 인접성 여부가 각 감각의 특성에 따라 정도의 차이는 나겠지만, '시청각', '향미' 등등의 여러 합성어나 관련 표현들을 통해 이것이 우리에게 신체화되어 있음을 보여준다." 임태성, 앞의 글, 52면.

오른쪽에서

오른쪽과 왼쪽에서

버려진 나의 깊은 우물 속을

내려가는

빈 두레박 소리가 빠져나오고

발자국이 큼직큼직한 악몽이

등뼈를 타고 넘어오고 있다.

「현황 B」 부분 (1)

　인용된 부분은 새벽 두 시의 현황을 묘사한 것으로서, 주체가 인
식한 대상의 풍경과 정황을 그려내고 있다. "시간의 육신이 부서지고
있다"는 마치 시간이 멈춘 듯 고요하고 정밀한 새벽 두시의 상황을
표현한 것이고, '신경의 왼쪽과 오른쪽에서 깊은 우물 속으로 내려가
는 두레박 소리'는 그와 같은 정밀함 속에서 주체의 상상이 이루어지
고 있음을 보여 준다. "들쥐들이 갉아 먹은 뜰이 ~ 구멍을 뚫고 있다"
는 어둠 속을 오래 응시한 끝에 뜰과 나무가 어렴풋이 보이는 것을
말한다.

　2연에서 이같은 상황은 지극히 촉각적으로 표현된다. 주변이 고요
해질수록 예민해지는 정신은 '신경의 왼쪽과 오른쪽'을 구별할 수 있
는 정도이고, '내 안의 깊은 우물을 내려가는 빈 두레박 소리'는 주체
의 상상이 점차 깊어지고 있음을 청각적이면서도 촉각적인 감각으
로 표현하고 있다. "발자국이 큼직큼직한 악몽이 등뼈를 타고 넘어오
고 있다"는 악몽을 '발자국이 큼직큼직하다'라고 시각적으로 표현하

면서 동시에 등이 오싹해지는 느낌을 '등뼈를 타고 넘어온다'고 하여 촉각적으로 표현하고 있다.

특히 "발자국이 큼직큼직한 악몽이 등뼈를 타고 넘어오고 있다"는 대상을 의인법을 사용하여 표현함과 아울러 그것이 주체에게 미치는 영향을 신체적인 감각으로 묘사하고 있다는 점에서 흥미롭다. '발자국이 큼직큼직하다'는 것은 악몽을 사람처럼 비유한 의인법이지만, '악몽이 등뼈를 타고 넘어오고 있다'는 의인법인 동시에 그것이 주체에게 미치는 느낌을 신체적인 것으로 옮겨 표현하고 있는 것이다.

이것은 주체가 지각을 통해 세계와 관계를 맺는 지각적 주체라는 것을 말하는 것이다. 주체는 신체화를 통해서 대상을 인지하게 되며, 이 과정에서 신체를 통한 대상과의 소통 가능성을 발견한다. 이는 일방적으로 대상에 의미를 부여하는 것과는 달리 주체가 신체를 통해 대상을 인식하는 과정을 보여주는 것으로서, 대상을 거쳐서 주체에게로 회귀한다는 특징이 있다.

4. 주체와 대상의 동등한 지위의 근거로서의 신체

앞에서 살펴본 시들에서 신체는 대상에 인격을 부여하는 준거이거나 대상을 인식하는 과정에 필수적인 조건이었다. 이에 비해 후기 시에서 신체는 주체만이 아니라 대상 또한 가지고 있는 속성으로서 상호적인 것으로 나타난다. 주체와 대상은 동등하게 신체를 가진 존재로서 같은 지각의 장 안에서 마주하고 있다.

1

높은 곳으로 올라간 길은 흔히

작은 집을 만난다 그 집은

나뭇가지 끝에서도 발견된다

그 집은 수액을 받기까지는 오랜

시간이 걸린다 그런 집에 눌려

부러지거나 꺾인 가지도 있다

2

골목은 꺾어지기를 즐긴다

꺾인 길이 탄력을 즐긴다

그곳을 지나가는 사람도 흔히

발끝이 들린다 집을

좋아하는 길은 자주 막힌다

「집과 길」(7)

　이 시는 골목이 있는 길과 집의 풍경을 묘사하고 있다. 1에서 '높은 곳으로 올라간 길'은 지형상 높은 곳에 있는 길일 수도 있고, 원근감으로 볼 때 멀리 있는 길을 수직적인 높이로 표현할 것일 수도 있다. 길의 끝에 작은 집이 있고 나무가 있다.

　"집에 눌려 부러지거나 꺾인 가지"는 집이 나뭇가지 일부분을 가리고 있는 모양을 표현한 것이다. 그러나 '집이 나뭇가지를 가리고 있다'는 것은 주체의 신체에 있는 '눈'이 감각한 사실이 아니라 과거의 경험을 바탕으로 한 판단이다. '눈'이 실제로 지각한 사실은 오히려 나뭇가지가 꺾이거나 부러졌다고 보는 것에 가깝다. 이것을 '집이 나뭇가지 일부를 가리고 있다'고 생각하는 것은, 주체의 실제 눈이 아니라 대상을 바라보는 다른 사물집과 나무 가까이에 있어서 나무가 부러진 것이 아님을 확인할 수 있는 위치에 있는의 시선을 빌린 것이다. 이처럼 주체는 실제 감각기관으로 지각할 수 있는 것을 넘어서 대상을 인지한다. 이것은 사실상 주체의 시선이 아니라 주체와 더불어 있는 다른 사물들의 시선을 빌려서 보는 것[9]으로서, 그 자체가 대상의 신체성이 전제되는 것이다.

2에서 골목이 꺾어지기를 즐기고 꺾인 길이 탄력을 즐긴다는 것은 사물을 사람처럼 표현한 의인법이지만, 그것이 그곳을 지나가는 사람에게도 영향을 미친다는 점에서 일방적인 인간 우위의 관점과는 차이가 있다. 꺾이는 지점이 많은 골목과 길을 지나가며 사람의 '발끝이 들리는' 것이다. 골목과 길의 신체성꺾이고, 탄력적인이 주체인 사람의 신체성발끝이 들리는에 영향을 미치는 것이다. 주체는 대상보다 우월하지 않고 대상의 신체성에 의해 영향을 받는 상호소통적인 존재이다.

이러한 상호성은 주체와 대상 간의 관계만이 아니라 대상과 대상 사이의 상호성으로 확대된다. 대상 간의 관계 역시 신체성을 바탕으로 하여 파악된다.

---

9   "지각을 수행하는 시선은 동시다발적으로 무한히 다양한 위치에서 한 대상을 바라보는 것이 된다. 지각 주체가 사물의 전체적인 모습을 볼 수 있는 것은 이처럼 지평적인 대상들의 봄을 통해 가능한 것이다. 주체가 본다는 것은 주체 역시 대상과 동등한 신체의 자격으로 대상을 바라보는 것이며, 다른 대상들의 시선을 빌려서 주어진 대상에 대한 전체 인상을 가지는 것이다." 줄고,「김춘수 후기 시에 나타나는 신체성에 대한 연구」,『한국현대문학연구』46, 2015, 404~405면.

1

허공으로 함부로 솟은 산을

하늘이 뒤에서 받치고 있다

하늘이 받치고 있어도

산은 이리저리 기운다 산 밑에서

작은 몸을 바로 세우고

집들은 서 있다

「안과 밖」 부분 (7)

솟아오른 산은 마치 하늘이 뒤에서 '받치는' 것처럼 보이고, 보이는 각도에 따라 모양이 달라서 이리저리 '기우는' 것처럼 보인다. 산밑에 있는 집들은 산의 기울어짐을 지탱이라도 하듯 '몸을 바로 세우고' 서 있다. 대상은 서로 받치고 기울고 몸을 세우며 있다. 대상과 대상의 관계가 신체를 통해 연결되고 있는 것이다. 이러한 관계 속에 사람이 자연스럽게 개입되면 다음과 같은 시가 된다.

길은 바닥에 달라붙어야 몸이 열립니다

나는 바닥에서 몸을 세워야 앞이 열립니다

강둑의 길도 둑의 바닥에 달라붙어 들찔레 밑을 지나 메꽃을 등에 붙이고

엉겅퀴 옆을 돌아 몸 하나를 열고 있습니다

땅에 아예 뿌리를 박고 서 있는 미루나무는 단단합니다

뿌리가 없는 나는 몸을 미루나무에 기대고

뿌리가 없어 위험하고 비틀거리는 길을 열고 있습니다 엉겅퀴로 가서

엉겅퀴로 서 있다가 흔들리다가

기어야 길이 열리는 메꽃 곁에 누워 기지 않고 메꽃에서 깨꽃으로 가는

나비가 되어 허덕허덕 허공을 덮칩니다

허공에는 가로수는 없지만 길은 많습니다 그 길 하나를

혼자 따라가다 나는 새의 그림자에 밀려 산등성이에 가서 떨어집니다

산등성이 한쪽에 평지가 다 된 봉분까지 찾아온 망초 곁에 퍼질러 앉아

여기까지 온 길을 망초에게 묻습니다

그렇게 묻는 나와 망초 사이로 메뚜기가 뛰고

어느새 둑의 나는 미루나무의 그늘이 되어 어둑어둑합니다

「둑과 나」 전문 (9)

길을 걷는 '나'와 '길'은 '바닥'을 기준으로 해서 대비되어 설명된다. 대상인 '길'과 길을 걷는 주체인 '나'는 동일하게 '몸'을 가진 존재이다. 길은 바닥에 달라붙어야 몸이 열리고, '나'는 바닥에서 몸을 세워야 앞이 열린다. 또 다른 대상인 '미루나무'는 뿌리가 있어서 단단하게 땅에 서 있고, 뿌리가 없는 '나'는 몸을 미루나무에 기댄다. 덩굴식물인 '메꽃'은 기어야만 길이 열리고, '나비'는 허공의 길을 날고 있다. '나'가 봉분 옆의 망초 곁에 앉자 그 사이로 메뚜기가 뛰고 '나'의 그림자와 미루나무의 그림자가 겹친다. 이 풍경에서 주체인 '나'는 길, 엉겅퀴, 나비 등 대상과 더불어 존재하는 세계의 일원일 뿐이다. 대상 역시 신체를 가지고 있는 존재로서, 대상과 주체는 신체를 통해 소통하고 존재한다.

이때 신체는 메를로-퐁티의 '상호신체성으로서의 몸'에 가깝다. 메를로-퐁티는 주체가 대상을 지각할 수 있는 것은 신체몸를 가지고 있기 때문이라고 보았고, '몸'은 그 자체가 감각하는 몸임과 동시에 감각 가능한 몸이라는 이중성을 가지고 있어서 상호성이 전제된 것으로 보았다. 주체와 대상은 동일한 지각의 장에 있는 존재로서, 보는 것은 곧 보여지는 것이고 만짐은 만져짐을 동시에 이루는 것이다. 오규원의 후기 시에서 주체가 대상과 공평하게 풍경의 하나로 표현되는 것은, 이와 같은 현상학적 사유에 바탕하고 있는 것이다. 이런 면에서 '신체'는 오규원의 시 세계 전반을 설명할 수 있는 중요한 키워드라고 할 수 있다.

현상학적 사유와 환유적 글쓰기

4

1. 시와 시론의 조응

오규원의 시는 크게 초기『분명한 사건』(1971), 『순례』(1973)와 중기『왕자가 아닌 한 아이에게』(1978)~『가끔은 주목받는 生이고 싶다』(1987), 후기『사랑의 감옥』(1991)~『두두』(2008)로 나누어진다. 초기 시가 절대 언어에 대한 탐구를 주제로 한다면, 중기 시는 물신주의에 대한 비판과 사회적 억압을 아이러니를 통해 드러내고 있다. 후기 시는 은유적인 사고 체계를 비판하고 환유적 시 쓰기를 추구하는 것을 특징으로 한다.[1] 후기 시가 시작되는 시집은『사랑의 감옥』인데, 여기에는「사랑의 감옥」, 「두 개의 낮달」, 「젖지 않는 구두」 등 사회 비판적인 성격을 가지고 있는 시들과「후박나무 아래」 연작과 같이 대상을 현상 그대로 묘사하려는 시들이 섞여 있다.

시론 또한 이와 비슷한 시기를 전후해서 나눌 수 있다. 시론집『현실과 극기』1976, 『언어와 삶』1983이 현실과의 문제를 주제로 하는 것에 반해,『가슴이 붉은 딱새』1996, 『날이미지와 시』2005, 『무릉의 저녁』2017은 현상학적인 고찰과 사유가 두드러지는 시론 성격을 지닌 산문집[2]이다. 시적인 관심사가 변화하는 것은「은유적 체계와 환유적 체계」1991부터인데, 이는 시집『사랑의 감옥』이 발간되는 시기와 일치한다.

그는 언어로 대상을 어떻게 드러내는가에 주목하고 있는데, 초기 시가 절대언어를 탐구하고, 중기 시가 사회적 메시지를 언어로 어떻

---

1   이연승,「오규원 시의 변모 과정과 시 쓰기 방식 연구」, 이화여대 박사논문, 2002 참고.

2   그 사이에 놓여 있는『현대시작법』(1990)은 창작이론서적 성격을 가진 시론 집이다.

게 전달하는가를 고민하고 있다면, 후기 시는 시적 대상의 본질이 언어로 어떻게 드러나는가 하는 것에 집중하고 있다. 중기 시까지 언어는 주체의 관념을 전달하는 수단이었지만 후기 시에서 언어는 대상의 드러남 자체가 된다.

이와 더불어 대상과 주체 간의 관계 또한 새롭게 정의된다. 중기 시까지 주체는 대상의 의미를 파악하고 해석하는 우월한 위치에 있지만, 후기 시에서 주체는 대상과 동일한 물물의 하나로서 세계 내에 존재한다. 주체는 대상에 해석을 덧붙이는 것이 아니라 대상으로부터 발현되는 의미를 기록하고 있을 뿐이다. 시적 대상인 사물들은 내적으로 긴밀하게 연관되어 있다. 주체는 대상인 사물들과 동일한 지각 지평 안에 더불어 존재함으로 해서 그것들을 지각할 수 있게 된다.

후기 시와 시론에 나타나는 이러한 변화는 '대상에 대한 현상학적 사유'라는 말로 요약할 수 있다. 오규원의 후기 시와 시론은 메를로-퐁티의 현상학적 사유와 밀접한 연관을 맺고 있다.[3] 그 중에서도 세잔의 회화에 대한 메를로-퐁티의 해석은 오규원의 후기 시 창작 방식에도 중요한 영향을 미치고 있다.

---

3   이찬, 「오규원 시론의 변모과정 연구」, 『한국민족문화』 41, 2011, 85면에서도 오규원 시론과 메를로-퐁티의 연관 가능성을 짧게 언급하고 있다.

2. 환유적 시 쓰기와 대상들의 내적 연관성 발견

오규원은 1980년대 후반부터 인간 중심 사고에서 벗어나고자 했고 1990년대에 이 생각이 본격화되었다고 밝히고 있다. 그 방법으로 채택된 것이 환유적 시 쓰기이다.[4] 그는 은유가 주체의 주관적인 해석을 기본으로 하는 관념적인 성격을 가지고 있음에 반해, 환유는 주체의 해석을 가능한 배제하고 있는 그대로의 사물을 제시함으로써 상대적으로 현상에 충실한 것이라고 본다.[5] 이러한 생각은 시에서 대상을 현상 그대로 묘사하는 방식으로 구체화된다.

대방동 조흥은행과 주택은행 사이에는 플라타너스가 쉰일곱 그루, 빌딩의 창문이 칠백열아홉, 여관이 넷, 여인숙이 둘, 햇빛에는 모두 반짝입니다.

대방동의 조흥은행과 주택은행 사이에는 양념통닭집이 다섯, 호프집이 넷, 왕족발집이 셋, 개소주집이 둘, 레스토랑이 셋, 카페가 넷, 자동판매기가 넷, 복권 판매소가 한 군데 있습니다. 마땅히 보신탕집이

---

4   "나(주체) 중심의 관점을 버리고, 시적 수사도 은유적 언어 체계를 주변부로 돌리고 환유적 언어 체계를 중심에 놓았다. 그리고 관념(관념어)을 배제하고 언어가 존재의 현상 그 자체가 되도록 했다." 오규원, 『날이미지와 시』, 문학과지성사, 2005, 7면.

5   그는 은유와 환유를 각각 대치적이라고 하고, 은유는 언어의 어떤 의미를 밝히는 인식적 작업에 차용되고 어떤 관념을 밝히는 각각의 대치 관념이라고 본다. 반면 환유는 대치 관념으로서의 의미가 아니라 연상되는 관념으로서 의미를 갖는다고 본다. 위의 책, 15~16면 참고.

둘 있습니다. 비가 오면 모두 비에 젖습니다. 산부인과가 둘, 치과가 셋,

이발소가 넷, 미장원이 여섯, 모두 선팅을 해 비가 와도 반짝입니다.

「대방동 조흥은행과 주택은행 사이」 부분 (7)

이 시는 대방동에 있는 조흥은행과 주택은행 사이의 풍경을 보여

주는 것으로서, 대상들을 주체의 해석을 가하지 않은 상태 그대로 제

시하고 있다.[6] 이런 면에서 그의 환유적 시 쓰기는 대상을 있는 그대

로 충실히 모사하는 사생시寫生詩와 공통점을 가지고 있다. 그러나 오

규원은 이러한 사실적 묘사가 사실들 자체를 제시하기 위한 것이 아

니며 '사실들의 열거'가 환유적으로 말해 주는 '사실들의 사실성과

사실들의 허위성의 음영'에 주목해야 한다고 말하고 있다.[7] 열거된

---

6   김준오는 이 시를 '인접성의 환유 양식'이라고 보고 오규원의 사실주의적 지향
    성을 보여주는 예라고 설명하고 있다. 그는 오규원의 시를 '현상주의'라고 표
    현하고 그 특징을 존재를 의미화하는 것이 아닌 '존재의 증명'이라고 말하고
    있다(김준오, 「현대시의 자기 반영성과 환유 원리」, 『오규원 깊이 읽기』, 문학
    과지성사, 2002, 156면). 이는 오규원의 시를 현상의 측면에서 접근하면서 현
    상이 곧 존재를 증명한다고 본다는 점에서 현상학적 연구 관점을 암시하고 있
    다. 또 이남호는 「날이미지의 의미와 무의미」에서, 날이미지가 의미나 관념으
    로 고착되기 이전의 순수 이미지로서 주체의 판단이나 감정이 개입되지 않은
    즉 어떤 의미로 가공되기 이전의 '날' 것임을 지적하고 있다(이남호, 「날이미지
    의 의미와 무의미」, 『오규원 깊이 읽기』, 274면). 이는 대상의 사실성을 강조하
    는 환유적인 글쓰기의 속성과 연결되는 부분이다. 이연승은 환유적 체계로의
    이행이 주체 중심 사고에서 타자 중심 사고로 전환되는 것을 암시한다고 본다.
    또한 환유적 체계와 날이미지 시를 연결하고, 날이미지 시가 지향하는 환유적
    의미는 개념화되거나 사변화되기 이전의 사실과 현상을 통한 의미라고 설명
    하고 있다(이연승, 앞의 글, 156~159면 참고).

7   "이런 사실적 묘사는 물론 그 사실들 자체를 드러내기 위해 표현되어 있지는
    않다. 읽어내야 할 시적 내용은 사실의 극단이 보여 주는 투명한 문맥 속에 내

사실들은 사실성과 허위성을 동시에 가지고 있어서 이것들이 음영을 이룬다는 것이다.

'사실들의 허위성'이 무엇인지는 명확하게 설명되어 있지 않다. 분명한 것은 그것이 주체에 의해 의미가 덧붙여지는 것이 아니라 '사실들이 환유적으로 만들어 내는 어떤 것'이라는 점이다. 그는 환유를 "어떤 관념사물의 해명을 위해 각각 차용된 것이 아니라 한 국면의 구조적 산물"[8]이라고 말하고 있다. 이로 미루어볼 때 '사실들의 허위성'이란 열거된 사실들 혹은 사물들 전체가 만들어 내는 의미로서 "눈에 보이는 사실보다 더 무겁고 충격적인 심리적 총량으로서의 사실감"[9]과 유사한 것이다.

위의 시에서 실제 건물들과 우체통, 자전거 등의 공간적 인접성이 '사실들의 사실성'이라면, '사실들의 허위성'은 열거된 대상들 전체가 만들어 내는 풍경으로서 각각의 대상들의 단순 총합을 넘어선 새로운 의미를 지칭하는 것이다. 이 시에서 각각의 사물들은 이처럼 '사실들의 사실성'으로 존재하면서 전체의 풍경을 만들어 낸다. 그러나 그것들은 전체의 일부로 존재하긴 하지만 아직 대상들 간의 내적 연관성을 새롭게 드러내고 있지는 않다. 대상의 열거를 넘어서는 다른 의미가 새롭게 발견되지는 않는다는 것이다.

이와 비교할 때 대상의 내적 연관성이 어떤 것인지를 추정할 수

재하는 '사실들의 열거'가 환유적으로 말해 주는 '사실들의 사실성과 사실들의 허위성'의 음영이다." 오규원, 앞의 책, 24~25면.

8   위의 책, 16면.
9   오규원, 『가슴이 붉은 딱새』, 문학동네, 1996, 135면.

있는 것은 「안락의자와 시」이다. 여기서 오규원은 대상들의 공간적 인접성에서 그 이면의 연관성을 추적해가는 사유의 과정을 보여 줌과 동시에 거기서 얻어진 현상학적 발견을 시로 표현하고 있다.

(A) 내 앞에 안락의자가 있다 나는 이 안락의자의 시를 쓰고 있다 (A-1) 네 개의 다리 위에 두 개의 팔걸이와 하나의 등받이 사이에 한 사람의 몸이 안락할 공간이 있다 그 공간은 작지만 아늑하다……아니다 나는 인간적인 편견에서 벗어나 다시 쓴다 (A-2) 네 개의 다리 위에 두 개의 팔걸이와 하나의 등받이 사이에 새끼 돼지 두 마리가 배를 깔고 누울 아니 까마귀 두 쌍이 울타리를 치고 능히 살림을 차릴 공간이 있다 팔걸이와 등받이는 바람을 막아주리라 아늑한 이 작은 우주에도…… (A') 나는 아니다 아니다 라며 낭만적인 관점을 버린다 (B) 안락의자 하나가 형광등 불빛에 폭 쌓여 있다 (B-1) 시각을 바꾸자 안락의자가 형광등 불빛을 가득 안고 있다 너무 많이 안고 있어 팔걸이로 등받이로 기어오르다가 다리를 타고 내리는 놈들도 있다……안 되겠다 좀더 현상에 충실하자 (B-2) 두 개의 팔걸이와 하나의 등받이가 팽팽하게 잡아당긴 정방형의 천 밑에 숨어 있는 스프링들 어깨가 굳어 있다 얹혀야 할 무게 대신 무게가 없는 저 무량한 형광의 빛을 어깨에 얹고 균형을 바투고 있다 스프링에게는 무게가 필요하다 저 무게 없는 형광에 눌려 녹슬어가는 쇠 속의 힘줄들 팔걸이와 등받이가 긴장하고 네 개의 다리가…… (B') 오 이것은 수천 년이나 계속되는 관념적인 세계 읽기이다 관점을 다시 바꾸자 (C) 내 앞에 안락의자가 있다 형광의 빛은 하나의 등받이와 두 개의 팔걸이와 네 개의 다리를 밝히고 있다 (C-1) 아니다

형광의 빛이 하나의 등받이와 두 개의 팔걸이와 네 개의 다리를 가진 안락의자와 부딪치고 있다 서로 부딪친 후면에는 어두운 세계가 있다 저 어두운 세계의 경계는 침범하는 빛에 완강하다 아니다 빛과 어둠은 경계에서 비로소 단단한 세계를 이룬다 오 그러나 그래도 내가 앉으면 안락의자는 안락하리라 (C-2) 하나의 등받이와 두 개의 팔걸이와 네 개의 목제 다리의 나무에는 아직도 대지가 날라다준 물이 남아서 흐르고 그 속에 모래알 구르는 소리 간간이 섞여 내 혈관 속에까지…… (C′) 이 건 어느새 낡은 의고주의적 편견이다 나는 결코 의고주의자는 아니다 (D) 나는 지금 안락의자의 시를 쓰고 있다 안락의자는 방의 평면이 주 는 균형 위에 중심을 놓고 있다 중심은 하나의 등받이와 두 개의 팔걸 이와 네 개의 다리를 이어주는 이음새의 형태를 흘려보내며 형광의 빛 을 밖으로 내보낸다 빛을 내보내는 곳에서 존재는 빛나는 형태를 이루 며 형광의 빛 속에 섞인 시간과 방 밑의 시멘트와 철근과 철근 밑의 다 른 시멘트의 수직과 수평의 시간 속에서…… (D′) 아니 나는 지금 시를 쓰고 있지 않다 안락의자의 시를 보고 있다

「안락의자와 시」 전문 (7)[10]

이 시는 사유의 전개에 따라 크게 A, B, C, D의 네 부분으로 나뉘 는데, 각각은 '대상을 파악하는 시각 제시[A, B, C, D] → 시각의 선택에 따 른 대상의 해석[A-1, A-2, B-1, B-2, C-1, C-2] → 해석에 대한 반성[A′, B′, C′, D′]'으로 구성되어 있다.

---

10 시에 있는 알파벳 표시는 설명을 위해 저자가 임의로 첨가한 것이다.

A에서 '나'는 안락의자에 대한 시를 쓰고 있다. A-1에서 안락의자는 일반적으로 생각하는 것처럼 사람이 편안하게 쉴 수 있는 도구적인 사물이다. A-2에서 역시 안락의자는 도구이지만, 거기에 앉을 수 있는 것은 사람만이 아니라 돼지나 까마귀 같은 다른 존재일 수도 있다는 생각으로 발전되고 있다. 그러나 A'에서 '나'는 이러한 생각이 너무 낭만적이라는 반성에 이르게 되고, 거기서 B의 사유가 시작된다.

B에서 '나'는 안락의자를 인간적인 관점에서의 도구가 아니라 있는 그대로의 모습으로 표현하고자 한다. 그 결과 안락의자는 형광등 불빛에 푹 싸여 있는 것처럼 보인다. B-1에서 시각을 바꾸면 안락의자는 형광등 불빛에 싸인 것이 아니라 불빛을 안고 있는 것으로 보인다. B-2는 좀더 현상에 충실하기 위해서 의인법적인 요소를 제거하고 의자 자체의 모양에 근거해서 안락의자를 설명하고 있다. 의자는 팔걸이와 등받이 스프링들의 균형으로 모양을 잡고 있고 거기에 불빛이 비치고 있다. 표면적으로 보이지는 않지만 스프링과 팔걸이와 등받이, 의자의 다리가 팽팽한 힘의 긴장을 이루며 의자의 균형을 잡고 있다. 그러나 이러한 생각은 B'에서 결국 관념적인 해석일 뿐이라는 반성으로 이어지고 있다.

새롭게 시작된 사유 C에서 '나'는 관념적인 해석을 빼고 의자 자체에 중심을 맞추고자 한다. C-1은 안락의자와 그 주변의 빛과 어둠의 경계에서 만들어지는 전체적인 모양을 설명하고 있다. C-2는 안락의자의 물질적 속성이 목재라는 것에 주목해서 사유를 전개하고 있다. 그러나 이는 C'에서 의고주의적이라는 자아비판을 거치며 다시 폐기된다.

D에서 '나'는 안락의자 자체의 시선으로 그것을 보고자 한다. 이 때 안락의자는 스스로 방의 평면 위에 중심을 잡고 의자의 이음새를 따라 형태를 부여한다. '나'는 안락의자의 시선을 유지함으로써 시멘트와 철근을 이용하여 방이 만들어지기까지의 시간과 그것들이 현재 안락의자와 맺고 있는 수평과 수직의 연관 관계를 알게 된다. 즉 안락의자는 하나의 독립된 사물이면서 주변의 사물들과 연관을 맺음으로써 실재한다는 결론에 이르게 되는 것이다.

이 단계에 이르면 '안락의자의 시를 쓰고 있다'는 말은 적확하지 않다. '나'는 안락의자에 대한 시를 쓰고 있는 것이 아니라 안락의자가 드러내 보이는 것을 기록하고 있을 뿐이다. D'의 "안락의자의 시를 보고 있다"는 구절은 거듭되는 반성적 사유를 통해 얻어진 새로운 사유이다. 여기에 이르러 오규원은 비로소 각각의 대상들 이면에 있는 상호 연관성을 바라보게 된다. 이것이 바로 그가 말하는 '사실들의 허위성'인 셈이다. 후기 시와 시론은 이처럼 대상들의 표면적 인접 관계에 바탕한 환유적 시 쓰기에서 대상들의 상호 연관성을 밝히는 방향으로 변화되어 간다.

3. '유보된 리얼리티'로서의 풍경의 '깊이'와 연루된 주체의 실존

실제 세계에서 대상은 시공간적인 상황에 따라 제한된 외양을 드러낼 수밖에 없다. 「안락의자와 시」에서 물, 대지와 연관을 맺고 있던 나무는 현재는 방을 만들고 있는 시멘트, 철근과 균형을 이루며 '안락의자'의 형태로 존재하고 있다. 그러나 의자가 부러지거나 폐기되면 그것은 다시 나무인 상태로 다른 사물들과 연관을 맺을 것이고, 방 또한 철거가 된다면 시멘트와 철근의 상태로서 새로운 연관 속에 놓이게 될 것이다. 즉 현상이 사라진다고 해서 대상 자체가 소멸하거나 대체되는 것은 아니다. 거듭되는 반성적 사유를 통해 얻어진 이러한 결론은 자연의 풍경과 연결되면서 실제적인 근거를 확보하고 있다.

아마도, 쑥이 키를 더 키우면서 잘디잔 꽃망울을 줄기차게 뽑아 올리고, 키 큰 밀풀과 갈풀, 그리고 가막살과 진득찰이 그 몸을 부풀릴 8~9월까지는, 이들 개망초의 기세를 꺾을 수 있는 것은 없으리라. 나는 내가 앉은 자리 주변에서, 그리고 개망초의 무리 사이사이에서 닥치는 대로 줄기를 뻗고 있는 한삼덩굴이며, 이제 겨우 눈에 뜨일 정도로 자란 새콩덩굴이며, 강아지풀과 비슷한 산조풀이며, 조그마한 달개비들을 본다. 그들은 얼마 후에 이 언덕을 새로운 판도의 세계로 짜놓을 것이다. 이렇게, 이 언덕의 '겉'은 지금 온통 무리지어 물결치는 개망초의 천지이지만, 그 '끝'은 함부로 말할 수 없다. 그것의 지금 현재의 '속'은, 분명히, 아직도 시퍼렇게 자라고 있는 쑥과 한삼과 새콩과 매듭풀과 (…중략…) 메꽃의 땅이기 때문이다.

그러니까, 나는 '겉'의 개망초가 아닌 '속'의 수많은 그들의 땅에 머무르고 있는 셈이다. 그 '속'에서 위치를 잘 잡으면 '겉'의 것도 잘 보이는 이점이 있다. 그러므로 겉에서 보기와는 달리 '속'은 항상 '겉'을 포함하는 넓이를 갖는 것이다.[11]

위의 글에서 '겉'이 대상의 표면적인 현상이라면 '속'은 그 현상의 이면인 대상의 내부이다. 현재 땅의 '겉'은 개망초이지만 그 '속'은 한삼, 새콩, 매듭풀 등으로 가득 차 있다. 지금은 모든 식물들을 가릴 만큼 개망초가 무성하지만, 시간이 흘러서 개망초가 지고 나면 새로운 식물들이 차례로 존재를 드러낼 것이다. 특정한 순간 '겉'은 '속'에 있는 것들 중의 하나로 나타나지만 곧 또 다른 '겉'으로 바뀐다. '속'이 '겉'을 포함하는 넓이를 갖는다는 것은 '겉'이 될 수 있는 잠재성을 가진 무수한 '속'이 있다는 것이다. 즉 '속'은 아직 나타나지 않은 '겉'들 즉 "유보들로 가득찬 무진장한 리얼리티로 제시되고 있는 그러한 차원"[12]을 보여 주는 것이다. '유보된 리얼리티'는 해석의 유보가 아니라 표면적인 현상 뒤에 숨겨져 있는 가능성들을 의미한다. 그것은 대상 자체에서 발현되는 것이라는 점에서 '대상의 시각'이자 '풍경의 의식'[13]이라고 할 수 있다.

자연의 대상들의 연관성은 '시간'과 긴밀하게 연결되어 있다. 같은 공간에 여럿의 대상이 공존할 수 있는 것은 그것들이 공간을 점유하는 시간이 다르기 때문이다. 개망초가 있던 공간은 개망초가 지고 난 후 쑥과 한삼과 새콩으로 메워진다. 각각의 대상들은 발현되는 시간적인 차이가 있기 때문에 공간을 평화롭게 나누어가진다.[14]

---

11 오규원, 『가슴이 붉은 딱새』, 20~21면.
12 메를로-퐁티, 오병남 역, 『현상학과 예술』, 서광사, 1990, 195면.
13 "그러므로 풍경은 내 속에서 자기 자신을 사유하고 있는 것이며, 그리고 내 자신은 풍경의 의식이다." 오규원, 『날이미지와 시』, 67면.
14 이는 메를로-퐁티의 '전이의 종합'이라는 개념과 유사하다. '전이의 종합'은 대상을 단지 공간에 있는 것으로 이해하는 것이 아니라 미래 혹은 과거에 있는

이때 시간은 필연적으로 부재 혹은 결여를 포함하고 있다. 시간이 경과함에 따라 무엇인가가 있다가 사라지고 그 자리에 새로운 것이 나타나기 때문이다. 사라진 대상에 초점을 맞추면 그것은 '부재'이자 '흔적'이지만, 역설적으로 그것은 무엇인가가 '있었다'는 것을 보여주는 존재의 증명이 된다.

> 산골무는 보지 못했다
> 원추리는 보지 못했다
> 더덕은 보지 못했다
> 무덤은 있었다

「산 b」 전문 (8)

개망초로 뒤덮인 들판에서 아직 태어나지 않은 식물들을 감지하던 것과는 달리, 이 시는 있다가 사라져 버린 것들을 통해 '유보된 리얼리티'를 제시하고 있다. 눈에 보이는 대상을 말하는 것이 아니라 보이지 않는 대상을 말함으로써 그것이 예전에 있었음을 드러내는 것이다. 지금 보지 못하는 '산골무와 원추리, 더덕'은 부재로써 존재

것으로 이해해야 한다는 것이다. 이 때 우리가 받아들이는 대상에 대한 각각의 조망들(순차적으로 발현되는 리얼리티들)은 지성에 의해 종합되는 것이 아니라, 하나의 조망에서 다른 조망으로 이행되는 것일 뿐이다. 즉 그것은 하나의 조망이 소멸하고 다른 것으로 대체되는 것이 아니라 각각의 조망들을 개별적으로 체험하는 것이며, 조망들 간에는 우위가 정해져 있지 않다. 강선형, 「메를로-퐁티의 '깊이'와 세계에 연루된 주체의 가능성」, 『철학사상』 57, 2015, 253면 참고.

를 증명한다. 현재 무덤이 있는 곳은 이전에는 산골무와 원추리, 더덕이 있었던 자리이다. 이것들은 지금은 눈에 보이지 않지만 소멸하지 않고 유보되어 있다가 시간이 지나면 다시 발현될 것이다.

부재에서 존재를 읽어내는 역설적인 방식은 '허공'에 대한 오규원의 사유를 증명하는 근거가 되기도 한다. 그는 실제 풍경에서 얻어낸 현상학적 깨달음을 통해 비어 있는 것에서 '꽉 참'을 읽어내게 된다.

밤새 눈이 온 뒤 어제는 지워지고 쌓인 흰 눈만 남은 날입니다
쌓인 눈을 위에 얹고 物物이 허공의 깊이를
물물의 높이로 바꾸고
나뭇가지에서는 쌓인 눈이 눈으로 아직까지 그곳에 있는 날입니다
(…중략…)
열매가 사라진 자리에는 허공이 다시 그 자리를 메우고 있는 날입니다
「물물과 높이」 부분 (8)

물물과 허공은 지각의 장에서 서로 긴밀하게 연결되어 있다. 그것들은 서로 맞닿아 있어서 물물이 높아지면 허공은 물물이 높아진 만큼 움푹해진다. 눈이 오기 전에는 허공이었던 것'허공의 깊이'이 물물에 눈이 쌓여 높이가 높아지자 그만큼 물러앉는다"쌓인 눈을 위에 얹고 물물이 허공의 깊이를 물물의 높이로 바꾸고". 여기서 허공은 그냥 텅 비어 있는 공간이 아니라 사물과 동등한 것으로서 자리를 메우고 있다"열매가 사라진 자리에는 허공이 다시 그 자리를 메우고 있는 날입니다". 허공은 비어 있는 채로 꽉 찬 역설적인 공간인 것이다.[15] '꽉 참'은 허공의 '깊이'라고 표현되고 있는데, 이 '깊

이'는 곧 유보된 리얼리티들을 포함하고 있는 풍경의 '깊이'라고 할 수 있다.

그렇다면 주체는 대상 자체로부터 발산되는 '깊이'를 어떻게 알아챌 수 있는 것일까? 그것은 주체가 지각이라는 매개를 통해 세계와 관계 맺는 지각적 주체이기 때문이다. 주체가 풍경에서 '깊이'를 발견하는 것은 '응시'에 의해서 가능해진다. 그러나 '응시'는 주체에서부터 비롯되는 것이 아니라 사물의 무한한 '유보'들 사이에서 튀어나오는 것이다.[16] 즉 그것은 대상의 내부에서 바깥을 향하는 시선으로서, 주체가 대상의 일부가 되어 그 유보들의 하나가 됨으로써만 가능한 것이다.[17]

오규원의 후기 시에서 사람은 자연의 다른 사물과 공평하게 풍경의 하나로 표현된다.[18] 즉 사람 역시 풍경의 유보된 리얼리티의 하나

---

15 "오늘 나는 까치 외에는 지금까지 새 한 마리가 허공을 솟구치는 것만 구경했다. 뜰은 그냥 그대로 텅 비어 있고, 뜰 밖의 강 위로만 몇 마리 새가 날았다. 그러나 텅 비어 있다는 말은 느낌일 뿐이고 사실은 그렇지 않다. 뜰은 부산하다." 오규원, 『가슴이 붉은 딱새』, 15면.

16 "우리의 응시는 바로 이러한 유보들 속에서 튀어나오고 있기 때문에 그것은 마치도 우리의 지각 속에서 일어나는 것과 마찬가지로 그 모든 것들 속으로부터 드러나는 하나의 형상을 포착하게 되는 것." 메를로-퐁티, 앞의 책, 195면. 2장에서 설명한 「안락의자와 시」에서 '나'가 궁극적으로 얻은 결론인 '안락의자의 시'는 '응시'에 의해 확보한 대상 자체의 시선이자 주체의 시선인 것이다.

17 "그러니까, 나는 '겉'의 개망초가 아닌 '속'의 수많은 그들의 땅에 머물고 있는 셈이다. 그 '속'에서 위치를 잘 잡으면 '겉'의 것도 잘 보이는 이점이 있다" 오규원, 『가슴이 붉은 딱새』, 20면. '나'가 '속'에서 위치를 잡는다는 것은 대상 내부로부터 나오는 '응시'와 유사한 맥락에 있다.

18 그러나 이것은 대상에 인격을 부여하는 의인법이나 감정 이입과는 전혀 다른 것으로서, 인간과 자연의 지향적 관계에서 가능해지는 것이다. 현상학적 관점에서 보면, 인간은 지향적 관계 속에서 자연을 보고 자연은 인간을 본다. 자연

가 되는 것이다. 사람은 풍경의 일부로서, 지워지면 그 자리는 다른 것으로 메워진다"돌밭에 올라선다 강은 / 주저하지 않고 사내가 빠져나간 / 자리를 지운다 대신 땅에 박힌 / 돌이 사내의 벗은 몸을 세운다"「물과 길 1」. 사람과 사물, 사물과 사물은 서로를 방해하거나 은폐하지 않고 각각 고유한 존재를 유지하며 공존한다. 리어카는 사람의 보행을 방해하지 않고 사람은 길을 막지 않으며「잘생긴 노란 바나나」, 방의 천장은 사람의 진행을 막지 않는다「밥그릇과 모래」. 길들과 그림자는 겹치지만 서로를 방해하지 않는다「사방과 그림자」. 이는 생태론적 관점이나 윤회설이 아니라 다른 사물과 동등하게 풍경의 일부로 존재하는 주체의 실존적 특징을 부연 설명하는 것이다.

> 잔물결 일으키는 고기를 낚아채 어망에 넣고
>
> 호수가 다시 호수가 되도록 기다리는
>
> 한 사내가 물가에 앉아 있다
>
> 그 옆에서 높이로 서 있던 나무가
>
> 어느새 물속에 와서 깊이로 다시 서 있다

「호수와 나무」 전문 (9)

"그 옆에서 높이로 서 있던 나무가 어느새 물속에 와서 깊이로 다시 서 있다"는 구절은 단순히 나무가 물에 비친다는 의미를 넘어서

은 나와 다른 존재자들과 함께 드러난다. 자연은 나를 불러들이고 다른 존재자들도 불러들인다. 그리고 그 모든 것들은 다시 자연이 된다. 이처럼 존재하는 모든 사물들이 함께 얽혀서 자연은 자신을 드러낸다. 심귀연, 「세계와 깊이─메를로-퐁티와 세잔의 회화를 중심으로」, 『철학논총』 67, 2012, 220면 참고.

일상 세계에서 '높이'로 파악되는 것이 현상학적 사유를 통해 '깊이'로 전환됨을 상징한다. 이 전환은 '한 사내'가 있음으로 해서 가능한 것인데, '사내'는 사유나 관념의 주체가 아니라 나무와 나란히 앉아 있는 존재"한 사내가 물가에 앉아 있다 그 옆에서 높이로 서 있던 나무"로서 세계와 신체적으로 관계하며 실존하는 주체이다.

주체가 다른 사물들과 소통할 수 있는 것은, 몸이 보는 것이면서 동시에 보이는 것으로서 이중성을 가지고 있기 때문이다. 그런 의미에서 몸은 반복과 순환, 교차의 상관성을 가진 '살'로 이루어진 가역적인 세계에 속한다. 몸의 이중성은 하나의 두께이자 세계이다. 두께는 깊이를 가진다.[19] 이 때 '깊이'는 "세계 안에 있는 우리의 신체가 세계 안에 있는 다른 사물들과 관계하는 방식 그 자체"[20]로서 실존적 의미를 갖는다. 풍경의 깊이는 곧 세계에 연루된engage 주체[21]의 실존을 증명하는 것과 다르지 않다. 이런 면에서 풍경의 '깊이'는 후기 시의 현상학적 사유를 잘 드러내는 시적인 주제라고 할 수 있다.

4. 풍경의 깊이를 언어로 표현하는 방법

오규원은 특히 메를로-퐁티의 「세잔의 회의」에 주목하고 있는데, 이는 세잔의 회화가 메를로-퐁티의 현상학적 사유의 근거임과 동시

---

19   위의 글, 224면 참고.
20   강선형, 앞의 글, 243면.
21   위의 글.

에 실제적인 창작의 산물이기 때문으로 짐작된다. 세잔이 풍경의 깊이를 색채로 구현하고자 했다면 오규원은 이를 언어로 표현하고자 한다. 이는 다음과 같은 창작 방법들로 구체화된다.

1) 대상을 중복해서 표현하기

후기 시에는 동일한 제목의 연작시 형태 혹은 같은 내용이나 분위기를 변주하여 쓴 시들이 많다. 오규원은 시의 일부분을 다른 시 안에 요약해서 포함시키거나 시의 내용을 그대로 다른 시의 한 연으로 차용한다. 「저 여자」『사랑의 감옥』의 내용은 요약되어 「한잎의 女子 2」『사랑의 감옥』에 한 구절로 들어가 있고, 「양지꽃과 은박지」『토마토는 붉다 아니 달콤하다』의 내용은 「처음 혹은 되풀이」『토마토는 붉다 아니 달콤하다』의 마지막 부분에 요약되어 변주되고 있다. 「아이스크림과 벤치」, 「하나와 둘 그리고 셋」『토마토는 붉다 아니 달콤하다』의 일부분 또한 「처음 혹은 되풀이」에서 변주되어 시의 한 부분을 이루고 있다. 그런가 하면 「새와 길」『토마토는 붉다 아니 달콤하다』의 일부분은 아예 「지붕과 창」『토마토는 붉다 아니 달콤하다』의 한 연으로 포함되어 있다. 이렇게 같은 시가 중복되며 변주되는 것은 회화에서 같은 대상을 반복해서 그리는 것과 유사하다.[22]

---

22 각각의 시들의 관계를 자기패러디가 아니라 중복하여 그리기라고 보는 이유는, 이 시들이 독립되어 있을 때나 다른 시의 일부가 될 때 의미론적인 차이가 없기 때문이다. 예를 들어 「새와 길」 전문은 행과 연이 재배치된 형태로 「지붕과 창」의 3연으로 들어가 있다. 그러나 「새와 길」은 다른 의미로 차용되거나 다른 맥락을 발생시키지 않은 채 옮겨간 시에서도 하나의 연으로 있을 뿐이다. 「지붕과 창」은 「새와 길」의 내용을 포함하여 확장된, 「새와 길」과 비슷한 풍경을 그린 새로운 그림인 것이다.

대상을 중복해서 표현하는 방법은 위의 예들처럼 서로 다른 시들의 관계에서만 발생하는 것이 아니라 한 편의 시 안에서도 시도된다.

쥐똥나무 울타리 밑
키 작은 양지꽃 한 포기 옆에 돌멩이 하나
키 작은 양지꽃 한 포기 옆에 돌멩이 하나 그림자
키 작은 양지꽃 한 포기 그림자 옆에 빈자리 하나
키 작은 양지꽃 한 포기 그림자 옆에 빈자리 지나
키 작은 양지꽃 한 포기 옆에 새가 밟는 새의 길 하나
키 작은 양지꽃 한 포기 옆에 바스락거리는 은박지 하나

「양지꽃과 은박지」 전문 (8)

위의 시는 양지꽃을 중심에 놓고 그 주위의 풍경을 그리고 있다. 보이는 대상들을 열거한다는 면에서는 2장의 「대방동 조흥은행과 주택은행 사이」와 동일하지만, 이 시는 대상을 공간적 인접성에 따라 수평적으로 확장해가며 묘사하는 것이 아니라 양지꽃을 중심에 놓고 동심원을 그리듯이 반복하여 표현하고 있다. 만약 시 구절을 따라 대상을 묘사한다면, 우선 양지꽃을 그리고 그 옆의 돌멩이를 그린 후[2행], 다음에는 양지꽃과 돌멩이와 그 옆의 그림자를 그리고[3행], 그 다음에는 양지꽃 옆에 그림자 옆에 빈자리를 그리는 방식[4행]이다.

이를 회화라고 본다면, 각각의 행은 서로 다른 그림이 된다. 즉 양지꽃을 그리고 그 옆의 돌멩이와 그림자를 그려 넣으며 한 장의 그림을 완성해 가는 것이 아니라, 매번 양지꽃을 그리는 것부터 시작해서

새롭게 그려지는 각각의 그림이 되는 것이다. 이는 "키 작은 양지꽃 한 포기"라는 구절을 반복함으로써, 언어로써 양지꽃을 반복하여 그리는 효과를 내고 있는 것이다. 즉 같은 구절을 반복 변주하며 대상을 표현함으로써 그것의 깊이를 드러내고자 하는 것이다. 이것은 세잔이 생트 빅트와르 산을 20년 동안 그리고, 한 사람의 초상화를 그리기 위해 115번이나 포즈를 취하게 했던 것을 연상시킨다.[23]

식탁 위 과일 바구니에는

포도 두 송이

오렌지 셋

그리고

딸기 한 줌

창밖의 파란 하늘에는

해가 하나 노랗게 물러 있고

식탁 위 과일 바구니에는

---

23 "세잔느는 생트 빅트와르 산을 20년간 그렸다. 한 사람의 화가가 하나의 산을 20년간 그렸을 때, 그런 경우 그가 '산'을 그렸다는 표현이나 '자연에 대한 탐구'라고 한 그의 말은 적당하지가 않다. 그는 '산'을 '살았다'고 해야 한다! 그는 한 사람의 초상화를 그리기 위해서도 무려 115번이나 포즈를 취하게 했고, 그러고도 계속 그릴 것이라면서, 그렇게 오랫동안 모델이 되어 주었던 블라르에게 포즈를 취하는 동안 입었던 옷을 아틀리에에 남겨두게 했다." 오규원, 『가슴이 붉은 딱새』, 155면. 이 부분은 오규원 역시 이러한 내용을 알고 있었다는 것을 보여 준다.

주렁 두 개와

둥글 셋

그리고

우툴 한 줌

「식탁과 비비추」 부분 (8)

이 시 또한 동일한 대상을 반복해서 표현한다는 점은 같다. 그러나 「양지꽃과 은박지」가 동일한 구절을 그대로 반복하면서 대상의 범위를 확장해가는 것에 비해, 이 시는 대상은 고정시키고 그것을 표현하는 언어를 변주하고 있다는 것이 차이점이다.

시의 내용은 포도와 오렌지, 딸기가 놓여 있는 식탁의 모양을 묘사하고 있다. 1연에서 대상은 '포도, 오렌지, 딸기'라는 이름과 '두 송이, 셋, 한 줌'이라는 숫자로 표현된다. 그러나 3연에서 대상은 '포도, 오렌지, 딸기'라는 이름 대신 '주렁, 둥글, 우툴' 이라는 형태로 표현되면서 1연의 명확한 지시 관계를 벗어난다. '주렁, 둥글, 우툴'은 수많은 형태를 상상할 수 있는 넓은 범주일 뿐 특정한 하나의 형태를 지칭하고 있지 않다. 예를 들어 '주렁'은 포도가 달린 모양을 지시하기는 하지만, 이것을 그림으로 표현한다면 그리는 사람에 따라 모양은 각각 다르게 그려질 것이기 때문이다. 또한 2연의 "해가 노랗게 물러 있고"는 식탁 위 오렌지와 연결되면서 '노랗다'는 색감과 '무르다'라는 촉감이 혼융된 것이다. 이는 대상을 하나의 이름이나 형태로 고정시키지 않음으로써 대상을 최대한 대상 자체에 가깝게 표현하고자 하는 것이다. 이것은 세잔이 후기 회화에서 뚜렷한 윤곽선을 지우고 색깔만으로 대상을 표현하고자 했던 것[24]을 언어로써 시도한 것이라고 설명할 수 있다.

2) 시간의 순차성과 공간의 인접성의 결합

세잔이 회화에서 색채를 사용하여 '깊이'를 공간의 중첩으로 표현했다면, 오규원은 '깊이'를 시간적 순차성으로 풀어서 설명하고 있다. 그는 메를로-퐁티의 '풍경의 의식'을 시간적인 두께 혹은 생성적인 과정을 읽어내는 것이라고 해석하고, 시간적 순차성을 시로 표현하고자 했다. 그 예로 「우주 2」는 뜰 앞, 강변, 언덕에 있는 잣나무, 아카시아, 달맞이가 동시에 비를 맞는 실제 풍경을 묘사한 것이다.[25] 회화나 사진으로 표현하면 이것은 동시에 하나의 장면 안에 포착될 수 있지만, 언어로 표현하면 각각을 하나씩 순차적으로 묘사할 수밖에 없다. 여기에 개입되는 시간성은 각각의 대상들이 하나의 풍경을 구성해가는 데 필요한 시간이다. 이 때 '생성적인 과정'은 각 사물의 생명의 기원을 추적하는 것이 아니라 지각의 장에서 사물의 상호 연관들을 추적해가는 과정이다.

---

24 "그러나 윤곽이라는 것은 차라리 사과의 가장자리들이 깊이로 침잠해 들어가는 하나의 이상적인 한계로 봄이 옳다. (…중략…) 그러나 대상을 단순히 하나의 선으로 그려놓은 것은 사물의 깊이 — 즉 사물이 우리 눈앞에 펼쳐진 것으로서가 아니라 유보들로 가득찬 무진장한 리얼리티로 제시되고 있는 그러한 차원 — 을 희생시켜 놓고 있는 것이다. 세잔느가 대상을 변조시킨 색채로 부풀리고, 그리고 또 몇몇 윤곽선을 푸른색으로 나타내고 있는 것은 위와 같은 이유에서였던 것이다." 메를로-퐁티, 앞의 책, 195면.

25 이에 대한 자세한 설명은 졸고, 「오규원의 시론 연구」, 『한국문학이론과 비평』 25, 2004 참고.

시간적 순차성은 공간적인 인접성과 결합되며 풍경을 수직과 수평으로 표현할 수 있게 된다.[26] 시간적 순차성에 의해 그려지는 풍경이 수직적인 깊이에 대한 탐구라면, 풍경의 공간적 인접성은 수평적인 확장을 통해 대상의 연관성을 드러낸다.

땅과 제일 먼저 태어난 채송화의 잎 사이 제일 먼저 태어난 잎과 그 다음 나온 잎 사이 제일 어린 잎과 안개 사이 그리고 한 자쯤 높이의 흐린 안개와 수국 사이 수국과 수국 곁에 엉긴 모란 사이 모란의 잎과 모란의 꽃 사이 모란의 꽃과 안개 사이

덜 자란 잔디와 웃자란 잔디 사이 웃자란 잔디와 명아주 사이 명아주와 붓꽃 사이 붓꽃과 남천 사이 남천과 배롱나무 사이 배롱나무와 마가목 사이 마가목과 자귀나무 사이 자귀나무와 안개 사이 그 안개와 허공 사이

「오늘과 아침」 부분 (8)

인용된 시는 채송화와 수국과 모란이 있고 그것들을 옅은 안개가 감싸고 있는 '오늘 아침'의 풍경을 그린 것이다. 오규원은 공간적으로 인접해 있는 채송화와 수국, 모란을 "안개와 수국 사이 수국과 수국 곁에 엉긴 모란 사이"처럼 대상을 반복하여 호명하면서 공간적 인

---

26 "세계는 개체와 집합 또는 상호 수평적 연관 관계의 구조라고 말해야 한다." 오규원, 『날이미지와 시』, 81면. 이는 「안락의자와 시」에서 반성적 사유를 거듭해서 도달한 결론이기도 하다.

접성과 동시에 시간적인 순차성을 표현하고자 한다. '사이'는 시간적인 속성과 공간적인 속성을 동시에 표현할 수 있는 단어이다. 채송화와 모란, 수국의 '사이'는 공간적인 것이지만, "제일 먼저 태어난 채송화의 잎 사이 제일 먼저 태어난 잎과 그 다음 나온 잎 사이"에서 '사이'는 공간적인 것이면서 동시에 시간적인 것이다. 제일 먼저 태어난 잎과 그 다음 나온 잎을 눈으로 구별할 수는 없지만, 지금 눈앞에 동시에 보이는 잎들에는 돋아난 시간의 차이가 있다. 거기에는 그만큼의 시간이 개입되고, 각각의 잎들이 태어난 서로 다른 시간적 상황이 놓이는 것이다. "덜 자란 잔디와 웃자란 잔디" 또한 마찬가지다. 눈으로 보기에는 똑같은 잔디로 보이지만, 덜 자란 것과 웃자란 잔디 사이에는 시간적인 차이가 있는 것이다. 이처럼 시간차가 있는 대상들은 동시에 같은 공간에 존재하며 시공간적인 입체감을 만들어 낸다.

3) '체험된 원근법'에 의한 묘사

이와는 달리 시간을 고정시키거나 배제한 상태에서 공간의 입체감을 언어로 표현하고자 하는 시도 있다. 이 시들은 멀리 있는 사물을 작게 가까이 있는 사물을 크게 그리는 근대적 원근법과는 다른 방식으로 표현되고 있다.[27]

---

27 오연경은 오규원 시의 탈원근법적 시각이 날이미지 시의 방법론이라고 설명한다. 원근법이 보는 사람을 초월적 주체로 구성하는 지배적 인식 체제라고 한다면, 탈원근법적 시각은 인간 중심적인 입장을 벗어나서 사물의 현상에 충실하고자 하는 시적 방법론이라는 것이다. 오연경, 「오규원 후기 시의 탈원근법적 주체와 시각의 형이상학」, 『한국시학연구』 38, 2013, 210~212면 참고.

감동할 시간도 주지 않고 한 사내가

간다 감동할 시간도 주지 않고

뒷머리를 질끈 동여맨 여자의 모가지 하나가

여러 사내 어깨 사이에 끼인다

급히 여자가 자기의 모가지를 남의 몸에

붙인다 두 발짝 가더니 다시

모가지를 남의 어깨 위에 붙여놓는다 나는

사람들을 비키며 제자리에 붙인다

(…중략…)

꾹꾹 아스팔트를 제압하며 승용차가

간다 또 한 대 두 대의 트럭이

이런 사내와 저런 여자들을 썩썩 뭉개며

간다 사내와 여자들이 뭉개지며 감동할

시간을 주지 않고

나는 시간을 따로 잘라내어 만든다

「거리의 시간」 부분 (7)

위의 시는 거리에 오가는 사람들과 차들의 풍경을 표현한 것이다. 거리를 지나가는 사람들은 각각 다른 지점을 지나치고 있고, 승용차와 트럭 또한 마찬가지다. 그것들은 부피가 있는 공간에서 움직이는 대상들이므로 순간순간 겹치며 서로를 가리기도 하고 다시 형체를 드러내기도 한다.

이를 일반적인 원근법으로 표현한다면, 거리의 사람이나 사물은 고정된 한 시점을 기준으로 해서 원경의 대상은 작게 근경의 대상은 크게 그림으로써 거리감을 나타낼 수 있을 것이다. 그러나 위의 시는 원근법으로 거리감을 부여하는 대신 서로 다른 공간적 거리에 있는 대상들을 거리감을 삭제하고 평면화시켜 표현하고 있다. 원근법을 고려하지 않고 겹쳐 그리면, 서로 다른 지점을 걸어가는 사람들은 서로의 몸에 가려 팔과 다리가 없거나 한 사람의 목이 다른 사람의 어깨에 붙어 있는 것과 같은 모양이 된다.

이는 지각적 현상에 충실하게 대상을 반영하는 '체험된 원근법'을 사용한 결과이다.[28] 원근에 있는 사람들과 자동차들은 특정한 하나의 시점에 의해 거리감을 부여받는 것이 아니라 서로 엉겨붙거나 뭉개지고 겹친다. 거리 풍경을 관찰하는 하나의 고정된 시점은 없다. 시에서 '나'는 풍경을 보고 말하는 화자이지만, 한편으로는 거리에 오가는 사람들 중의 하나로서 다른 사람이나 자동차와 동등한 입장에 놓여 있다 "나는 사람들을 비키며 제자리에 붙인다". '나'의 시선은 사람들과 자동차 등 여러 시선들 중의 하나일 뿐이다.[29]

---

28 메를로-퐁티가 말하는 세잔의 '체험된 원근법'은 객관적인 원근법과는 다른 우리의 지각적 현상이다. 근대적인 원근법은 원경과 근경의 대상들을 과학적인 비율에 의해 서로 다른 크기로 표현함으로써 실제적인 풍경을 재현할 수 있다고 믿었다. 그러나 우리의 지각 현상은 전체가 하나의 관점으로 평준화되어 있지 않다. 우리가 방 안을 죽 훑어볼 때, 매순간 주어지는 관점(시점)은 동일하지 않다. 매 순간 달라지는 시점들은 실제로 눈앞에 있는 대상일 뿐만 아니라 그것을 지각하는 주체와 함께 태어나고 공존하는 관점적 현상에 가깝다. 주성호, 「세잔의 회화와 메를로-퐁티의 철학」, 『철학사상』 57, 2015, 286면 참고.

29 김지선은 오규원의 풍경 시가 시인의 주관적 시점을 벗어나려는 시도로서 '고정된 주체 중심의 시선을 해체하려는 시선의 전도가 뚜렷히 부각'되어 있다고 설명하고 있다. 김지선, 「오규원 시에 나타난 주체의식의 변모 양상 연구」, 『한

경운기가 흙을 움켜쥐며 따라가는 길이

그 길 곁 우거진 고마리들이 허리 아래로

물을 숨기고 있는 길이 고마리들이

물에 몸을 두고 물을 보내는 길이

자작자작 이끼가 올라가는 길이

「자작자작」 전문 (8)

위의 시는 표면적으로 보면 '길'을 설명하고 있는 것처럼 보이지만, 실제로 길은 경운기와 고마리와 이끼가 무언가를 하는 장소일 뿐이다. 길을 바라보는 시선은 고정되어 있지 않고, 경운기였다가 고마리였다가 이끼로 바뀐다. 즉 길 위에서 경운기는 흙을 움켜쥐고, 길 옆에서는 고마리가 물을 빨아들이고 있으며, 길 위를 이끼가 자작자작 올라가고 있다.

실제로 사람이 대상을 파악하는 것은 이처럼 고정된 하나의 시점만을 유지하는 것이 아니라 순간순간 상대적인 시점들을 가지는 것이다.[30] 이는 주체인 '나'의 시선 자체가 고정된 것이 아니라 순간순

국어문연구』 50, 2008, 314면.

30 이것은 마치 세잔의 그림에 그려진 사물들이 각각 다른 시점에 의해서 그려진 것과 유사하다. 메를로-퐁티는 세잔의 〈사과정물〉에서 식탁 위에 있는 컵과 쟁반이 타원형이 아니라 타원의 양쪽 끝이 부풀고 팽창되게 그려 놓고 있고, 귀스타브 지오흐르와의 초상에서도 작업대가 원근법과 다르게 그림의 아랫부분가지 내려와 있다고 지적했다(메를로-퐁티, 앞의 책, 191면). 그 이유는 각각의 사물들이 서로 다른 시점에 의해 표현되고 있기 때문이다. 세잔은 이를 통해서 우리가 가지는 시점이 근대의 인위적인 원근법처럼 계산된 객관적인 비율로 나타나는 것이 아니라 상대적이고 주관적인 것임을 보여 준다.

간마다 달라진다는 것을 말한다. 우리에게 체험된 조망은 절대적인 하나의 지점이 아니라 상대적인 지점들 사이의 이행일 뿐이다. 주체는 세계를 객관적인 대상으로 바라볼 수 있는 절대적인 존재가 아니라 다양한 관점 중의 하나로서 대상을 볼 수 있을 뿐이다. '체험된 원근법'은 이같은 다多시점을 이용해서 공간의 깊이감을 3차원적으로 표현하는 것이다.[31]

오규원의 환유적인 글쓰기는 언어를 연결하는 방식을 넘어서 대상의 이면에 있는 내적인 연관성을 드러내는 방법으로 채택된 것이다. 이는 현상에 내재하고 있는 리얼리티를 발견하는 것으로서 메를로-퐁티적인 현상학적 사유에 바탕하고 있다. 오규원의 초기 시부터 나타나는 '현상'에 대한 관심은 수사학적인 차원을 넘어서 철학적 사유로 발전하고, 그러한 사유는 다시 시로 형상화된다. 그런 면에서 오규원의 시와 시론은 현상학이라는 일관된 방법론을 바탕으로 하고 있다고 할 수 있다.

---

31 "세상은 울퉁불퉁한 3차원의 입체이고, 널려 있는 사물들은 깊이와 공간 속에 있는데 이것을 2차원의 매체의 평면성에 충실하게 표현하려니 실제적일 수 없는 것이다. 3차원의 실재 세계를 2차원의 평면 구조에 안착시키고 녹아들게 하려면 재현을 벗어나야 한다. 재현은 3차원적 입체에 대한 모사이고 평면화는 이를 해체할 수밖에 없는 과정인 것이다." 전영백, 『세잔의 사과』, 한길아트, 2008, 131면. 오규원이 스스로를 리얼리스트라고 규정하는 것(오규원, 『날이미지와 시』, 152면)은 이런 맥락에서 이해되어야 한다. 그가 생각하는 '리얼리티'는 대상의 실제적인 입체성을 재현하는 것이며, 이때 입체성은 곧 대상의 깊이, 풍경의 깊이를 의미한다.

현상학적 시간의 언어적 표현

5

1. 시계 시간과 경험된 시간

시간과 공간은 직관적으로 주어진 현상의 질료들을 수용할 수 있도록 하는 선험적인 형식이다. 공간은 이성적인 추론을 통해서만 사유되는 대상에 대해서는 관념적이지만, 한편으로 우리의 감각 기관 외부에 있는 현상들과 관계를 맺고 있는 경험적 실재성을 가지고 있다. 즉 대상의 실제적인 위치와 넓이 등을 통하여 공간의 물질적인 실재성을 인지할 수 있다. 이에 비하면 시간은 주체의 경험을 가능하게 하는 기본적인 틀이면서도 공간과 달리 형태를 지니지 않는 추상적인 형식이다. 따라서 시간에 대한 질문은 '시간이란 무엇인가?'라는 존재론적인 질문이 아니라 '시간이라는 현상이 어떻게 주어지는가'라는 현상학적인 질문으로 바뀌어야 한다. 즉 시간을 실체 혹은 실재로 보는 관점에서 벗어나 시간이라는 현상이 어떻게 우리에게 주어지며, 우리가 시간을 어떻게 경험하고 시간적인 말함과 측정에 이르게 되는지[1]를 살피는 것이다.

특히 시에서 시간은 사건이나 상황의 객관적인 시간 위치보다는 주체의 경험 내용이 더 중시된다는 점에서 현상학적인 접근 방식이 필요하다. 시에서 시간은 현상을 파악하는 선험적 형식임과 동시에 주체의 주관적인 의식을 드러내 보이는 근거이다. 시간을 어떻게 경험하고 경험 내용을 어떻게 표현하는가 하는 것은 시를 설명하는 중요한 단서가 된다. 시에서 시간은 일상적인 시계 시간과는 달리 정확

---

1   이기상, 「시간, 시간의식, 시간존재」, 『과학사상』, 범양사, 2000. 봄, 71면.

한 시간상 위치를 지정할 수 없는 경우가 많다. 하나의 시 안에 둘 이상의 시제가 섞여 있거나 시제 표시와 내용상의 시간 경험이 일치하지 않는 경우가 그 예이다.

시에서 시간을 나타내는 표지는 크게 어휘적인 것과 문법적인 것으로 나눌 수 있다. 어휘적인 표지는 '지금, 금방, 작년에' 등 시간을 나타내는 부사나 '2000년 1월 1일, 오후 2시'처럼 구체적인 숫자로 표시된 시간의 양상[2]인 데 비해, 문법적인 표지는 시간을 지시하는 의미 범주 중에서 문법 요소에 해당하는 표지를 말한다. 대표적인 문법적 표지로서 '시제tense'는 사건이 발생한 시점사건시과 발화하는 시점발화시의 선후 관계를 기준으로 하여 구분된다. 사건시가 발화시보다 앞설 때를 과거, 사건시와 발화시가 일치하는 경우를 현재, 사건시가 발화시보다 나중인 경우를 미래로 구분하는 것이다. 시제는 사건이 일어난 맥락을 외부적인 시간의 흐름 속에서 파악하는 것으로서 사건이 발생한 일차적인 시간적 위치를 알려준다.

그러나 시는 일반적으로 사건의 사실적인 차원을 기록하는 것보다 그에 대한 주체의 반응을 표현하는 것에 중점을 두고 있어서 시제 자체만으로는 의미를 가지지 못하는 경우가 많다.[3] 이런 면에서 시에 나타나는 시간 표지들은 사건에 대한 주체의 태도를 나타내는

---

2   "'지금, 아까, 방금, 어제, 오늘, 내일, 작년에, 올해, 내년에, 나중에, 예전에, 지난주에, 금주에, 다음주에' 등은 사태의 발생 시점을 나타내는 화시적 어휘적 수단이라 할 수 있고, '2000년 1월 1일에, 지구가 생겨났을 때' 등은 非화시적 어휘적 수단이라 할 수 있다." 박진호, 「시제, 상, 양태」, 『국어학』 60, 2011, 290면.

3   객관적인 사실 전달을 목적으로 하는 시의 경우는 예외적으로 비화시적 어휘적 시간 표지가 중요한 역할을 한다.

상aspect적인 것에 가깝다.[4] 시제가 사건을 시간 축에 위치 짓는 것임에 비해, 상은 시간 축 상의 위치보다 그 사건을 바라보는 관점을 중시한다.[5] 예를 들어 시간적으로 과거의 일이지만 그것이 현재까지 영향을 미치고 있는 경우, 주체의 심리적인 측면에서 보면 그것은 이미 완료된 과거의 사실과는 구별된다.

시에 나타나는 시간에 주목해 볼 때, 오규원의 초기 시는 과거의 경험에 대한 의식의 내용을 드러내는 주관적 성격이 두드러진다. 이에 비해 중기 시는 현실의 일상적인 삶을 중요한 소재로 하면서 일반적인 시계 시간이 전제가 된다. 후기 시에서 시간은 현상에 잠재된 생성의 과정으로서 인식된다. 위에서 설명한 시간 표지들이 두드러지는 것은 특히 초기 시[6]이다. 여기서 현상은 인식의 대상이 아니라 종

---

4   시에서의 시간 표현은 두드러지게 상적인 특징을 가지고 있다. 그러나 시에 나타나는 모든 시간 표지들이 특정한 상으로 설명될 수 있는 것은 아니며, '~상'이라는 이름을 붙이는 것이 목표일 수도 없다. 중요한 것은 '상'이 시에서의 시간을 설명할 수 있는 중요한 표지임을 알고 그것의 시적인 효과를 살피는 것이다.

5   "상은, 사태의 시간적 구조나 전개 양상을 바라보는 관점과 관련된 문법 범주이다. 시제의 주된 기능이 사태를 시간 축 상의 특정 위치에 위치짓는 것인 데 비해, 상은 그러한 시간적 위치와는 크게 관련이 없다. 사태의 발생 시점이나 시간 축 상의 위치보다는 그 사태를 바라보는 관점이 관건이 된다." 박진호, 앞의 글, 300면.

6   오규원의 초기 시를 1시집 『분명한 사건』과 2시집 『순례』로 보는 것에는 대체적으로 이견이 없다. 오규원 시 연구에서 초기 시 연구는 상대적으로 적은 편인데, 이는 초기 시의 불명료함과 환상적인 특징, 관념적이고 추상적인 표현 등에서 연유한 것으로 보인다. 초기 시에 대한 대표적인 연구로는 아래와 같은 것들이 있다. 윤의섭, 「오규원 초기시의 시간의식 연구」, 『한국시학연구』 45, 2016; 박동억, 「단 하나의 삶이라는 아이러니」, 오규원문학회 기획, 『끝없이 투명해지는 언어』, 문학과지성사, 2022; 박동억, 「오규원의 시에 내포된 세계관으로서 아이러니 연구」, 숭실대 박사논문, 2023.

종 과거에 대한 기억을 불러오는 계기로 작용한다. 과거와 관련된 경험들은 특히 '상'을 이용한 표현들로 나타나는데, 이는 과거의 경험이 지속되고 있고 그것이 현재까지 영향을 미치고 있음을 드러내는 것이다. 상을 이용한 표현들은 점차 빈도가 낮아지면서 일반적인 시제 표현들로 옮겨간다. 이는 그의 시가 과거의 기억을 바탕으로 한 것에서 벗어나 현재적인 삶의 영역으로 옮겨갈 것임을 짐작하게 한다.

2. 어휘적인 표지로 나타나는 시간 양상

'시에서 시간이라는 현상이 어떻게 나타나는가' 라는 것은 달리 말하면 사인이 추상적인 시간을 어떻게 인지하고 표현하는가 하는 것이다. 초기 시에서 시간은 우선 낮, 오후처럼 일상적으로 사용되는 단어들로 표현되는데, 이것들은 주로 시간적 배경으로 사용된다. 이것에 시적인 의미가 부여되면서 상징성을 확보하거나 일상에 대한 비판적인 시각이 드러나기도 한다. 또 지시사를 사용하여 추상적인 시간을 지칭하거나 시간이 특정한 조건이 될 때도 있다.

1) 시간을 나타내는 어휘와 공간적 표현

낮, 밤, 오후 등은 일반적으로 시간을 지칭할 때 사용되는 단어들이다. 낮이 일상의 생활이 전개되는 시간이고 밤은 일과가 끝나고 휴식하는 시간으로 제시될 때, 시간은 관습적인 의미와 크게 다르지 않다. 여기에 시적인 의미가 부여되면서 시간은 상징적인 것이 된다.

예를 들어 '밤'은 휴식의 시간인 동시에 과거의 사건이 재생되며 환상이 시작되는 조건으로 제시된다.("시간의 육신이 부서지고 있다. / 들쥐들이 갉아 먹은 들이 / 조금씩 간격을 두고 / 분쟁을 제기하는 나무들이 / 어둠에 구멍을 뚫고 있다." 「현황 B」). 이것은 일상의 시간 개념을 전제로 하고 그것에 상징적 의미를 더하는 것이므로, 시간 자체를 표현한다기보다는 그것에 부여된 주체의 심리적 정황을 추정할 수 있는 근거가 된다.

한편 '하루'를 "24시간 1,440분 86,000초"로 표현하는 것처럼 시계 시간을 이용하여 추상적인 시간을 구체화하려는 경우도 있다.("24시간 1,440분 86,000초가, 차례로 / 검토되고 있다 / 86,400초의 관계가, 살을 내놓고 / 옷을 벗는다 그리고 과거가 소집당하고 있다", 「무서운 사건」). '하루'라는 분할된 시간은 다시 시간, 분, 초 단위로서 반복하여 표현되는데, 이는 시계 시간의 압박을 표현함과 동시에 그러한 시간 분절이 주체와는 무관하게 외부적으로 주어지는 것임을 표시한다.[7] 즉 시계 시간으로 표시되는 타성적이고 일상적인 생활의 리듬을 표현하는 것이다.

시간을 공간화하여 표현함으로써 그것의 추상성을 극복하려는 것은 오래전부터 있어 온 전통적인 방법이다. 오규원의 초기 시에서 역시 유사한 표현들이 발견된다.

오, 시간이 외그루 나무처럼 서서 / 지나가는 사람의 / 모자를 / 차례로 벗기고 있다.

「들판」 부분 (1)

우리가 문을 밀고 나설 때 / 그 문이 / 다시 문 앞의 바람을 밀고

그때마다 그 문이 / 그대와 나의 앞과 길을 / 조금씩 허물 때

「「우리가 기다리는 것은」-순례 15」 부분 (2)

나뭇잎 위에 나뭇잎이 몸을 눕히고 나뭇잎 위에 나뭇잎이 다시 몸을 눕힌다.

「기울어진 몸무게를 바로잡으려고」 부분 (2)

수술과 암술이 떠나고 꽃잎과 꽃받침이 떠나고 / 꽃밭이 떠나고
마지막엔 풀이 흔드는 작별의 손이 보이고 / 인사도 없이 골목이 떠나고 길이 서 있다.

「길」 부분 (1)

「들판」, 「우리가 기다리는 것은」에서 시간은 공간의 수평적인 이동으로 표현된다. 「들판」에서 시간이 지나가는 사람의 모자를 차례로 벗긴다는 것은, 사람들이 나무로 표현된 시간 앞을 차례로 지나가는 모양을 연상시킨다. '차례로 지나간다'는 공간적인 이동인 동시에 그 안에 시간의 순차성을 내포하고 있다. 「우리가 기다리는 것은」에서 시간은 문을 밀고 앞으로 나아가는 것으로 표현되고 있다. 우리가 문을 밀고, 문이 바람을 밀고, 그것이 나의 앞과 길을 미는 것은, 수평

---

7   서진영은 이 부분을 "시간을 이처럼 '분'과 '초'로 분절하는 방식이 각 시간의 고유한 특성들을 모두 탈각시키고 획일적이며 동질적인 양으로 환원하는 근대적 시간관에 의한 것"이라고 설명하고 있다. 서진영, 「'시선'의 사유와 탈근대적 시간 의식」, 『한국현대문학연구』 22, 2007, 318면.

적으로 공간을 이동하는 것이지만 순차적인 시간의 흐름과 동시에 일어나는 일이다.

한편 「기울어진 몸무게를 바로잡으려고」에서 시간은 수직적인 공간의 이동으로 나타난다. 나뭇잎 위에 나뭇잎이 다시 떨어지는 것은 공간적인 축적인 동시에 나뭇잎이 떨어져 내리는 동안 만큼의 시간을 담고 있다. 「길」에서 시간은 꽃의 잎과 꽃받침이 차례로 떨어지면서 꽃밭이 비어가고, 남은 풀이 시들고, 골목이 비어가고, 휑하게 길이 비어가는 과정으로 표현된다. 사실상 이 과정은 시간 차를 두고 진행되는 것이지만, 시에서는 이것을 마치 동일한 시간에 공간이 비어가는 것처럼 표현하고 있다.

추상적인 시간을 언어로써 표현하기 위한 이같은 방식은 시제와 연결되어 좀더 복합적인 양상으로 나타난다.

건넛마을의 김씨가 찾아왔다. / 김씨를 만나면 / 그의 살 속 여윈 뼈가 보인다.

얼굴의 광대뼈가 / 빌딩의 사각창보다 / 외로운 각도다.

김씨가 오면 바람이 불지 않는다. / 그가 있는 곳은 여름 / 여름 속의 양철집.

그를 따라다니는 것은 / 부러진 나뭇가지에서 상처를 입은 / 바람.

그가 오면 햇빛이 보이지 않는다. / 그는 햇빛 속에 사는 나를 비웃는다.

「정든 땅 언덕 위」 부분 (1)

시에서 '김씨'는 '건넛마을'에 사는 것으로 되어 있지만 사실상 과거의 기억 속의 인물이다. 그가 오면 햇빛이 보이지 않는다거나 바람이 불지 않는 것이 이를 뒷받침한다. '나'의 기억 속에서 '그'는 여름의 양철집과 더불어 있고, 상처 입은 바람과 햇빛 없는 어둠 속에 있다. '햇빛 속에 사는 나'가 현재의 모습이라면, '그'는 나의 과거에 속하는 사람이다. '김씨'를 건넛마을에 산다고 표현하는 것은 과거의 일을 마치 건너편에 있는 것처럼 표현함으로써 서로 다른 시간을 수평적으로 배치하는 것이다. 이는 서로 다른 시간을 나란히 병치하는 시간의 동시적 구성으로서 그것 자체가 공간적인 구성이면서 시간의 공시성[8]을 드러낸다.

2) 지시사를 활용한 시간 표현

시간을 지시하는 부사들은 사건시와 발화시 사이의 거리를 설명하는 동시에 종종 화자의 심리적이거나 정서적인 태도를 드러낸다. 초기 시에 자주 등장하는 '그날', '그 때' 등은 해당 사건이 과거에 발생했음을 알려주는 동시에 그것이 과거의 이야기임을 확인시킴으로써 그것과 거리를 두는 역할을 한다. '그'라는 지시사는 이미 알고 있는 정보를 지칭하는 것이므로 그 자체가 과거적인 속성을 내포하고 있다.[9]

---

8   박현수는 순차적인 시간 질서를 가지면서도 시간적으로 누적되거나 집적되지 않고 독립적으로 동등한 시간성을 유지하는 경향을 '공시성(synchronization)'이라고 설명하고 있다. 박현수, 「서정시제(시의 현재 시제)의 실제와 특성 고찰」, 『한국현대문학연구』 64, 2021, 24~27면 참고. 여기서 공시성은 기본적으로 현재 시제 문장들 간의 관계이지만, 시제를 현재로 한정하지 않고 서로 다른 시간들이 공존하는 특징 또한 '공시성'의 개념에 포함될 수 있을 것이다.

그 마을의 주소는 햇빛 속이다/바람뿐인 빈 들을 부둥켜안고 / 허우적거리다가

사지가 비틀린 햇빛의 통증이 / 길마다 널려 있는 / 논밭 사이다

반쯤 타다가 남은 옷을 걸치고 / 나무들이 멍청히 서서 / 눈만 떴다 감았다 하는 / 언덕에서

뜨거운 이마를 두 손으로 움켜쥐고 / 소름 끼치는, 소름 끼치는 울음을 우는 / 햇빛 속이다

「그 마을의 주소」 부분 (1)

여기서 "떴다 감았다 하는", "울음을 우는"은 '떴다 감았다 한다', '울음을 운다'로 고칠 수 있으므로 서술 형태상 현재 시제이다. 가령 첫 행의 '그 마을의 주소'를 현재를 지칭하는 '여기' 혹은 '이곳'으로 바꿔서 '여기 / 이곳은 햇빛 속이다'로 바꾸어보면, 시의 내용은 자연스럽게 현재 눈으로 바라보는 풍경을 묘사하는 것으로 읽힌다. 빈 들에 바람이 불고 논밭 사이로 햇빛이 비치고, 나무들이 서 있는 언덕이 있는 풍경은 그것 자체만으로는 시제가 특정되지 않는다. 이것을 기억 속의 한 장면이라고 읽게 하는 근거는, '그 마을'의 '그'라는 지

---

9   이것은 시간지시사 '그'가 사건시를 강조하는 특징이 있는 것과 연관이 있다. "'저'의 경우는 화시 중심이 '지금(발화시)'에 있으면서 사건시를 지시하는 반면, '그'의 경우는 화시 중심이 '사건시'에 있으면서 해당 사건시를 지시한다. 이는 '저'와 '그'가 지시하는 시간의 집중도 차이로 드러나게 된다. 즉 '저'에서 중요한 것은 발화시이지 사건시가 아닌 반면, '그'는 사건시 자체를 강조하여 두드러지게 하는 것이다." 김상민, 「한국어 지시사의 대립 체계―시간지시사를 중심으로」, 『한국어 의미학』 72, 2021, 159~160면.

시사에 있다. '그 마을'에서 '그'는 주체가 지칭하는 '마을'을 독자^{주체}가 이미 알고 있다는 것이 전제되는 지시사이다. "떴다 감았다 하는", "울음을 우는"은 형태상 현재 시제이지만 문맥적 의미로는 '떴다 감았다 하고 있는', '울음을 울고 있는'으로 고쳐 쓸 수 있는 것으로서, 과거의 기억이 현재까지 지속되고 있음을 보여 준다.

시간 부사를 사용하여 과거 경험에서 특정한 시간적 표지를 지우고 그것을 일반적인 것으로 희석시키는 경우도 있다. 이때 시간 표지는 과거의 특정한 지점을 지칭하는 동시에 그것을 일반화함으로써 과거 경험과 거리를 두게 한다. 예를 들어 "강가에서 / 그대와 나는 비를 멈출 수 없어 / 대신 추녀 밑에 멈추었었다 / 그 후 그 자리에 머물고 싶어 / 다시 한번 멈추었었다"^{「비가 와도 젖은 자는─순례 1」}에서, '그 후'는 과거의 한 지점을 특정하여 행위가 시작되는 지점을 지정하고 그 이후를 열어놓는다. 처음 그대와 추녀 밑에 멈추었던 때는 선명한 기억으로 특정되지만, '그 후'는 '그때 이후 언젠가'가 되어 뚜렷한 시간의 위치가 드러나지 않는다. 이는 주체가 그 후 멈췄던 것이 언제인지 기억하지 못해서라기보다는, 처음의 기억에서 심리적으로 그만큼 멀어졌음을 뜻한다. '그 후'의 일에서는 '언제'라는 시간적 위치보다 '멈추었었다'는 행위에 강조점이 놓여져 있다. 특정한 시간을 지목할 때 중요한 것은 그대와 함께 했던 사건이지만, 그 후의 일에서 강조되는 것은 다시 멈추었던 '나'의 행동이다. 과거의 특정한 경험은 희석되고, 그것에서 비롯된 주체의 반복적인 행위가 중심에 놓이는 것이다.

죽은 꽃들을 한 아름 안고 / 문 앞까지 와서 / 숙연해지는 들판.

그 언덕 위에 / 건강한 남자들이 휘두른 / 두 팔에 / 잘려진 채 / 그대로 남아 있는 / 목책.

홀아비로 늙은 삼식이의 / 초가집 / 뜰이 / 풀잎 위에 떠 있다.

드문드문 떨어져 / 나직하게 / 오보에를 부는 나무들이/요즘도 살고 있는 골짜기로

올해 들어 첫번째로 / 하늘의 일부가 열리고 / 종종종…… / 고전적으로 내리는 비.

그때 10년 만에 / 부스스 눈을 뜨고 / 한 발로 파도를 누르는 산.

그때 10년 만에 / 처음으로 잠드는 바다.

「정든 땅 언덕 위」 부분 (1)

인용된 시의 1, 2연은 현재 시제와 과거 시제가 섞여 있어 시간적 위치가 명확하지 않다. '남아 있는 목책', '초가집 뜰', '나직하게 오보에를 부는 나무들' 등은 과거의 풍경인 것으로 짐작되지만, "종종종……고전적으로 내리는 비"는 마치 현재 눈앞에 펼쳐진 상황을 묘사하는 것처럼 읽힌다. 앞부분의 이야기를 과거의 것으로 짐작하게 하는 어휘적인 단서는 '요즘도 살고 있는'이라는 표현이다. 이 구절로 말미암아 '나무들이 나직하게 오보에를 부는' 것은 과거의 일이고 그 나무들이 '요즘도' 살고 있다고 해석되기 때문이다. 아울러 들판에 있는 언덕과 목책, 초가집의 뜰 역시 이어지는 과거의 풍경으로

해석된다. 그 골짜기에 '올해 들어 첫 번째로' 비가 내리고 있다. "종종종……고전적으로 내리는 비"는 현재 시제를 표시하는 '~는~'으로 되어 있을 뿐만 아니라 '종종종……'이라는 부사어까지 첨가함으로써 현재적인 느낌을 강조하고 있다.

맥락상 3연의 '그때'는 2연의 상황 즉 '……고전적으로 비가 내릴 때'라고 읽을 수 있다. 골짜기에 비가 내리는 그때, 10년 만에 산이 눈 뜨고 바다가 처음으로 잠이 든다. 만약 "종종종……고전적으로 내리는 비"를 현재라고 해석한다면, 이 부분은 지시부사 없이 '10년 만에~'로 표현하는 것이 더 적절할 것이다. 그러나 '그때'라는 시간 부사가 개입되면서 이 구절의 시제는 모호해진다. 다만 앞부분에 '올해 들어 첫 번째로~내리는'이라는 표현을 감안하면 비가 내리는 것이 현재이거나 그 이전이라는 점은 짐작할 수 있다.

전체적으로 볼 때 2, 3연은 마치 주체가 시에 나오는 장면을 거리를 두고 바라보는 것처럼 보이기도 한다. 그것은 주체의 상상 속의 장면으로서, 현재형의 서술은 기억의 생생함을 표현하는데 도움을 준다. 하지만 과거 기억은 영화의 장면처럼 보존되고 그 안에서 살아 있는 것이므로 현재 주체의 삶과는 분리되어 있다.[10]

---

10 오규원 초기 시에서 시인의 개인적인 경험이나 상처는 모두 간접적으로 처리되어 있지만, 바다, 들판, 산과 같은 배경들은 실제 시인의 고향과 연관된 것들이기도 하다. 특히 '바다'는 시인의 유년과 트라우마를 설명하는 중요한 소재이다. '그때 10년 만에 처음으로 잠드는 바다'는 주체의 정서적 상황을 비유한 것이기도 하다. 시인의 유년 경험과 '바다'와의 관계는 박동억, 앞의 글(2023), 96~97면 참고.

3) 조건적 상황으로서의 시간

초기 시에 밤, 오후 등 시간을 나타내는 단어들이 자주 등장하고 그것이 상징적인 의미를 지닌다는 것은 앞에서 밝힌 바와 같다. 이와 달리 특정한 시간이나 상황이 반복되면서도 그 자체가 상징성을 띠기보다는 유사한 반응을 불러일으키는 조건으로 작용할 때도 있다. 예를 들어 "지난겨울도 이번 겨울과 / 동일했다. / 겨울을 밟고 선 내 곁에서 / 동일했다. / 마음할 수 없는 사랑이며, 사랑…… / 내외들의 사랑을 울고 있는 비둘기 / 따스한 날을 쪼고 있는 곁에서 / 동일했다"「겨울 나그네」에서 '마음할 수 없는 사랑, 겨울'과 '내외들의 사랑, 비둘기, 따스한 날'은 대조를 이룬다. '겨울'은 계절의 이름이자 주체의 정서적인 상황이다. 지난 겨울과 이번 겨울이 동일할 수밖에 없는 것은 '마음할 수 없는 사랑'이라는 주체의 정서적 상황이 동일하기 때문이다. 이때 겨울은 계절을 지칭하는 단어이지만 실제 시간의 흐름이나 계절적 변화와는 무관하게 반복되는 상황일 뿐이다.

또 "조그만 방의 새벽 2시쯤 / 그때마다 / 집 옆의 계곡이 밤을 견디며 / 쿨룩 쿨룩 기침하는 소리를 / 듣곤 했다"「무서운 계절」에서 '새벽 2시'는 잠을 이루지 못하는 밤을 시계상 대략적인 시간으로 표현한 것으로서, 특정한 시간적 위치보다 '계곡의 기침 소리를 듣는' 사건에 초점이 놓여 있다. 즉 '잠을 이루지 못하는 새벽 2시쯤이면 항상 계곡의 기침 소리를 들었다'라는 의미가 되어서, '새벽 2시'는 일정한 반응이 발생하는 시간적 조건이 되는 것이다.[11]

---

11 '새벽 2시'는 「현황 B」에서도 환상이 발생하는 시간적 배경으로 제시된다("천사가 먹다 남긴 / 추억의 빵이 몇 조각. / 그 옆에 / 새벽 2시의 / 음침한 불빛이

이와 유사한 경우로, 구체적인 시간 표지는 아니지만 빈번하게 반복되는 조건으로서 '비가 온다'는 상황을 들 수 있다. '비'는 주체를 과거와 연결시키는 환경적 조건으로 기능한다.

> 빗속으로 달음질쳐 너는 가고. / 지금 / 네가 남긴 한 짝의 신발에 / 안개가 괸다.
>
> 눈을 감고 기억을 밀며 / 안개가 괸다.
>
> 나는 젖은 사방. / 나는 오로지 기간에 기대어 / 따금씩 상실과 획득 그 사이
>
> 뚜욱 뚜욱 떨어지는 빗방울의 / 중량을 받는다.
>
> (…중략…)
>
> 잃어버린 의미 속에서 混性을 / 그냥 웃어버린 일월이 덮친다.
>
> 스물네 개의 허이연 이빨이 열린다. / 빗속으로 달음질쳐 너는 가고.
>
> 비 젖은 둘레에서 한갓 사실로 돌아온 / 생명의 무게를 나는 주워든다.
>
> 아니 너의 한 짝 신발을 든다. / 한 짝 신발에 괸 강우량 / 속으로 달음질쳐 너는 가고.
>
> 「雨季의 시」 부분 (1)

이 시에서 비는 주체로 하여금 과거의 사건을 떠올리게 하고 그것

들어 있다").

을 현재로 연결시키는 계기이다. "빗속으로 달음질쳐 너는 가고"는 과거의 일이므로 '빗속으로 너는 갔고, 지금…… 안개가 괸다'고 하여 현재와 구별되어야 하지만, '~가고'라고 표현함으로써 그 일이 끝난 것이 아니라 계속하여 반추되고 있음을 표시한다. '너는 갔다. 그래서 여기에 없다'로 완료되는 것이 아니라 너가 빗속으로 달음질쳐 가는 모양이 지워지지 않고 남아서 반복 재생되는 것이다. 시에서 현재 비가 내리고 있는지는 명확하게 드러나지 않는다. 그러나 "비 젖은 둘레에서 한갓 사실로 돌아온"이라는 것으로 미루어 볼 때, '비가 오는 것'은 과거의 일이고 '나'는 현재 시점에서 그것을 회상하고 있다고 짐작할 수 있다. "오로지 기간에 기대어", "웃어버린 일월이 덮친다", "스물네 개의 허이연 이빨" 등의 표현 역시 빗속으로 너가 가는 것과 현재 사이에 시간이 흘렀음을 보여 주고 있다. 이때 비가 오는 것은 주체가 과거의 기억 속으로 빠져들게 하는 조건이다. 비가 오면 주체는 사방에 비로 갇혀서 젖어 들고'나는 젖은 사방', '비 젖은 둘레', 그러다가 깨어나서 현실로 돌아오는 것이다'비 젖은 둘레에서 한갓 사실로 돌아온'.

마찬가지로 "비가 내린다, 거울 속에 / 구름이 간다, 그 거울 속에. / 비가 내린다, / 비를 먹고 무성히 자란 잡풀 속에."'기댈 곳이 없어 죽음은-순례 3」에서 '비가 내린다'는 '~ㄴ다' 형태의 현재인 것처럼 보이지만, '그 거울 속에'와 연결되어 과거의 일이 재현되는 것임을 알게 한다. 즉 '거울 속에 비가 내리고 있다'라는 의미로서 과거 상태가 현재까지 계속되고 있음을 나타낸다.

이처럼 '비가 온다'는 것은 상황적인 조건이 되고 그에 상응하는 반응을 불러온다. '비가 온다'는 것이 전제가 되면 구체적인 상황의 변별성은 지워지고 동일한 조건이 되며 그에 따른 반응 또한 동일할 것이라고 예측된다. 이때 '비'는 시간의 흐름을 무화시키고 경계를 지우는 역할을 한다.

3. 시제와 상으로 표현되는 시간 양상

초기 시들에는 시제상 과거와 현재가 함께 있거나 시제를 특정하기 어려운 경우들이 많다. 이 시들은 시제가 혼합되어 있다는 공통점이 있지만 실제 나타나는 시간 양상에는 차이가 있다. 현재가 과거를 불러오는 계기로서 작용하는 시들에서는 발화시가 현재라고 하더라도 시 전체의 시간은 사건시인 과거에 맞춰져 있고 주체 역시 과거의 사건에 매여 있다. 현재는 과거의 경험을 재현하고 서술하기 위한 도입부 역할을 한다. 이와 달리 주체가 과거의 사건과 거리를 두고 그것을 회상하는 시들에서, 사건시는 발화시와 분리된 것으로 인식된다. 주체는 과거의 기억을 마치 영화의 장면처럼 고정된 장면 속에 보존함으로써 그것과 거리를 둔다. 주체가 과거 장면을 바라보는 것처럼 서술하면서 현재로 회귀하는 시들은, 시의 소재가 현재적인 것으로 옮겨갈 것임을 예고하고 있다.

1) 과거와 현재의 혼용과 진행상

서로 다른 시제가 혼합되어 있는 시들은 대부분 발화시인 현재 시점에서 과거 사건을 환기하는 방식으로 이루어져 있다. 따라서 한 편

의 시 안에 있는 내용이나 장면들 간에 시간적인 선후성이 드러나기
도 한다.

　나의 음성들이 외롭게 나의 외곽에 떨어지는 / 따스한 겨울날.
　골격뿐인 서쪽 숲의 나무들이 / 환각에 젖어 / 나무와 나무 사이에
공간이 생기고 있다.
　떡갈나무 갈참나무 상수리나무 / 너도밤나무도 모르게
　동쪽과 서쪽 사이에 이론이 생기고 / 어쩌다가 잠 깬 시간이 / 머리
를 갸웃거리곤 했다.
　심심한 바람은 공간에 먼지를 쌓고 / 17세기의 외투를 입은 산비둘
기는
　그해의 마지막 획득처럼 / 차이콥스키 교향곡 몇 소절을 울었다.

「서쪽 숲의 나무들」 부분 (1)

　인용된 부분은 "나의 음성들이~생기고 있다"[A], "떡갈나무~갸웃거
리곤 했다"[B], "심심한 바람은~울었다"[C]의 세 부분으로 나누어진다.
시는 현재[A]에서 시작해서 과거의 회상[B, C]으로 옮겨간다. A에서 발화
시인 현재는 겨울이고 주체는 이파리가 떨어져서 가지만 남은 나무
들 사이의 빈 공간을 바라보고 있다. B 이하는 내용이 추상적이긴 하
지만 서술어의 형태를 근거로 할 때 과거에 해당한다. 그러나 같은
과거로 표현되었다 하더라도 B와 C의 시간 양상은 차이가 있고, A
또한 단순히 현재 시제라고 하는 것으로는 충분하지 않다.
　A의 '공간이 생기고 있다'는 같은 현재형인 '공간이 생긴다'와는

어감상 차이가 있다. '~ㄴ다'는 현재 상황을 설명하는 보다 객관적인 서술 형태임에 비해, '~고 있다'는 상황이나 사건이 진행되고 있음을 강조하는 일종의 진행상에 해당한다. 이것은 사실의 시간적 위치만이 아니라 그것을 바라보는 주체의 정서적 상황을 포함하고 있다. 시에서 "공간이 생기고 있다"는 주체가 시간의 흐름을 인지하고 있음을 표시함으로써 B 이하의 과거적인 내용이 환기될 수 있는 정서적인 환경을 만든다.

B 이하는 A에서 공간이 생기고 있는 것을 인지한 주체의 생각의 내용이다. '~곤 했다'는 과거 사실의 반복을 표시하므로 문법상 "동쪽과 서쪽 사이에 이론이 생기고"는 상대시제로서 과거[12]의 일이다. 그러나 A의 '환각에 젖어'와 연결해 볼 때 이 구절은 현재에서 과거로 넘어가는 경계의 상황을 표시하는 것으로 해석된다. 즉 나무와 나무 사이에 공간이 생기고, 동쪽과 서쪽 사이에 이론이 생기고, 과거의 시간이 잠을 깨며 머리를 갸웃거리곤 하는 것이다. B는 환상과 더불어 현재와 과거가 뒤섞여 있으면서, 현재에서 과거로 연결되는 부분이다. 이어서 연결되는 C의 내용은 잠을 깬 시간 즉 과거의 일들을 보여 주는 것으로서 과거 시제로 표현되어 있다.

초기 시는 이처럼 과거의 경험이 중요한 소재가 되면서 현재까지 영향을 미치고 있는 경우가 많다. 이 시들은 현재 눈앞에서 벌어지고

---

12 이것은 화자가 해당 문장을 발화하는 순간인 발화시가 기준이 아니라 과거 사건이 발생한 사건시를 기준으로 한 상대시제에 해당한다. 복합문의 경우 전체 문장의 시제는 일반적으로 문장 맨 마지막 서술어의 시제에 의해 결정된다. 구본관 외, 『한국어학개론』, 집문당, 2020, 174~175면 참고.

있는 사건을 기록하는 것처럼 표현되지만, 시의 초점이 되는 것은 과거의 사건이나 상황이다. 이때 발화시인 현재는 과거를 불러오는 시간적인 위치로서만 기능하므로, 발화시와 사건시가 일치하는 현재 시제의 일반적인 특징과는 구별된다. 이 경우 서술어가 '~ㄴ/는~'이 아닌 '~고 있~' 형태를 취하고 있다는 점이 특징적이다.

  강철 속에 / 5억 5천만 년 전에 죽은 / 삼엽충의 발바닥과

  대장간의 망치에서 떨어진 / 오물이 / 정열적인 포옹을 하고 있다.

  그 옆에 / 결론이 놓고 앉아 보고 있다.

「길」 부분 (1)

  안경 밖으로 뿌리를 죽죽 뻗어나간 / 나무들이 / 서산에서

  한쪽 다리를 헛짚고 넘어진 노을 속에 / 허둥거리고 있다.

  키가 큰 산오리나무의 두 귀가 / 불타고 있다.

「분명한 사건」 부분 (1)

  피곤한 인질의 잠이 / 소집당하고 있다

  탐욕의 어둠 허위의 어둠이 / 오늘 하루를 이끌고 온 당신의 엉큼한 협상의 눈이

  소집당하고 있다

  거리에 깔린 불안을 다리로 질질 끌며 이 / 아름다운 식탁의 밤에 초대되고 있다

「무서운 사건」 부분 (1)

인용된 예시에서 '~고 있다'는 과거 사실이나 상황이 현재까지 영향을 미치고 있음을 드러낸다. "키가 큰 산오리나무의 두 귀가 / 불타고 있다"에서 나무의 두 귀가 불타는 것은 불타는 순간부터 시작해서 발화시인 현재까지 계속되는 상황이다. '포옹을 한다', '허둥거린다', '불탄다', '소집당한다', '초대된다'가 사건이나 사실에 대한 객관적인 서술임에 비해, '포옹을 하고 있다', '허둥거리고 있다', '불타고 있다', '소집당하고 있다', '초대되고 있다'는 사건이나 사실에 대한 주체의 인지와 정서적인 반응이 보다 강조된다. 시제상으로 보면 '~ㄴ다'와 '~고 있다' 모두 현재에 해당하지만 시적인 효과는 다르다. '~고 있다'는 사건이나 사실에 대한 보고와 아울러 그것을 인지하고 있는 주체의 지속적인 심리 상태를 강조하는 것이다. 이는 '어떤 사건이 특정 시간 구간 내에서 계속 이어지고 있음'을 나타내는 진행상에 해당한다.[13]

시에서 '~고 있'는 행위 주체들에 대한 설명 부분은, 이를 대하는 주체의 정서적인 상태를 보여주는 추가적인 요인들이다. 「길」에서 길은 '5억 5천만 년 전에 죽은 삼엽충의 발바닥과 대장간의 망치에서 떨어진 오물'이 포옹하고 있고, 「분명한 사건」에서 나무들은 '한쪽 다리를 헛짚어서 넘어진 노을' 속에서 허둥거리고 있고 산오리나무의 두 귀는 불타고 있다. 「무서운 사건」에서 잠은 편안한 휴식이 아

---

13   진행상은 어떤 사건이 특정 시간 구간 내에서 계속 이어지고 있음을 나타내는 것으로서 '~고 있다, 아 / 어 오다, 아 / 어 가다, ~으며 하다' 등이 대표적이고, 완료상은 어떤 사건이 끝났거나 끝난 후의 결과 상태가 지속되고 있음을 말하는 '~어 있-'이 대표적이다. 위의 책, 180~181면 참고. 상에 대한 분류는 학자마다 조금씩 다른데, 본고에서는 서술어의 의미가 보다 분명하게 설명되는 진행상 / 완료상의 구분을 따르기로 한다.

니라 탐욕과 허위로 가득찬 어둠과 함께 불안과 더불어 초대되고 있다. 고생대 동물과 오물, 넘어짐과 불탐, 탐욕, 허위, 불안 등의 단어들은 사건을 바라보고 있는 주체의 심리적인 불안을 암시한다.

이처럼 현재가 과거 기억을 불러오는 계기가 되는 시들은 현재에서 과거로 넘어가는 부분에서 환상이 개입된다는 특징을 가지고 있다. 「서쪽 숲의 나무들」에서는 나무 사이에 공간이 '환각에 젖어' 생겨나고 「길」에서는 삼엽충의 발바닥이 등장한다. 「무서운 사건」에서 밤은 불안과 죽음, 공포로 가득한 시간이다.

시간의 육신이 부서지고 있다. / 들쥐들이 갉아 먹은 뜰이
조금씩 간격을 두고
분쟁을 제기하는 나무들이 / 어둠에 구멍을 뚫고 있다.

신경의 왼쪽과 / 오른쪽에서 / 오른쪽과 왼쪽에서
버려진 나의 깊은 우물 속을 / 내려가는
빈 두레박 소리가 빠져나오고
발자국이 큼직큼직한 악몽이 / 등뼈를 타고 넘어오고 있다.

「현황 B」 부분(1)

이 시는 주체의 불안을 신체적인 것으로 옮겨서 표현하고 있다. 시간적인 배경은 떨어져 서 있는 나무들만 어슴푸레하게 보이는 칠흑같이 어두운 밤으로서, 환상이 시작되는 조건이다. 이 시간은 너무나 고요해서 주체가 자신의 신경줄이 움직이는 것을 감지할 수 있을 정

도이다. 신경은 예민해질대로 예민해져서 우물 속을 내려가는 것처럼 자극이 깊어지고, 그 끝에 서서히 악몽이 깨어난다. '악몽이 등뼈를 타고 넘어오고 있다'라고 구절은 환상이 순간에 생겨나는 것이 아니라 신체적인 감각을 통해 천천히 진행되고 있음을 표현한 것이다. '~고 있다'는 공포스러운 느낌이 더욱 생생하게 살아나도록 한다.

이처럼 과거와 현재가 섞여 있는 시들은 종종 환상과 현실이 섞여 있는데, 그것은 과거 사실과 그에 대한 화자의 반응을 직접적으로 드러내지 않기 위한 의도적인 장치이다. 과거 사실이나 사건은 환상적으로 처리되고, 화자의 반응을 나타내는 서술어들은 최소화되어 있다. '~고 있다'는 상적인 표현은 이러한 장치들 속에 은폐된 상황 이면에 주체의 심리적인 상태가 깔려 있음을 확인할 수 있도록 하는 시간 표지이다.

2) 고정된 과거와 무시간성

이상에서 설명한 시들이 현재와 과거 시제가 혼합되어 있으면서 과거 사건에 중점을 두고 있다면, 「정든 땅 언덕 위」, 「꽃이 웃는 집」은 과거 경험을 소재로 하면서도 거리를 두고 그것을 묘사하거나 이야기하는 방식을 취하고 있다. 과거 경험은 마치 사진 속의 풍경처럼 고정된 장면으로 있고, 주체는 그것에 대해 이야기한다. 대상에 대해 이야기할 수 있다는 것은, 주체가 그만큼 대상과 거리를 확보하고 있다는 것으로서 과거 경험을 일단 완결된 것으로 인지할 때 가능한 것이다.

시 속의 시간은 과거에 고정되어 있고, 화자는 과거의 사건을 회상하고 있다. 이때 과거의 사건은 현재에 앞서 일어난 것으로서 현재와 분리되어 있다. 고정된 것처럼 보이는 과거의 장면들[14]은 사건 당시의 시간에서 여전히 흐르고 있다. 이것은 과거 시제 '~었 / 았'과 구별되는 '~고 있/었'이라는 서술 형태로 표현된다.

나뭇가지를 타고 / 이웃집으로 도주해버린
시간의 신발이 / 발을 떠나서 / 거주하는 뜰을

이혼 승낙서를 앞에 놓고 / 어깨를 나란히한 / 두 송이 꽃이 / 웃으며
보고 있었다
곡괭이를 빠져나온 長木 자루가 / 바보처럼 / 허리를 구부리고
담 밖을 기웃거리다가 / 되돌아 들어가곤 하는 / 그 집에는

집의 도주를 돕는 잠을 자는 / 사방에 / 난폭한 벽의 고집이
대못을 꽝 꽝 박아놓고 / 뒤로 물러서서 / 지키고 있었다

「꽃이 웃는 집」 전문 (1)

이 시는 전체적으로 '~고 있었다'고 서술되어 있음으로 해서 시의 내용이 과거의 일임을 명백하게 밝히고 있다. '~고 있었~'은 과거 시제를 표시하는 '~었 / 았~'보다 앞서 있음을 표시하는 '~있었~'에 '~

---

14   시공간의 고정과 반복은 과거적인 특징으로서 '흔들림'으로 상징되는 현재와
      대조를 이룬다. 흔들림은 주체가 현실에 살고 있음을 깨닫게 하고 인정하게
      하는 것이다("피하지 마라 / 빈 들에 가서 깨닫는 그것 / 우리가 늘 흔들리고 있
      음을."「살아 있는 것은 흔들리면서」).

고~'가 결합되어 과거의 어느 시점에 어떤 사건이나 상황이 지속되고 있었음을 표시한다.

'시간(의 발)은 도주해버리고 그것의 신발이 거주하는 뜰'이란, 시간이 흘렀음에도 불구하고 그 뜰에는 여전히 시간이 거주하고 있다는 모순적인 상황을 표현한다. 시간은 흘러서 그 뜰은 과거에 속하는 것이 되었으나, 그것에 대한 기억은 여전히 생생하게 남아 있다는 것이다. 2연에서 기억 속의 '그 집'은 두 송이 꽃이 웃고 있고 장목 자루가 세워져 있었다. '장목 자루가 허리를 구부리고 담 밖을 기웃거리다가 되돌아 들어가곤' 한다는 것은, 장목 자루에 해가 비쳐서 생긴 그림자의 방향이 바뀌는 일이 반복됨을 말한다. 즉 고정된 장면 안에서 시간이 무한히 흐르고 있는 것이다.

그러므로 표면상 시제는 과거이지만, 그 안에서 시간이 계속 흐르는 특징을 가지고 있다. 하지만 이것은 과거의 일이고 주체는 그것이 이미 지나간 것임을 인지하고 있으므로, 과거 경험이 현재에 직접적인 영향을 미치지는 않는다. 이것을 표현하는 '~고 있었~'은 주체가 사건의 외부에 있으면서 그것을 관찰하고 기억한다는 점에서 완망상[15]에 가깝다고 볼 수 있다. 이제 과거는 체험되거나 재현되는 것이

---

15 "완망상(perfective aspect)은 사태를 멀리서 하나의 점처럼 바라보는 것이고, 비완망상(imperfective aspect)은 가까이에서 사태의 내적 시간 구조나 전개 양상에 주로 관심을 갖고 바라보는 것이다. 멀리서 보면 사태의 내부는 안 보이는 대신에 사태의 전모를 시야에 넣을 수 있으나, 가까이서 보면 사태의 내부가 잘 보이는 대신 사태의 가장자리/윤곽은 시야에 들어오지 않는다. 완망상은 완전한 조망(complete view), 비완망상은 불완전한 조망(incomplete view)을 나타낸다고도 할 수 있다." 박진호, 앞의 글, 304면. 한동완은 상황의 시간적 성분을 어디서 바라보는가에 초점을 맞춰서 perfective를 외망상, imperfective

아니라 이야기될 수 있는 대상이 된다.

　　시간은 돌담을 닮아 둥그렇게 맴돌다가
　　공이 되어 마을 마당에 내려와 굴렀고
　　아이들이 맨발로 힘껏 차 올려도
　　하늘이 낮아서 공은 앞 논밭에 떨어졌다.

　　낮은 하늘이 몰고 온 나직한 평화는
　　뒤뜰에 소리 없이 떨어지던 홍시였다.
　　동전이 마루를 구르듯 공 공 공
　　평화의 마룻바닥 위에 구르던 개 짖는 소리는
　　아, 그러나 / 시계 속의 숫자까지는 깨우지 못했다.

「어느 마을의 이야기-유년기」 부분 (2)

　이 시에서 유년기의 풍경은 모두 '~았 / 었다'로 서술되어 있어서
그것이 이미 과거의 일임을 분명히 하고 있다.[16] '시간이 둥그렇게 맴

　　　를 내망상이라고 이름 붙이기도 했다. 한동완, 「국어의 시제 범주와 상 범주
　　　의 교차 현상」, 『서강인문논총』 10, 1999, 165~192면. 공통적인 것은 perfec-
　　　tive / imperfective 의 구분이 상황의 완료 여부를 말하는 것이 아니라 그것을
　　　온전하게 바라보고 있는가에 있다는 점이다. 즉 완망상 / 외망상은 상황이 완
　　　료 혹은 종결되었음을 말하는 것이 아니라 상황과 거리를 두고 그것을 온전하
　　　게 바라보고 있음을 표시한다.
16　박동억은 "평화의 마룻바닥 위에 구르던 개 짖는 소리는 / 아, 그러나 / 시계 속
　　　의 숫자까지는 깨우지 못했다"라는 구절을 "고향이 생생한 삶의 터전이 아니
　　　라 시계가 멈춰 있는 상상의 공간임을 암시"하는 것으로 보고, 「고향 사람들」,

돌다'는 '돌담'이나 '평화', '마룻바닥' 같은 단어들과 더불어, 유년기에 대한 주체의 정서적인 태도가 평화롭고 따뜻하고 평온함을 나타낸다. '시계 속의 숫자까지는 깨우지 못했다'는 시에서 그려낸 풍경이 기억 속에 있는 고정된 시공간이며, 그것이 현재의 삶과는 이어지지 않고 분리되어 있음을 표시한다. 이처럼 과거는 현재와 분리되어 있는 것으로서 기억의 한 장면으로 고정되고 있다. 그것들은 과거의 장면으로 고정됨으로써 현재 시간의 흐름에 영향받지 않는 '무시간성'[17]의 상태로 보존된다.

이에 비해 「고향 사람들」은 과거 경험과 관련되어 있으면서도 전체적인 시제가 '~ㄴ다'라는 현재형으로 이루어져 있는 특이한 시간 표지를 가지고 있다.

벽촌 龍田里를 알고 떠난 자는 / 제각기 다른 곳에서 용전리가 된다.
있을 때보다 더 깊은 눈빛을 하고 / 눈 뒤에서 용전리에게 대답한다.

「유년기」의 풍경이 시인의 실제 유년기가 아니라고 설명한다. 박동억, 앞의 글 (2023), 95면. 그러나 고향이 '생생한 삶의 터전'으로 기억되지 않는다는 것과 그것이 상상의 공간이라는 것은 다른 것이다. 전자는 삶의 터전이 아닌 환상이나 추억의 공간으로만 기억된다는 것이고, 후자는 실제 있지 않은 고향을 말한다. 이 시들에서 고향은 상상 속에서 만들어진 것이 아니라 이제는 사라져버린 기억 속의 공간이다.

17 김준오는 '무시간성'을 시간의 지속감이 없이 공간화되어 나타나는 경우로서, 시간을 공간화하거나 묘사하는 경우, 영원한 현재 등이 이에 해당한다고 설명한다. 김준오, 『시론』(4판), 삼지원, 2001, 124~127면 참고. 또 박현수는 무시간성이 '시간을 구체적으로 특정하지 않는 경향'으로서 현재시제이지만 구체적인 시간, 현장성을 포착할 수 없는 경우라고 본다. 박현수, 앞의 글, 22~23면 참고. 두 글에서 공통적인 무시간성의 특징은 시간이 특정되지 않고 일상적인 흐름에서 벗어나 있다는 점이다.

밤이 되면 용전리는 / 밤 바다의 섬모양 전신이 떠오르고

떠난 자들이 켜놓은 용전리의 불빛은

섬 기슭 풀밭의 이슬이 되어 여문다.

그 중 몇 방울은 섬 기슭에서 / 눈뜨고 잠든 우리의 눈에 떨어져

꿈도 없는 몇 시간을 다시 깨운다.

「고향 사람들」 전문 (2)

용전리를 떠난 사람들이 다른 곳에서 용전리가 된다는 것은, 용전리를 알게 된 후 떠난 사람은 누구나 그곳을 잊지 못하고 항상 마음속에 간직하고 살아간다는 것이다. 용전리는 밤이 되면 섬과도 같은 전체 모양이 드러나고 불빛 몇 개가 빛난다. 이것은 떠난 자들 즉 고향 사람들의 기억 속에 있는 용전리 풍경으로서 고정된 장면으로 남아 있다. 용전리 풍경은 과거의 장면이고 떠난 사람들은 현재에 있지만 시에서 시제 상의 차이는 별다른 의미가 없다. 용전리 풍경은 떠난 고향 사람들의 마음속에 '영원한 현재'[18]로 남아 있고 미래에도 그러할 것이기 때문이다. 이것 역시 일상적인 시간의 흐름과는 무관하며 시제 간의 격차가 문제가 되지 않는다는 점에서 무시간성의 속성을 가지고 있다.

---

18 박현수는 '영원한 현재'를 '구체적 시간 차원에서 이루어지는 역사적 동작이 아니라 무한한 시간 속에서 유지되는 신화적 행동'이라고 정의하고 이것을 '초시간성(supertemporality)'에 해당하는 특징으로 보고 있다. 박현수, 앞의 글, 28~29면 참고.

3) 시제의 분리와 일상으로서의 현재

초기 시는 이처럼 과거의 경험과 그에 대한 주체의 반응이 중요한 소재가 되고 있다. 이 시들에서 현재는 과거를 환기하는 시점으로서만 작용하거나 종종 과거와 뒤섞여서 구분되지 않는다. 하지만 이와 아울러 과거의 경험과 거리를 두고 현재의 삶으로 옮겨가려는 시도들이 나타나는 것 또한 특징이다.

　

잠 못 이룬 새벽 2시쯤 / 산기슭에 자리 잡은 조그만 집의

조그만 방의 새벽 2시쯤

그때마다 / 집 옆의 계곡이 밤을 견디며 / 쿨룩 쿨룩 기침하는 소리를 / 듣곤 했다고

몇 년 만에 下釜한 나에게 / 당신은 말했다.

나는 그때 당신의 눈이 / 내 오장을 훑어가는 것을 / 보고 있었다.

당신은 담담한 얼굴로 / 무서운 사실을 얘기하고,

고층 건물의 모진 옆구리에 걸려 / 기울어진 하늘이나

어딘가 쓸쓸한 도시의 창문들의

어깨를 매일 보는 나지만, / 절망이란 말이 쉽지 / 어디 발에 차이는 돌멩이 같은가.

　

그리고 매일 / 바람에 흔들리며 부르르 떨고 있는

나뭇잎의 새파랗게 질린 표정을

과연 몇 사람이 보고 있을까.

「무서운 계절」 전문 (1)

이 시의 1연은 내용상 두 부분으로 나뉜다. "잠 못 이룬~보고 있었다"는 당신의 말과 그것을 듣고 있는 나를 보여주는 부분이고, "당신은~돌멩이 같은가"는 그에 대한 주체의 혼잣말 혹은 생각을 적은 것처럼 읽힌다. '당신은 새벽 2시쯤 계곡의 기침 소리를 듣곤 했다고 말했다'는 것으로 보아, '당신'이 계곡의 기침소리를 들은 것은 그것을 '나'에게 말하는 시점보다 앞서 일어난 반복적인 사건이다. '나'는 그 말을 들으며 '당신'이 마치 나의 오장 속을 들여다보는 것 같은 느낌을 받는다.

'~고 있었다'는 과거에 있었던 일을 진행형으로 표현함으로써 기억을 더욱 생생하게 전달한다. "당신은 담담한 얼굴로 / 무서운 사실을 얘기하고"는 앞의 내용을 다시 한번 간추려 말해 주는 것으로서, 마찬가지로 과거의 일을 진행형으로 표현하고 있다. 2연 "그리고 매일~보고 있을까"는 '매일 (⋯중략⋯) 표정을 (몇) 사람이 보고 있다'라는 평서문 형태로 바꿀 수 있으므로, 매일 반복되는 일을 말하는 현재 시제에 해당한다. 1연과 2연 사이에는 이처럼 시간적인 비약이 발생하는 셈이다.

두 개의 연 사이에 있는 "고층 건물의~돌멩이 같은가"는 당신의 이야기를 듣고 있는 나의 생각을 옮긴 것처럼 되어 있지만, 명확하게 과거의 일이라고 단정 짓기는 어렵다. 당신의 말을 들은 그 당시 '나'의 생각일 수도 있고, 현재 시점에서 당시의 일을 떠올리며 든 생각일 수도 있기 때문이다. 이 구절은 주체의 혼잣말 혹은 생각이라는 점에서 오히려 2연^{"그리고 매일~보고 있을까"}과 유사한 형태를 취하고 있는데, 그럼으로써 과거와 현재 사이의 시간적 격차를 줄이는 역할을 한다. 이 시는 당신이 나한테 말을 하던 과거"잠 못 이룬~얘기하고,"와 그것을 회상하는 현재"고층 건물의~보고 있을까"가 섞여 있으면서, 현재 시점으로 돌아와 마무리된다.

> 바람이 불 때마다 / 으_으_으 / 신경이 떨리는 소리에
>
> 달이 산산조각이 되어 흩어지고
>
> 지층에서 얘기하던 / 소극적인 사람들의 말소리가
>
> 밤의 한쪽에 / 바늘만 한 구멍을 뚫고
>
> 그 속으로 / 보이기 싫은 / 세계의 눈물이 한 방울 / 뚜욱 떨어지고 있다.
>
> 「밝은 밤」 부분 (1)

인용된 시에서 현재는 '으_으_으 신경이 떨리는 소리'로 선명하게 묘사되는 것에 비해 과거는 '소극적인 말소리', '바늘만 한 구멍'으로 작고 희미하게 표현된다. 이는 유사한 설정을 가지고 있는 「무서운 사건」과 비교해보면 차이점이 더욱 분명하게 드러난다. 두 시 모두 과거와 현재가 섞여 있지만, 「무서운 사건」이 현재에서 출발하면서도 사실상 과거의 경험에 초점을 맞추고 있는 데 비해"눈을 반쯤 감은 어제의 죽음이 / 끌려오고 / 오늘의 거리를 구경한 나뭇잎의 신경이 / 공포의 그 순간이 끌려오고 / 주인의 손에서 칼이/ 식탁과 의자와 장롱과 방바닥이 / 방바닥 밑의 그림자가 천천히 눈을 뜨고", 「밝은 밤」은 현재가 중심이 되고 과거의 기억이 희미하게 떠오르는 것으로 되어 있다. 이런 유형의 시들은 현재와 과거가 섞여 있으면서도 시의 중심이 과거에서 현재로 옮겨져 있다.

「서쪽 마을」『분명한 사건』은 중반부까지는 아침 산책이라는 현재 일상

을 내용으로 하는 가운데, 과거는 '깊은 잠 속'에서 닿는 것으로 표현되어 있다"깊은 잠에 다시 한 번 / 잠들어 닿는, / 잠 깨지 않는 마을의 강이 / 몸을 뒤채며 돌아눕는다". 또 「雨季의 시」『분명한 사건』에는 과거의 기억에 빠져 있던 주체가 현실로 돌아오는 순간이 나타나고"비 젖은 둘레에서 한갓 사실로 돌아온 / 생명의 무게를 나는 주워든다", 이와 유사한 단어와 구성을 가지고 있는 「겨울 나그네」『분명한 사건』[19]에서 역시 주체는 과거에 대한 기억을 환기하는 자신을 인식하고 현재의 상황을 바라보고 있다"모든 나는 왜 이유를 모를까. / 어디서나 기웃둥, 기웃둥 하며 / 나는 획득을 딛고 / 발은 소멸을 딛고 있었다". 이 시들에서 주체는 '상실' 혹은 '소멸'로 표현되는 과거와 '획득'으로 표현되는 현재를 동시에 인지하는 경계 지점에 놓여 있다. 주체는 현재에 중심을 두고 잠시 과거의 장면을 떠올리다가 현재 시점으로 돌아온다.

주체가 과거와 확연하게 분리됨을 보여주는 것은, 비를 소재로 하면서도 이것이 더 이상 상황적인 조건이 되지 않는 시들이다. 2시집 『순례』에는 2장에서의 비의 상황적인 조건성이 해제되며 비가 내리는 것이 객관적인 사실로 처리되는 경우도 있어서 시적인 변화를 감지할 수 있다. 「호명하지 않아도-순례 7」, 「비가 와도 이제는-순례 13」 등에서 비는 주체가 있는 현실에서 직접 내리는 비이다.

---

19 「雨季의 시」에서는 비, 「겨울 나그네」는 겨울이 동일한 반응을 유발하는 상황적 조건으로 제시된다. 두 시에서 주체는 환상이나 혼돈 없이 과거의 일을 기억하고 그것을 스스로 인지하고 있다. 두 시에서 모두, 주체는 특정한 조건이 동일한 반응을 불러온다는 것을 알고 있고, 그것을 앎으로써 과거의 기억에서 빠져나와 현실로 돌아온다. 시의 구성이 특정 조건하에서 과거 환기 → 회상에 빠져 → 현실로 돌아옴 의 순서로 이루어져 있고, 과거와 현재를 '상실과 획득'('우계의 시」), '소멸'과 '획득'('겨울 나그네」)이라고 표현하는 것도 공통점이다.

비가 온다. 어제도 왔다. / 비가 와도 이제는 슬프지 않다.

슬픈 것은 슬픔도 주지 못하고 / 저 혼자 내리는 비.

비 속으로 사람들이 지나간다. / 비 속에서 우산으로

비가 오지 않는 세계를 받쳐들고 / 오, 그들은 정말 갈 수 있을까.

「비가 와도 이제는−순례 13」 부분 (2)

이 시에서 비는 사람들이 우산을 받치고 맞는 실제 비로서 과거의 기억이나 슬픔과 연결되지 않는다. "비가 온다. 어제도 왔다"에서 비가 온 것은 완료된 과거의 사건으로서 객관적인 사실로 인지되고 있다. "비가 와도 이제는 슬프지 않다……저 혼자 내리는 비"는 비가 더 이상 특정한 상황적 조건으로 기능하지 않음을 말한다. 비가 오면 사람들은 우산을 받치고 지나가고, 우산이 없으면 비를 맞아서 젖는다. 비는 사람을 적시는 실제 비이고, 주체는 우산을 받치고 비를 맞는 현실의 사람들과 동일한 위치에 있다. 이는 오규원의 시가 과거의 경험에서 벗어나 현실 삶으로 옮겨갈 것을 짐작할 수 있게 한다.

과거의 '나'를 '당신' 혹은 '그대'로 표현하는 것 역시 주체가 과거와 거리를 두고 있다는 것을 증명한다. 2시집 『순례』의 몇몇 시들에서 '그대'는 과거의 나 또는 과거와 분리되지 않는 나로서 현재의 '나'와 보다 선명하게 구별된다. 「바람은 뒤뜰에 와」에서 과거의 이야기들은 '그대'의 것이 되어 '뒤뜰'로 가려진다 "근래 와 말이 없어진 그대의 뜰, 그대 뜰의 새가 한밤중이면 무슨 얘긴지 뒤뜰에서 주고받는 소리를 잠결에 혼자 가끔 듣는다. (…중략…) 그대의 마음을 알아들은 그대 뜰의 새가 그대의 말이 되어 때때로 담벼락을 넘어 어디론가 다녀오는 모습을 나는 본

다". 「회신」의 '바다를 소포로 보내온 그대' 역시 과거의 나일 가능성
이 높은데 "무수리와 노래미의 함성, 함성이 끝난 뒤의 바다의 목소리가 무척 잘 낚인다는 그대의 바다
는 우리집 마당을 남해의 바다와 바다의 목소리를 내게 합니다",[20] 이는 주체가 현실의 삶에
근거를 두면서 과거의 자아와 거리를 두고 있음을 알게 한다. 이것은
유년의 상처와 과거 경험에서 벗어나 현실의 삶으로 옮겨가는 시적
인 변화를 예고하고 있다.

　이러한 변화를 거쳐서 오규원의 중기 시는 현실의 삶을 근거로 하
여 일상적인 생활과 도시 문명에 대한 비판적인 시각을 보여 준다. 여
기서 시간은 현실 삶의 흐름과 동일한 것으로서 일상적인 시계 시간
을 기본으로 한다. 구체적인 삶의 현장으로서의 도시가 중요한 소재
가 되면서 상대적으로 공간에 대한 관심이 두드러진다. 시간에 대한
관심은 후기 시에서 다시 중요한 주제가 되는데, 그것은 현상에 내재
한 생성적인 것으로 설명된다. 시간에 대한 일관된 관심은 오규원의
시가 현상학적 사유에 바탕하고 있음을 증명하는 것이기도 하다.

20　박동억, 앞의 글(2023), 96~97면 참고.

『현대시작법』의 인지시학적 특징

6

1. 세계를 의미화하고 조직화하는 언어

오규원은 초기부터 세계와 이에 대응하는 것으로서의 언어의 관계에 주목하고 있다. 언어에 대한 관심은 초기 시 「현상실험」, 「몇 개의 현상」에서부터 나타난다. 그는 태평양화학으로 옮긴 뒤 약 2년쯤 후에 '세계는 동사인데 언어는 명사이다 라는 절망적 판단'에 도달했다고 말하고 있다.[1] 연보상 그가 태평양화학으로 직장을 옮긴 것이 1971년 6월이라는 점을 감안하면, 초기인 1970년대 중반부터 세계와 언어 사이의 관계에 대해 고민하고 있었음을 알 수 있다.

그가 언어에 대해 관심을 가졌던 근본적인 이유는, 그의 사유가 인간과 세계의 연관을 밝히는 것에 집약되어 있고, 언어는 "인간이 세계를 의미화하고 조직화하는 존재"[2]이기 때문이다. 언어는 인간이 세계를 인식하는 방법이면서 동시에 세계를 드러내는 방법이다. 그는 이를 "세계와 함께 언어를 '사는' 방법"[3]이라고 표현하고 있다. 언어에 대한 그의 사유는 '세계'를 어떻게 정의하는가에 따라 변화한다. 초기 시가 절대언어를 탐구했다면, 중기 시에서 '세계'는 인간이 살아가는 현실과 거의 동일한 의미로 받아들여진다. 이에 비해 후기 시에서 '세계'는 주체와 대상인 사물이 그 안에 더불어 존재하는 지각 지평이다. 중기 시까지 언어는 주체의 관념을 전달하는 수단이었지만 후기 시에서 언어는 대상의 드러남 자체가 된다.[4] 세계에 대한

---

1   이광호 대담, 「언어탐구의 궤적」, 『날이미지와 시』, 문학과지성사, 2005, 143면.
2   위의 책, 29면.
3   위의 책.

사유의 변화는 언어적으로는 은유적 체계에서 환유적 체계로 전환하는 것에 대응된다.

오규원의 시론에 대한 기존의 연구들은 이에 착안하여 은유와 환유의 대비를 바탕으로 하고 있다. 그 중에서도 후기의 날이미지 시론과 환유를 연계하여 설명한 연구가 두드러진다.[5] 이는 날이미지를 직접적으로 언급하는 시론적 자료가 집약되어 있을 뿐만 아니라,[6] 오규원 스스로 날이미지를 자신의 시에 적용하여 설명함으로써 시론 자체가 연구의 방향을 지시하는 역할을 하고 있기 때문이다. '날이미지'가 대상을 명명하고 해석하는 것이 아니라 살아 있는 현상을 그대로 드러내는 것이라고 할 때, 그것은 해석이 아니라 제시의 형태를 취하고, 명사보다는 동사에 가까울 것이라는 점은 어렵지 않게 추측할 수 있다. 그것은 대상을 다른 것으로 대체하여 설명하는 은유적인 방식이 아니라 대상과 대상이 있는 세계를 드러내 보이는 환유적인 방식에 가까울 것이다. 그러므로 날이미지와 환유의 관계는 필연적인 것이라고 할 수 있다.

날이미지 시론에 대한 연구가 집중되어 온 것에 비하면, 그 이전의 시론에 대한 연구는 상대적으로 적은 편이다.[7] 그의 시론집 중 날이

---

4   졸고, 「오규원 후기 시와 시론의 현상학적 특징 연구」, 『국어국문학』 175, 148면 참고.

5   이광호, 「투명성의 시학—오규원 시론 연구」, 『한국시학연구』 20, 2007; 문혜원, 위의 글; 이찬, 「오규원의 '날이미지' 시론 연구」, 『한국시학연구』 30, 2011; 박동억, 「오규원 날이미지 시론의 비판적 이해」, 『한국문학과 예술』 26, 2018 등이 있다.

6   오규원은 날이미지에 직간접적으로 관련된 글들을 『날이미지시와 시』로 묶어놓고 있다.

미지 시론에 해당하는 것은 네 번째 시론집인『가슴이 붉은 딱새』이후이다.[8] 현상을 있는 그대로 드러내는 것에 집중했던 날이미지 시론과 달리,『현실과 극기』,『언어와 삶』에서는 사회적인 관심과 비판적인 시선이 종종 드러나는데, 이것은 문명비판적인 시선을 보여주었던 중기시의 특징과도 일치한다. 기존의 연구들은 오규원의 시론을 시기별로 나누고 차이를 설명하고 있으나, 각 시기 시론의 변화 과정과 연결 고리를 설명하지는 못하고 있다.[9]

언어적 관점에서 보면 시론의 변화는 은유적 체계에서 환유적 체계로 이행하는 과정으로 설명될 수 있다. 1, 2시론집이 은유적인 체계에 관심을 두었다면, 4시론집 이후는 환유적 체계를 설명하는 것에 집중되어 있다. 은유는 대상을 해석하고 다른 것에 빗대어 해석하는 시의 수사법이다. 그러나 이같은 방식은 주관적인 해석이 개입되면서 세계를 본래의 모습과 다른 것으로 왜곡시킨다. 오규원은 이처럼 세계와 언어가 어긋나는 것에 대해 고민하면서 있는 그대로의 세계를 드러내는 방식을 탐구하게 된다. 그것은 대상을 다른 것으로 바꾸어 설명하는 것이 아니라 대상이 있는 세계를 함께 제시함으로써

---

7   오규원의 초기 시론에 대한 연구는, 이찬,「오규원의 초기 시론 연구-현실과 극기를 중심으로」,『우리문학연구』, 34, 2011; 이찬,「오규원 시론에 나타난 '초월성'의 의미-언어와 삶을 중심으로」,『한국근대문학연구』24, 2011 이 있다.

8   오규원의 시론집은『현실과 극기』(1976),『언어와 삶』(1983),『현대시작법』(1990),『가슴이 붉은 딱새』(1996),『날이미지와 시』(2005),『무릉의 저녁』(2017)등 모두 6권인데, 이것들은 기본적으로는 그의 시와 대응 관계에 놓여 있다.

9   오규원 시론 전체에 대한 연구는 이광호, 앞의 글; 졸고,「오규원의 시론 연구」,『한국문학이론과 비평』25, 2004 ; 이찬,「오규원 시론의 변모 과정 연구」,『한국민족문화』41, 2011이 있다.

가능한 한 해석의 개입을 줄이는 것이다. 이와 같은 방식은 인지언어학에서 대상을 설명하는 방식과 유사하다.

인지언어학에서 대상을 인지하는 것은 그것이 바탕하고 있는 인접된 세계를 함께 인지함으로써 가능한 것이다. 우리가 인지하는 형태는 전경과 배경으로 나눌 수 있는데, '전경'은 형태가 있거나 사물인 것, 두드러지는 것인 반면, '배경'은 형태가 없고 재료적인 성격을 갖는다. 때문에 우리는 전경만을 형태라고 인식하지만, 전경을 인지하는 것은 사실상 그것이 바탕하고 있는 배경과의 인접을 통해서이다.[10] 오규원이 후기 시에서 대상을 해석하는 대신 인접한 배경이나 허공을 묘사하는 것은 이와 비슷한 관점에서 환유적인 사고를 시로써 표현하고 있는 것이다.[11] 인지언어학적 관점에서 역시 환유가 은유보다 더 기본적이고 의미 확장의 근간이 된다. 그 까닭은 두 사물이 인접해 있음으로써 의미적 연상, 즉 의미 전이가 신속하고도 자연스럽게 일어나기 때문이다.[12]

3시론집인 『현대시작법』은 은유적 사고에서 환유적 사고로 전환되는 과정에 있다. 이 책은 그의 시가 중기에서 후기로, 시론으로는 전기에서 후기로 건너가는 과정의 시기에 집필된 것[13]으로서, 학생

---

10 탈미의 '전경 / 배경'에 대한 설명은 임혜원, 『언어와 인지』, 한국문화사, 2013, 14~16면 참고.

11 이에 대해서는 졸고, 「오규원의 시와 세잔 회화의 연관성 연구」, 『국어국문학』 185, 2018 참고.

12 임지룡, 『인지의미론』(개정판), 한국문화사, 2017, 201면.

13 『현대시작법』은 단순한 창작 지도서가 아니라 오규원의 시론을 실천적인 방식으로 구현한 결과물이다. 기존의 오규원 시론 연구에는 이에 대한 연구가 누락되어 있다. 『현대시작법』에 대한 연구로는, 세스 챈들러, 「오규원 문학과 문

들이 창작한 시를 텍스트로 하여 분석적인 설명을 더하고, 그것을 시론의 항목별로 나누어 재구성하고 있다.[14] 특히 구체적인 작품 분석에서 신비평적인 분석과 인지시학적인 관점이 섞여 있어서, 그의 시론의 변화 과정을 추적할 수 있는 중요한 자료가 된다. 그 중에서도 '비유'는 시와 인지언어학이 직접적으로 만나는 영역으로서 인지시학의 바탕을 형성하는 주제이다.

인지언어학은 구조주의 언어학과 변형생성언어학이 공통적으로 주장해 온 언어 활동의 자율성, 독립성을 부정한다. 즉 언어 활동이 예외적이고 독립적인 것이 아니라 일상의 다른 활동과 동일한 선상 있다는 것이다. 같은 맥락에서, 인지시학은 은유가 시적인 독특한 영역에만 있는 것이 아니라 일상의 언어에서 사용되는 은유와 동일한 맥락에 있으며 그것을 바탕으로 성립된다고 본다. 이것이 신비평적 관점과 인지시학적 관점이 구별되는 지점이다. 신비평적 분석은 기본적으로 구조주의 언어학을 바탕으로 하고 시적인 언어를 일상 언어와 구별되는 독특한 활동으로 전제한다. 비유는 시를 구성하는 중요한 요소로서, 그것에 대한 분석은 작품 외적인 요인들과는 상관없는 작품의 내재적인 구조를 밝히는 것이다. 이에 반해 인지시학은 비유를 작품 내적인 테크닉으로 보고 분석하는 것이 목적이 아니라 그것이 어떻게 성립되는지에 초점을 맞춘다. 즉 비유가 성립되는 인지

예창작교육 시스템의 연관성 연구」, 서울대 석사논문, 2019가 있다.

14 창작 지도의 과정은 오규원의 시론적인 입장을 추출할 수 있는 중요한 근거가 된다. 시의 창작 과정을 추적하고 분석하는 것은 텍스트의 구조를 보여줌과 동시에 그것을 분석하는 사람의 해석의 과정을 보여 주기 때문이다.

과정을 설명하고자 하며, 그 과정이 일상생활에서 일어나는 언어 활동을 바탕으로 하고 있다는 것을 밝히고자 하는 것이다. 따라서 『현대시작법』 중 '비유'에 관한 분석은 은유적 사고에서 환유적 사고로 전환하는 과정을 설명하는 근거가 될 수 있을 것이다.

2. 비유^{figure}의 의미론적 기능과 역할

『현대시작법』의 각 장은 실제 창작의 측면을 중심으로 구성되어 있다는 점에서 기존의 시 이론서들과 차이가 있다.[15] 시적 표현이나 대상과 인식 과정, 묘사, 진술, 의도적 의미와 실제 등은 실제 습작 시들을 예로 들고 각각의 방법들이 시에서 어떻게 적용되고 있는지를 설명한 장들이다. 이에 비해 화자, 비유, 행과 연 등은 다른 이론서들과 유사한 항목들로 이루어진 장들이다. 특이한 점은 상징이나 반어, 역설 등 기존 시론서에서 독립된 장으로 설명되어 온 수사법들을 '비유'의 장에 포함시켰고, 리듬과 이미지, 행과 연을 '시의 구조와 행·연'의 장으로 묶어놓고 있다는 것이다. 이것은 이 책이 실제 창작 지도의 경험과 필요성에 의해 집필된 것으로서, 창작 과정에서 생기는 오류들을 바로잡는 것에 집중하고 있기 때문이다. 즉 창작 지도 과정

---

15 『현대시작법』의 장 제목은 다음과 같다. ① 시적 표현의 이해, ② 대상과 인식 과정, ③ 시적 묘사, ④ 묘사의 구조와 시점, ⑤ 시적 진술, ⑥ 시적 진술의 구조와 시점, ⑦ 시와 화자, ⑧ 비유와 활용, ⑨ 시의 구조와 행·연, ⑩ 의도적 의미와 실제.

에서 필요한 부분들을 집중적으로 설명하고, 관습적으로 사용되는 시적인 수사법들을 한데 묶어 놓은 것이다. 그 결과 실제 설명 부분에서는 항목과 관계없이 유사한 분석 내용을 보이는 부분들이 다수 발견된다. 예를 들어 비유적 언어에 대한 설명은 '비유' 항목 이외에 '시와 화자', '시적 진술' 등에서도 반복적으로 나타난다.

오규원은 우선 비유figure를 '한 언어의 화자가 어떤 특별한 의미나 효과를 얻기 위해 일상적인 또는 보편적인 그 단어의 의미와 그 단어의 연결체로부터 벗어나는 표현 형태'라고 정의하고, '의미의 비유figures of thought'와 '말의 비유figures of speech'로 구분하고 있다.[16] '의미의 비유'가 '단어의 문자적 의미에 뚜렷한 의미 변화를 가져오는 비유'라면 '말의 비유'는 '단어를 잘 배열함으로써 특별한 효과를 가져오는 비유'이다. 전자에는 직유, 은유, 상징, 환유, 제유, 활유, 풍유, 인유, 성유 등이 해당하고, 후자에는 도치, 과장, 대조, 열거, 반복, 영탄, 반어, 역설, 모순어법 등이 포함된다.[17]

---

16   여기서 오규원은 M.H.Abrams, *A Glossary of Literary Terms*, Holt, Rinehart & Winston, 1971, p.63을 각주로 제시하고 있다. 이것은 사실상 Rene Welleck & Austin Warren, *Theory of Literature*, Penguin Books, 1973, 193~194면에 나오는 구분이다.

17   오규원, 『현대시작법』, 문학과지성사, 1990, 270면. 비유를 '의미의 비유'와 '말의 비유'로 나눈 것은 M.H.Abrams의 *A Glossary of Literary Terms*를 따르고 있으나, 각각에 해당하는 수사법의 분류는 이것들과 차이가 있다. 에이브럼스의 책에서 '의미의 비유'는 '단어들이 그 표준적인 의미(축어적 의미, literal meaning)에 뚜렷한 변화를 초래하는 방식'이고, '말의 비유'는 '표준용법에서의 이탈이 기본적으로 단어들의 의미에 있지 않고 단어들의 배열 순서에 있'는 것이라고 되어 있다. 즉 '의미의 비유'가 단어의 의미에 변화가 있는 것인 반면, '말의 비유'는 단어의 배열 순서에 변화가 있는 것이다. 에이브럼스는 이에 따라 의미의 비유를 '비유적 언어' 항목에서 설명하고, '말의 비유'는 '수사적 표현'

양자를 구별하는 기준은 본래의 의미^{문자적 의미}가 변화^{혹은 추가}되는가
의 여부에 달려 있다. 그는 단어의 문자적 의미를 벗어난 새로운 의
미를 부여하는 것을 '의미의 비유', 문자적 의미에는 변함이 없이 의
미를 강조하는 효과만을 내면 '말의 비유'라고 본다. '의미의 비유'에
해당하는 직유, 은유, 상징, 환유 등이 문자적인 의미에 변화를 가져
오는 비유법인 것은 당연한 것이지만, 소리나 동작을 흉내 낸 '성유
onomatopoeia'가 '의미의 비유'로 구분되고 의미와 연결되어 설명되는
것은 특징적이다. '성유'는 '표현하려는 대상의 소리·동작·상태·의
미 등을 음성으로 모사하는 비유'이다. 그러나 시에서 성유가 성공적
인가를 평가하는 기준은 원래의 소리나 동작을 제대로 모사하고 있
는가의 문제가 아니라 그것을 통해 의미를 강화하거나 창출하는가
에 달려 있다. "땀을 질질 흘리다 버스에서 내리면 / 휴~~~ / 이렇게
아침의 절반은 넘기고 있었다^{학생 작품, 「내 아침의 절반」}"에서 '질질', '휴~'는
아무런 효과도 없이 소리만을 모사한 것임에 반해, "배달되지 않는
세상의 안부 / 툭툭 잠을 분지르며 가래가 자지러졌다<sup>학생 작품, 「사계(四
季)」</sup>"에서 '툭툭'은 '가지가 부러지는 소리를 앞세워서 불안한 밤의 토
막 나는 잠을 만드는 숨겨진 의식이 암시적으로 드러나기 때문'에 성
공적이라고 평가된다.[18] 즉 성유는 말의 음성적인 측면을 활용한 비
유이지만, 그것의 시적인 가치는 의미론적 효과를 만들어내는지 여

항목으로 나누어 설명하고 있다. '비유적 언어' 항목에는 직유, 은유, 혼합 은
유, 죽은 은유, 환유, 제유가 포함되어 있고, '수사적 표현'에는 돈호법, 설의법,
교차배열법이 포함되어 있다. 오규원이 제시한 수사법 분류는 문덕수의 『문장
강의』(시문학사, 1994)에 있는 분류와 유사하다.

18 위의 책, 323~324면 참고.

부에 달려 있는 것이다.[19]

비유의 성패를 의미론적인 역할 여부에 따라 판단하는 것은 '말의 비유'를 설명할 때도 마찬가지다. 그는 '말의 비유'를 '어순의 수사적 조절을 통하여 의미의 강조와 변화를 창출하는 것'[20]이라고 말하고 있다. 예를 들어 '도치'는 '정상적인 배열 순서를 바꾸어 어떤 부분을 강조하거나 또는 정서적인 반응감정의 강도를 적절히 드러내는 수사법'이다. 그는 "한강은 / 더 이상 그대 슬픔의 젖줄이 되기를 / 허락하지 않는. // 허락하지 않는다 그대 울음도 그대의 절망도"김정환, 「한강」를 예로 들고, "정상적인 어순이 줄 수 있는 지리한 기계적인 리듬이 없어지고, 반복과 도치의 혼합이 시적 주장을 보다 강하게 나타나게" 한다고 설명한다. '반복' 또한 형태의 반복이 특정 의미나 정서를 강화함으로써 시적 효과를 낼 때만 의미가 있는 것이다. 그 예로 김형영의 「전야前夜」를 들고 있다. "오늘 밤 길로 서서 / 내리는 빗발, / 가도가도 끝없이 / 내리는 빗발, / 아무도 없이 / 아무도 없이 / 보이는 것 다 가두어 / 아무도 없이"에서, 반복되는 '내리는 빗발'은 '길로 서서', '가도가도 끝없이'로 이어지면서 의미가 확대되고 있고, '아무도 없이'는 '보이는 것 다 가두어'라는 시구 앞뒤로 반복되면서 오직 빗

---

19 눈이 내리는 소리를 '죄, 죄'라고 들었다고 설명하는 부분도 유사한 맥락에 있다. '죄, 죄'는 눈이 내리를 소리나 모양을 모사한 것이 아니라 사실상 마음의 소리를 표현한 것이다("그러니까 '죄, 죄, 죄'하는 소리는 '다 벗어버린' 알몸의 나무들이 모여 있는 겨울 숲 앞에서, 다 벗기는커녕 나날이 껴입고 살고 있는 인간으로서 내가 들은 것이었다." 오규원, 『가슴이 붉은 딱새』, 문학동네, 1996, 61면) 그가 말하는 '성유'란 소리나 동작을 흉내내는 것이 아니라 그것으로써 의미를 만들어 내는 수사학적 방법을 뜻하는 것이다.

20 오규원, 『현대시작법』, 329면.

발만이 길을 인도하는 상황을 강조하는 것으로 설명된다. 그럼으로써 특별한 비유를 사용하고 있지 않으면서도 비 오는 날의 정서를 성공적으로 표현하고 있는 것이다.[21] 즉 도치나 반복 역시 의미를 형성하는가에 따라 성패가 좌우되는 것이다.[22] 이것은 "의미의 존재는 말 즉 입으로 발음되는 음성의 연속이나 페이지 위에 있는 문자의 나열이 아니라, 말이 환기하는 개념 내용이다"라는 인지시학의 관점과 유사하다.[23]

이때 '의미'는 특정한 주제를 가진 메시지가 아니라 시적인 맥락 혹은 시가 환기하는 정서적 효과까지를 포함하는 일반적인 개념에 가깝다. 그런데 이처럼 '의미'가 시에서 발생하는 모든 효과를 통칭하는 말이라면, '의미의 비유'와 '말의 비유'의 구분은 준거와 결과가 착종된 오류가 된다. '단어의 문자적 의미에 뚜렷한 의미 변화를 가져오는 비유의미의 비유'와 '단어를 잘 배열함으로써 특별한 효과를 가져오는 비유말의 비유'에서, '단어의 문자적 의미에 뚜렷한 의미 변화를 가져오는 경우'와 '특별한 효과를 가져오는 경우'는 비유가 행해진 결과이고, '단어를 잘 배열함으로써'는 그러한 결과를 만들어 내는

---

21 위의 책, 329~330면.

22 김수영의 「눈」을 휴지부의 활용과 종결어미의 반복과 변화의 활용으로 설명하는 것("이 시의 각 행은 눈이 내리는 시간적 간격과 양이 모두 다르다. 그러니까 내리는 눈의 자유분방한 흩날림이며 그 리듬이 시행마다 다르게 스며 있다. (…중략…) 사색을 유도하는 내재적인 중간 휴지부를 시적으로 만들어 두고 있다. 즉 내리는 눈과 눈 사이에 나타나는 다양한 낙하 유형에 다른 시간적 공간적 심리적 변화를 느끼도록 표현해놓고 있는 것이다." 오규원, 『가슴이 붉은 딱새』, 56면) 역시 이와 같은 맥락에 있다.

23 조지 레이코프·마크 터너, 이기우·양병호 역, 『시와 인지』, 한국문화사, 1989, 146면.

방법이다. 또한 비유의 결과는 '문자적 의미에 의미 변화를 가져오는 경우'와 '의미 변화 외의 특별한 효과를 가져오는 경우'로 구별된다. 그러나 앞에서 설명한 바와 같이, 오규원이 시적으로 가치가 있다고 보는 경우는 '의미에 변화를 가져오는 비유'로 한정되므로, 실제로는 '말의 비유' 또한 '특별한 효과'가 아닌 '의미 변화'를 기준으로 평가되고 있는 것이다. 따라서 의미의 비유 / 말의 비유라는 구분 자체가 무의미한 일이 되어버린다.

이와 같은 문제가 발생하는 이유는, 비유를 설명하는 이론적인 틀과 실제 분석 사이에 괴리가 있기 때문이다. 8장. '비유와 활용' 부분에서 그가 이론적 근거로 제시하고 있는 책들은 M. H. Abrams, *A Glossary of Literary Terms*, Rene Welleck & Austin Warren, *Theory of Literature*, C. Brooks & R. P. Warren, *Understanding Poetry*, R.Jakobson, *Selected Writings*, P. Wheelight, *Metaphor & Reality*, T. S. Eliot, *Selected Prose*, 문덕수,『문장강의』, 정한모·김용직,『한국현대시요람』, 김준오,『시론』, 에즈라 파운드[Ezra L. Pound],『현대시학입문』, V.Erlich,『러시아 형식주의』 등이다. 이것들은 신비평의 대표적 저서이거나 그에 바탕한 이론서들이다. 그는 이 책들에서 은유, 리듬, 이미지 등의 개념을 빌려와서 시를 설명하고 있다. P. Wheelight의 이론에 근거해서 은유를 치환 은유와 병치 은유로 나누거나,[24] 형식주의의 입장을 받아들여서 리듬을 '의미를 수식하고 변형시키고 의미를 확충하도록 소리를 작품 속에 조직하는 것'[25]이라고 정의하는 것 등이

---

24   오규원,『현대시작법』, 277면.
25   위의 책, 390면. 여기서 오규원은 V.Erlich,『러시아 형식주의』를 각주로 제시

그 예이다. 이는『현대시작법』을 집필할 당시의 이론적 틀이 일정 정도 신비평적인 이론에 바탕하고 있음을 보여 주는 근거이다.

그러나 오규원이 실제 시를 분석하는 부분에서는 신비평적 분석과 일치하지 않는 부분들이 종종 발견된다. 예를 들어 그는 신비평적 기준에 의거해서 직유와 은유를 나누어 설명한다. 즉 '직유simile'는 '두가지 사물 또는 관념을 '같이, 처럼, 듯이, 인 양, 같은, 만큼' 등의 연결어로 결합하여 표현하는 비유'이고 '은유metaphor'는 '직유와 달리 연결어가 없는 비유 즉 '원관념을 A라고 하고, 보조관념을 B라고 할 때, B 같은 A에서 '같은'이라는 연결어가 없는 형태'라고 설명한다. 그러나 실제 작품을 분석하는 데 있어서는 직유와 은유의 표면적이고 형식적인 차이는 큰 의미가 없다. 그는 오히려 직유와 은유를 수사기교 차원에서 볼 것이 아니라 세계 인식에 필수적인 한 요소로서 받아들여야 함을 강조하고 있다.[26]

대표적인 신비평적 분석 틀의 하나인 '모순어법oxymoron'을 설명하는 부분에서도 마찬가지다. 모순어법은 '대조와 유사한 대립의 구조를 갖고 있지만, 모순되는 관념의 결합 상태'라고 정의된다.[27] 그러나 이 모순은 외형적일 뿐이다. 오규원은 그 예로 "두 볼에 흐르는 빛이 / 정작으로 고와서 서러워라조지훈,「승무」"에서 '빛'이 상호 모순되는 '곱다 / 서럽다'라는 표현으로 묶여 있는 경우를 들고 있다. 이 구절에서 '곱다'와 '서럽다'는 '반대의 의미를 떠올리는 관념 체계'이긴 하

하고 있다.
26   위의 책, 273면.
27   위의 책, 341면.

지만 사실상은 모순되지 않는데, 그 이유는 사물 또는 관념의 양면을 함께 연결해 놓은 것이기 때문이다.[28]

이때 '반대의 의미'는 관습적인 언어 의미에 따른 구분에 근거한 것이다. '곱다'가 '기쁘다, 좋다' 등의 긍정적인 의미를 가진 언어군에 속한다면, '서럽다'는 '슬프다, 나쁘다' 등의 부정적인 의미를 가진 언어군에 속한다. '곱다'가 좋고 기쁜 것과 연결되는 것은 관습적으로 당연한 것이지만, '서러움'이라는 부정적인 단어와 결합되는 것은 관습적인 언어 사용을 벗어난다. 두 경우를 비교해 보면, '곱다'는 동질적인 기쁨이나 좋음과 결합될 때보다 슬픔이나 서러움과 같은 이질적인 단어들과 연결될 때 훨씬 강렬한 인상을 준다. 즉 일상적이고 관습적인 기대를 벗어날 때, 시적인 충격이 훨씬 강렬해지는 것이다. 이것이 신비평적 분석에서 말하는 모순어법의 특징이다.

이런 면에서 오규원의 분석은 신비평적인 설명과 크게 다르지 않다. 그러나 그가 모순어법에 주목하는 것은 이러한 표현이 시적인 효과를 극대화하기 때문이 아니라 '사물 또는 관념의 양면'을 표현하고 있기 때문이다. "정작으로 고와서 서러워라"에서 '곱다'와 '서럽다'가 동시에 사용될 수 있는 것은 인간의 모순적인 감정을 그대로 표현한 것이기 때문이다. 그것은 "'좋아서 죽겠다'라는 우리의 일상적 표현과 마찬가지로 외견상 서로 모순되는 결합이지만, 그 속에는 진실이 도사리고 있"[29]는 것이다. 중요한 것은 두 단어가 모순임을 지적하고 그 효과를 밝히는 것이 아니라, 모순된 상황이 실제 삶의 국면을 더

---

28   위의 책, 342면.
29   위의 책, 342면.

정확하게 드러내고 있음을 아는 것이다.

　이같은 오규원의 분석은 인지언어학적인 관점과 기본적인 유사성을 갖는다. 그는 수사학적 요소들이 어떻게 구성되고 있는지 분석하는 동시에 그것이 인간의 삶 혹은 세계와 대응하는지를 항상 염두에 둔다. 성유나 도치, 반복과 같은 요소를 시적인 전체 맥락에서 의미론적 효과를 중심으로 평가하거나 모순어법이 인간 삶의 실제 국면을 드러내므로 가치가 있다고 생각하는 것은 이러한 관점을 잘 보여주는 예이다. 또한 작품을 분석하는 과정에서 일상적 표현을 예시로 드는 것 또한 시적인 비유와 일상 언어에서의 비유를 연결하는 인지언어학적 관점과 유사하다.

　이는 은유가 단지 문학이라는 특정 영역에서만 이루어지는 것이 아니라 인간의 정신적 활동의 근본이며, 문학에서의 은유는 기본적으로 인간 삶의 비유에 바탕하고 있다는 인지시학의 전제와도 유사하다. 오규원은 이것을 "비유를 수사의 기교라는 차원에서 보고 있느냐 세계 인식에 필수적인 한 요소로 받아들이고 있느냐"[30]의 차이라고 말하고 있다. 신비평적 관점이 시를 독립된 자족적인 체계로 놓고 그 구조를 분석하는 것에 한정되는 것에 비해, 인지언어학적 관점은 이같은 분석이 인간 삶의 일반적인 정신 활동과 연결될 때 의미가 있다고 본다. 이러한 관점의 전환은 그 자체가 대상을 이해하는 환유적인 방식을 보여 주는 것이다. 이같은 관점의 변화는 은유와 환유에 대한 개념 정의에서 보다 분명하게 드러난다.

30　위의 책, 273면.

3. 비유의 사상寫像, mapping 과정 분석[31]

　　오규원은 비유를 언어가 결합되는 형태에 따라 인접의 비유figures of contiguity와 유사의 비유figures of similarity로 나누고, 인접성은 환유와 제유에서 그리고 유사성은 직유, 은유, 상징 등에서 폭넓게 나타난다고 설명하고 있다. 이같은 설명은 Rene Welleck과 Austin Warren, *Theory of Literature*에 근거를 둔 것으로서[32] 다양한 비유적인 표현들을 구별하는 것에 초점을 맞추고 있다. 직유와 은유를 표면상의 형태로 구별하거나, 비유를 원관념과 보조관념으로 나누어 설명하고, 객관적 상관물이나 죽은 은유 등에 대한 설명은 신비평적인 분석의 틀을 따르고 있는 부분이다.

　　그러나 그가 실제 학생들의 시를 분석하는 부분에서 중시하는 것은 비유를 세부적으로 분류하는 것이 아니라 비유가 성립되는 과정의 정합성을 검토하는 것이다. 신비평에서의 비유가 설명을 필요로 하는 단어원관념와 그것을 설명하기 위해 빌려온 단어보조관념의 관계를 언어적인 차원에서 분석하는 것이라면, 인지시학에서 중시하는 것은 비유를 성립하게 하는 의식 활동인 '사상mapping'이다.[33] 즉 이미

31　사상(寫像, mapping)은 레이코프와 막스 터너가 『시와 인지』에서 사용한 개념으로서 시적 은유(metaphor)가 성립되는 과정을 밝힌 것이다. 그러나 사상은 은유만이 아니라 환유나 직유에서도 가능하다. 이런 의미에서 여기서는 은유, 환유, 직유를 모두 포괄하는 개념으로서 '비유(figure)'를 사용하기로 한다.

32　오규원, 『현대시작법』, 271면, 각주 13.

33　언어학에서 은유에 대한 논의는 1970년대 후반을 기점으로 고전 이론과 현대 이론으로 구분된다. 레디(Reddy 1979)는 은유가 시적, 또는 비유적 언어의 영역에 있다는 전통적 관념을 거부하고 일상 언어는 주로 은유적이라는 것을 밝

성립된 비유의 원관념과 보조관념이 무엇인지를 찾아내는 데 그치지 않고 그러한 관계를 성립시킨 인지적인 근거를 설명하고자 하는 것이다. 그것은 "근원 영역의 개념이 목표 영역의 개념에 사상될 때 보이는 규칙성을 그려내고, 거기서 은유적 사상의 구조를 분명하게 설명"[34]하는 것을 목표로 한다. 즉 인지 시학의 관점에서는 비유의 형식 자체가 중요한 것이 아니라 그것을 성립시키는 사상 활동의 구조를 밝히는 것에 초점을 맞춘다.

이때 두 사물 간에 비유가 성립되는가를 살피는 것은, 비유되는 사물과 비유하는 사물의 속성이나 특징이 비교될 만한 것인가를 우선 살펴보는 것이다. 이것은 인지 시학적 관점에서 목표 영역과 근원 영역 사이에 사상이 성립되는가를 묻는 것과 동일하다.[35] 우리는 은유

히며 일상 행위는 경험을 은유적으로 이해한다는 것을 보여 주었다. 은유의 고전 이론은 첫째, 은유는 사고의 문제가 아니며, 언어의 문제라는 것. 둘째, 은유적 표현은 일상 언어의 영역과 상호 배타적이라는 것. 셋째, 은유라는 용어는 어떤 개념에 대한 하나 이상 단어가 '유사한' 개념을 표현하기 위해 보통의 관습적 의미를 초월해 사용되는 새롭거나 시적인 언어 표현이라는 것으로 정의된다. 이에 대해, 은유의 현대 이론은 첫째, 은유의 위치는 언어에 있는 것이 아닌, 한 정신 영역(즉 목표 영역)을 다른 정신 영역(즉 근원 영역)에 의해 개념화하는 방식에 놓여 있는 것, 둘째, 교차 영역 사상(寫像)으로서 은유는 자연 언어 의미론에 매우 중심적이라는 것, 셋째, '은유(metaphor)'라는 용어는 개념 체계에서 교차 영역 사상을 의미하고, '은유 표현(metaphorical expression)'은 교차 영역 사상의 표면적 실현인 언어 표현, 즉 단어, 구, 문장을 가리킨다. 임지룡, 앞의 책, 168~169면 참고.

34 G. 레이코프·M. 터너, 이기우·양병호 역, 앞의 책, 145면.

35 레이코프와 터너는 인지언어학적인 관점을 시에 적용하여 인지시학을 구성했다. 그들은 고전 시학에서 시의 고유 영역으로 생각되었던 '은유'가 인간의 기본적인 정신 활동이며, 시의 은유가 일상생활의 은유를 바탕으로 성립된다고 주장했다. 근원영역과 목표영역은 신비평적 용어로는 보조관념과 원관념에

를 사용하여 근원 영역의 어떠한 측면을 목표 영역에 사상하고, 그것에 의해서 목표 영역에 대한 새로운 이해를 낳는다. 그리고 사상이 성립하려면, 근원 영역의 특징을 목표 영역에 사상함으로써 목표 영역에 대한 이해가 높아져야 한다.

오규원은 "산 속 깊은 곳의 샘물과 같은 / 우리들의 보이지 않는 속살"[학생 작품, 「우리들에게」]이라는 비유가 잘못되었다고 지적하는데, 그 이유는 '산 속 깊은 곳의 샘물'과 '우리들의 보이지 않는 속살'의 위치적 특성은 유사하지만 둘은 전혀 다른 크기와 내포를 갖기 때문이라고 설명한다. 두 사물은 깊은 곳에 있다는 면에서는 공통점이 있지만, '샘물'이 '깊은 곳에 감춰져 있는 생명의 원천'이라는 내포적 의미'를 갖는데 비해 '속살'은 '생명의 원천 같은 큰 내포를 수용할 능력을 갖추지 못'했다는 것이다.[36]

이는 '샘물'과 '속살' 사이에 사상 관계가 제대로 성립되지 않음을 말한다. 위의 비유는 '샘물'이라는 근원 영역을 '속살'이라는 목표 영역에 사상함으로써 그 의미를 새롭게 이해하고자 하는 것이다. 오규원이 추출한 근원 영역인 '샘물'의 특성은 '깊은 곳에 있다, 생명의 원천이다'라는 것이다. 이것을 목표 영역인 '속살'에 사상하면, '깊은 곳에 있다'라는 특징에 비추어 '보이지 않는다'는 속살의 특징을 설명할 수는 있지만, '생명의 원천'이라는 특징이 사상될 수는 없다. 이는 근원 영역의 특징이 목표 영역보다 추상적이고 광범위해서 목표 영

해당하는 것인데, 영역을 나누어 설명하는 것에 그치는 것이 아니라 두 영역 사이에서 발생하는 사상과 그것의 근거를 밝히는 것이 인지시학의 포인트이다.

36　오규원, 『현대시작법』, 148면.

역을 한정시켜 주는 기능을 하지 못하는 것이다. 비유에서 사상은 근원 영역의 특성을 빌려서 목표 영역을 보다 구체화하기 위한 것인데, 예시로 든 비유에서 근원 영역과 목표 영역은 오히려 반대로 되어 있다. "굳센 나무줄기만큼 빗줄기가 굵어졌고"^{학생 작품, 「봄날」}를 설명하면서 "빗줄기와 유사성이 없는 다양한 나무줄기도 있으므로 적절성이 부족하다"라고 지적한 것 역시 마찬가지다. 근원 영역인 '나무줄기'가 목표 영역인 '빗줄기'보다 광범위해서 제대로 된 사상이 성립되지 않음을 지적하고 있는 것이다.

이에 비해 "솜털 같은 눈 내밀고 있는"^{학생 작품, 「봄날」}이라는 비유는 사상 자체가 성립되지 않는 경우이다. 오규원은 '솜털 같은 눈'은 '솜털이 나 있는 눈'이므로 일반적으로 알려진 사실을 비유 형태로 쓴 장식적인 표현에 불과하다고 지적한다.[37] '솜털 같은 눈'이라는 비유는 형식상으로 보면 '솜털'이라는 근원 영역을 '새순 혹은 새싹의 눈'이라는 목표 영역에 사상한 것처럼 보이지만, 새순은 원래 솜털에 싸여 있으므로 사실을 반복한 것에 지나지 않아서 사상이라고 할 수 없는 것이다. "튜울립이 연꽃처럼"^{학생 작품, 「어느 날」}에 대한 설명 역시 마찬가지다. 오규원은 "비유가 차이성 속의 유사성을 근거로 성립하고 그 차이성이 중요한 역할을 하는데, 차이성이 거의 없는 두 사물에서 비유를 구했다"는 점에서 실패했다고 말한다. 이때 오규원이 말하는 '차이성'이란 목표 영역과 근원 영역이 서로 다른 개념 영역에 있어야 함을 의미하고, '유사성'은 두 개념 영역에 있는 공통적인 어떤 측

---

37 위의 책, 274면.

면을 뜻한다. '튜울립'과 '연꽃'은 둘다 '꽃'이라는 단일한 개념 영역 안에 있으므로 차이가 발생하지 않고, 부가적인 설명 없이 꽃 이름만 주어져 있으므로 둘 사이의 유사성 역시 추출하기 어렵다는 것이다. 반대로 "새의 부리 같은 학적부"학생 작품, 「기다림을 위하여」라는 표현은 차이성은 있으나 유사성이 없으므로 비유가 성립되지 않는 경우다. 근원 영역인 '부리'와 목표 영역인 '학적부'는 서로 다른 개념 영역에 있기는 하지만, 어떠한 측면을 사상했는지를 알 수 없다. 즉 둘 사이에 어떠한 유사성이 있는지가 드러나지 않고 있다는 것이다.[38]

한편, 비유적인 표현 사이에 모순이 발생해서 비유가 실패하는 경우도 있다. 오규원은 "얼어붙은 도시의 골짜기 같은 / 우리들의 서툰 가슴에"학생 작품, 「우리들에게」라는 비유가 적절하지 않다고 지적하고, 그것은 '얼어붙은 도시의 골짜기 같은'과 '서툰'이 의미상 어울리지 않기 때문이라고 본다. 얼어붙음이나 메마름이 황량함이라는 비극적 정서를 동반하는 것에 반해 서투름은 미숙성을 드러내는 것이라서 안타까움에 가까운 희극적 정서를 동반하므로, 서로 모순되는 정서로써 '가슴'을 수식하고 있다는 것이다.[39]

위의 구절에서 비유는 '얼어붙은 도시의 골짜기 같은 가슴'에서 나타난다. 이것은 '얼어붙은 도시의 골짜기'라는 근원 영역을 '마음이나 생각'을 의미하는 '가슴'이라는 목표 영역에 사상한 것이다. '얼어붙음'이라는 근원 영역의 속성이 목표 영역에 사상됨으로써 목표 영역인 '가슴마음'은 메마름, 황량함이라는 비극적인 정서로 한정된다.

---

38   위의 책, 275면.
39   위의 책, 145면.

그런데 이러한 정서가 뒤이어 연결되는 '서툰'과 모순을 빚는다는 것이다. '서투름'은 비극성보다는 희극적인 특징을 가지므로, '얼어붙은 도시의 골짜기 같은 / 우리들의 서툰'으로 연결해서 '가슴'을 수식할 수는 없다는 것이다.

그런데, 비유의 사상 과정을 설명하는 것은 작품에 대한 분석인 동시에 독자의 입장에서 시를 해석하는 근거와 과정을 말하는 것이기도 하다. 즉 다른 사람의 시를 읽고 감상하는 것이 어떻게 가능한 것인지 설명하는 것이다. 인지시학에서는 이것이 문화 구성원 사이에 공유하는 개념적 은유를 바탕으로 하고 있기 때문에 가능한 것이라고 본다. 일반적으로 사용되는 개념적 은유들은 시인의 독자적인 창조물이 아니라 문화의 구성원들이 스스로의 경험을 개념화하기 위한 방법의 일부이다. 시인은 이런 기본적인 개념적 은유를 이용하여 시를 쓰고, 독자들은 공동체의 구성원으로서 그 은유를 이해할 수 있는 것이다.[40]

설움이다 / 젖어도 / 말라도 / 그저 설움이다

탱탱한 나일론 줄 / 집게에 매달린 / 체념 한 자락이다

---

40 "기본적 은유들은 주어진 개념적인 자원들의 일부이며, 우리 문화 구성원들이 세계를 이해하는 방법의 일부이다. 시인들은 그것을 새로운 방식으로 구성하고 수식하고 표현하지만, 그들은 모두 우리 손이 미치는 기본적인 개념적 자원들을 활용한다. 그렇지 않으면 우리들을 시를 이해하지 못하게 될 것이다." G.레이코프·M.터너, 이기우·양병호 역, 앞의 책, 42면.

목메어 / 울어 울어도 / 이 땅의 아픔이야

이 찌든 얼룩이야 / 모다 씻겨질까

표백 아니 되는 설움이다 / 비벼도 / 비벼도

지워지지 않는 / 묵은 아픔이다

학생 작품, 「빨래」

모든 빨랫감은 "젖어도 말라도 그저 설움"일 수 있을까 라는 의문이 생긴다. "비벼도 / 비벼도 / 지워지지 않는 묵은 아픔"일 수 있을까, "체념 한 자락"일 수 있을까라는 의문도 생긴다.

아마 이 같은 정조의 이미지에 어울리는 빨랫감은 한국적 한이 스며 있다고 느껴지는 '한복' 또는 치마나 '저고리' 또는 가난이 스민 '찌든 옷들'일 터이다. 제목을 '낡은 치마' 또는 '차마'라고 고쳐놓고 읽어보라. 그러면 이 작품의 작가가 진술하고 있는 시구들이 울려올 것이다. 시적 대상에 대한 개념적인 파악이 이루어지지 않았기 때문에 이런 우스꽝스러운 결과를 낳고 있다.[41]

오규원은 인용된 시에서 '빨래'를 '설움, 체념, 아픔' 등으로 표현할 수 있는 시적인 근거가 부족함을 지적하고 있다. 근원 영역인 설움, 아픔, 체념을 목표 영역인 '빨래빨랫감'에 사상하려면, '빨래'를 아픔으로 규정할 수 있는 맥락이 주어져야 한다. '빨래빨랫감'를 '한국적 한이 스며 있다고 느껴지는 한복이나 치마, 저고리 혹은 가난이 찌든 옷'

---

41   오규원, 『현대시작법』, 189면.

으로 한정하는 것은 이러한 의미 맥락을 첨가하는 것이다.

목표 영역을 일반적인 '빨래^{빨랫감}'이 아닌 '한복'이나 '치마 저고리'로 한정함으로써 근원 영역인 '아픔'이나 '설움'과 사상이 성립되는 것은, 시인과 독자가 한국적 한이나 가난에 대한 개념적인 이해를 공유하고 있기 때문이다. 오규원이 말하는 '시적 대상에 대한 개념적인 파악'은 이것을 뜻한다. 이는 시인과 독자가 해석의 '틀'[42]을 공유하고 있는, 일종의 '개념적 은유'이다. 즉 '한복' 혹은 '치마저고리'라는 단어가 한민족을 상징하는 것임을 알고, 한민족의 고난의 역사를 알고 있어서 '이 땅의 아픔'이라는 말을 안다는 것이 전제되어 있는 것이다.

이처럼 오규원이 작품을 분석하는 실제 과정은 비유에서 사상의 과정을 추적하며 정합성을 밝히는 것이다. 그는 비유가 시에서 어떠한 시적 효과를 내는지를 설명하는 것이 아니라 비유가 만들어지는 정신적인 과정에 초점을 맞추고 있다. 이는 비유를 수사적인 테크닉이 아닌 인간의 의식 활동으로 보는 것이다.

---

42   필모어는 이를 '틀'이라고 설명하고 있다. 틀은 일종의 해석적 장치로서, 우리는 그 장치에 의해 주어진 문맥 내에서 한 용어의 위상을 이해한다. 예를 들어 'breakfast'라는 단어를 이해하려면, 하루에 세끼 식사를 하고 일정한 시간에 아침을 먹으며, 아침에는 거의 비슷한 음식을 먹는 배경의 문화적인 '틀'이 전제가 되어야 한다. '노총각'이라는 말 역시 남자는 일정한 시기에 결혼을 하는 것을 전제로 하는 '틀'을 전제한 후에야 성립되는 단어이다. 임지룡, 앞의 책, 38면 참고.

4. 환유^{metonomy}의 개념 변화

비유를 설명할 때 은유와 함께 논의되는 것이 '환유'이다. 오규원 역시 은유뿐만 아니라 환유에 대해서도 관심을 보였는데, 특히 그의 후기 시와 시론은 '환유적 글쓰기'라는 말로 요약될 수 있다. 『현대시 작법』은 환유의 개념이 어떻게 변화하는지를 보여 줌으로써 그의 시론상의 변화를 보여준다.

앞 장에서 말한 것처럼, 오규원은 비유를 '인접의 비유'와 '유사의 비유'로 나누고, 인접성은 환유와 제유에서 그리고 유사성은 직유, 은유, 상징 등에서 폭넓게 나타난다고 설명하고 있다. 각각의 예시로 든 환유, 제유, 직유, 은유, 상징 등의 차원에서 환유^{metonomy}는 시적인 테크닉의 일종으로서 제유^{synecdoche}와 대응되는 개념이다.[43] 제유는 '사물의 일부로써 그 사물의 전체를 나타내는 비유'인 데 비해 환유는 '사물의 일부로써 그 사물과 관계 깊은 다른 어떤 것을 나타낸다'고 설명된다.[44] "노래하리라 비오는 밤마다 / 우리들 서울의 빵과 사랑^{정호승, 「우리들 서울의 빵과 사랑」}"에서 '빵'은 음식물의 일부이자 전체로서 사물^빵 자체를 나타내는 데는 변화가 없으므로 제유이고, "풀 먹인 백의^{白衣}를 걸쳐 입고 / 고운 손으로 이 나라의 / 겨울을 녹이고 있었다^김

---

43 이것은 마치 테크닉으로서의 은유가 직유와 대응되는 것과 같은 양상이다. 오규원의 시론에서 은유와 환유가 대응되는 체계로서 정립되는 것은 후기 시론이 시작되는 「은유적 체계와 환유적 체계」에서부터이다. 『현대시작법』은 은유 / 환유가 신비평적 분석의 장치로 활용되는 것에서 세계에 대응하는 태도로서 변화하는 중간 단계에 있는 것이다.

44 오규원, 『현대시작법』, 309면.

선광,「대동강 5-그해 겨울」"에서 '백의'는 옷의 일부로서 옷과는 전혀 다른 '한
국인의 정신'을 나타내므로 환유에 해당한다는 것이다. 이러한 설명
은 신비평에서 설명하는 수사학적 테크닉으로서의 환유 / 제유의 개
념과 동일하다.

오규원은 환유와 제유가 인접 상태를 근거로 한 비유라고 설명함
으로써 이를 인접성 / 유사성의 측면과 연결시키려고 한다. '빵'은 음
식물^{유개념}의 하나^{종개념}로서 "다른 수많은 음식물들과 마찬가지로 음
식물이라는 유개념을 둘러싸고 있는 인접 사물의 하나"이고, '흰옷'
은 "한국인의 정신이 연상되는, 그렇게 관계가 깊은 것^{인접 사물}"이라는
것이다. 그럼으로써 환유와 제유가 인접성을 바탕으로 한 비유임을
증명하려는 것이다.

그러나 이같은 설명 방식은 수사학적 테크닉으로서의 환유와 언어
의 결합 관계로서의 환유 개념이 착종되어 있는 것이다. 그가 말한 환
유 / 제유의 구분이 시적인 테크닉이라면, 유사성 / 인접성은 단어 사
이의 결합 관계에 대한 설명이다. 유사성은 경험의 다른 영역을 가로
질러 실재물을 연결하는 계열적 관계로서 존재하는 반면, 인접성은
동일한 경험의 덩어리 안에서 실재물 사이에 유지되는 결합적 관계
이다. 유사한 실재물은 객관적으로 서로 관련될 필요가 없는 반면, 인
접성에 의해서 연결된 실재물은 객관적 의의에서 서로 관련성을 지
닌다.[45] 이것은 인지시학에서의 은유 / 환유의 관계에 대응한다. 인지
시학에서 환유는 '도식의 일부를 언급하여 그 도식 전체를 환기하는

---

45   임지룡, 앞의 책, 165면.

작용'으로서 은유와 마찬가지로 사상 관계이다. 즉 근원 요소를 나타내는 언어 표현을 비유의 대상이 되는 목표 요소에 사상한다. 은유와 환유는 두 가지 것을 결부시킨다는 점에서는 동일하지만, 은유는 두 가지 개념 영역이 있어서 한쪽의 도식적 구조를 다른 한쪽의 도식적 구조에 전체적으로 사상하는 것인 반면 환유는 하나의 개념 영역에만 관여한다는 차이가 있다. 환유에서는 도식 안의 한 실체가 같은 도식 안의 다른 실체 내지 그 도식 전체를 나타내는 것으로 여겨진다.[46]

오규원이 제시한 위의 예에서 '빵'은 '음식물'이라는 목표 영역에 사상된 근원 영역이고, '백의'는 '한국인의 정신'을 목표 영역으로 하는 근원 영역이다. 이런 점에서 둘은 모두 사상 관계이지만, '백의'와 '한국인의 정신'은 서로 다른 개념 영역 사이에 사상이 성립된 것인 반면, '빵'과 '음식물'은 단일한 영역 안에서 성립된 사상 관계로서, 도식 안의 한 실체가 그 도식 전체를 나타내는 경우이다. 인지시학적인 입장에서 본다면, '백의 / 한국인의 정신'은 유사성에 바탕한 은유이고, '빵 / 음식물'은 인접성에 근거한 환유에 해당하는 것이다. '빵'은 '음식물'이라는 전체의 부분으로서 인접적인 성격을 갖는다. 이는 앞에서 오규원이 분류한 환유 / 제유의 구별과는 다른 층위의 분류이다.

이처럼 『현대시작법』에는 환유에 대한 서로 다른 개념이 함께 사용되고 있다. 제유와 대응되는 것으로서의 환유는 시적인 테크닉이지만 은유와 대응되는 것으로서의 환유는 언어가 결합하는 관계에 따른 개념이다. 이처럼 서로 다른 층위의 개념이 혼재되어 있는 것

---

46 G. 레이코프·M. 터너, 이기우·양병호 역, 앞의 책, 139~140면.

은, 앞장에서 비유에 대한 개념 설명과 실제 분석이 다른 것과도 흡사하다.

이와 같은 개념의 착종 현상은 『현대시작법』 이후에 쓰여진 「은유적 체계와 환유적 체계」1991에서 비교적 분명하게 정리된다. 그는 여기서 자신이 말하는 은유와 환유가 비유법의 종류를 말하는 것이 아니라 "우리의 사고가 컨텍스트를 형성할 때 작용하는 의식의 운동 즉 유사성과 인접성에 의한 의식의 각각 다른 기능적 특성을 표현하는 것"[47]이라고 말한다. 그리고 자신의 관심이 "시라는 예술작품의 구조 분석에 있지 않고 (…중략…) 시적 언술의 의미가 어떤 방향으로 체계화되며 어떤 형태의 의미로 운동하는가"에 있으며, 그러므로 웰렉과 워렌이 시의 주요 요소로 꼽고 있는 심상, 은유, 상징, 신화 가운데서 다른 것들을 제외하고 비유만을 주제로 할 것임을 밝힌다.[48] 이것은 『현대시작법』에서 비유를 설명하는 근거였던 웰렉과 워렌의 이론을 비판함으로써 자신의 연구가 신비평적인 분석과 구별되는 것임을 분명히 하는 것이다. 비유를 가능하게 하는 의식의 운동적인 측면을 고찰한다는 것은 『현대시작법』의 실제 분석에서 사상의 관계를 설명하는 것과 일맥상통한다.[49]

그런데, 후기 시와 시론의 핵심 키워드가 되는 '환유'는 '인접성을

---

47   오규원, 「은유적 체계와 환유적 체계」, 『날이미지와 시』, 문학과지성사, 2005, 15면, 각주 1.

48   위의 책, 18면, 각주 8 참고.

49   앞에서 말한 임지룡의 은유 / 은유 표현의 구분에 따르면, 은유는 사상행위 즉 맵핑 자체이고 은유 표현은 사상행위의 결과인 단어나 구, 문장 등이다. 전자가 인지언어학의 관심 영역이라면, 신비평적인 기존의 분석은 후자에 해당한다.

바탕으로 한 언어의 결합 방식'에서 더 나아가 세계를 바라보는 방식이자 대응하는 방식이다. 이는 야콥슨이 말하는 유사성과 인접성에 근거를 둔 발화의 구성 방식이자 세계관으로서의 그것에 가깝다. 발화자는 낱말을 선택하고 그것을 언어의 구문 체계에 따라 문장으로 결합시킨다. 이 때 '선택'은 어떤 면에서는 동등하면서도 어떤 면에서는 다른, 혹은 그 밖의 어떤 것으로 대체할 수 있음을 의미하며, 이것이 가능한 기호들은 '유사성'으로 묶여 있다. '결합'은 어떠한 기호가 다른 기호들과 결합하여 컨텍스트를 구성하는 것으로서, 어떤 컨텍스트에서 그것을 이루고 있는 구성 요소들은 인접 상태에 놓여 있다. 야콥슨은 이러한 언어 결합의 형태를 문학의 장르와 예술 사조로 특징으로 확대해서, 시에서는 주로 유사성의 원리가 그리고 산문에서는 인접성의 원리가 원리가 바탕이 된다고 보았다. 또 낭만주의와 상징주의 문학은 은유적인 성격이 강한 반면 사실주의 문학은 환유의 성격이 강하다고 했다.[50] 이러한 맥락에서 환유는 단어의 결합을 통해 컨텍스트를 구성해 가는 방식이자 문학의 장르와 세계관으로 연결되는 개념이다. 오규원의 후기 시와 시론에서 환유는 이것에 가깝다.

그가 은유적 체계에서 환유적 체계로 옮겨가는 가장 큰 이유는 세계에 대한 관점의 변화 때문이다. 후기 시론에서 그는 세계가 파편화된 이미지 속에 있지 않고 '전적'으로 있으며, 그 전적인 존재의 본질은 왜곡되지 않은 사실적 현상을 통해서 보아야 한다고 말한다.[51] 세

---

50   로만 야콥슨, 신문수 편역, 「언어의 두 양상과 실어증의 두 유형」, 『문학 속의 언어학』, 문학과지성사, 1989 참고.

51   오규원, 「조주의 말」, 『날이미지와 시』, 47면.

계가 전적으로 있다는 것은, 세계가 열려 있는 장場으로서 긴밀하게 연결되어 있음을 말한다. 이러한 세계에 대응하려면 언어 역시 그것에 대응하는 인접의 방식이라야 한다. 우리가 익숙해져 있는 은유는 명명하는 사고로서 세계를 끊임없이 개념화하는 것이다. 그것은 어떤 형태로든지 세계를 고정시킬 수밖에 없으므로 열려 있는 세계에 대응할 수 없는 것이다.[52]

그는 조주와 임제의 설법 방식을 예로 들어서 은유와 환유의 차이를 설명한다. '부처를 만나면 부처를 죽여라'는 말로 유명한 임제의 설법은 기본적으로 은유적인 사고 구조와 흡사하다. 은유적 사고는 A = B인데, 이 구조의 특징은 B가 계속 바뀌는 것이다. A라는 존재는 끊임없이 다른 것으로 대체된다. 임제의 설법에서, 도를 배우는 과정에서 마주하게 되는 부처와 조사, 나한, 부모, 친척 등은 은유의 대체물인 B들인 셈이다. B들은 무한하므로 이 '죽이기'는 끝이 나지 않고, 이때 시인은 끝없는 치환 또는 대치 관념의 사냥꾼에 불과하게 된다. 이에 비해 조주는 조사가 서쪽에서 오신 뜻을 묻는 제자에게 '뜰 앞의 잣나무', '상床 다리'라고 대답함으로써 개념적인 설명 대신 실재의 사물을 제시한다. 이 선문답 형식은 정定하는 것을 피하고 사실적 현상을 있는 그대로 풀어 놓은 환유의 방식이다. 이같은 환유의 방식은 "부정할 수 없는 '사실적 현상'을 이용하여 치환 또는 대치 관

---

52 오규원, 「살아 있는 것을 위한 주해(註解)」, 위의 책, 27면. 그가 스스로를 '리얼리스트'라고 말하는 근거 또한 여기에 있다. 환유적 글쓰기는 인접한 상태로 열려 있는 세계를 반영한 것이기 때문이다. 즉 사회 비판이나 인간적인 현실 고발이라는 이데올로기적인 측면에서의 리얼리즘이 아니라 세계를 바라보는 방식과 그것에 대응하는 글쓰기라는 방법론의 측면을 말하는 것이다.

념으로 세계를 쪼개고 부수는 작업이 아니라 살아 있는 의미들을 함께 껴안는 수사법이다."[53] 즉 실재를 드러내기 위해서 그것을 명명하는 은유의 대체와 치환의 원리 것이 아니라 그 가까이 있는 사물들을 말하는 인접적인 환유의 방식 것이다.[54]

『현대시작법』은 신비평적인 이론을 바탕으로 하면서도 실제 분석 과정에서 신비평이 가지고 있는 한계를 극복해 가는 과정을 보여 주는데, 이는 비유를 수사적 기교가 아닌 인간의 의식 활동으로 보는 인지시학적인 관점과 상당히 유사하다. 은유와 환유는 신비평적인 테크닉에서 세계를 파악하는 관점으로 이해되어 간다. 후기 날이미지 시론에서 환유는 세계관인 동시에 그것을 드러내는 언어적 체계이다. 대상을 인접적인 것으로 파악하는 인지시학적 관점은 이러한 시론의 변화 과정을 설명하는 근거가 된다.

53　「조주의 말」, 위의 책, 38~44면 참고.
54　날이미지 시는 환유적 사고에 바탕해서 현상을 드러내는 시적 방식이다. 오규원의 후기 시는 대상을 명명하지 않고 인접한 것들을 드러냄으로써 현상을 그대로 드러내려는 시도를 보여 준다. 후기 시에 자주 등장하는 '허공'이나 '사이', '배경' 등은 대상의 인접성을 드러냄으로써 현상을 재현하는 대표적인 경우이다. 졸고, 「오규원의 시와 세잔 회화의 연관성 연구」에서 이러한 특징을 세잔의 회화와 비교하여 설명한 바 있다.

연작시 「한 잎의 여자」의 자기반영성

7

1. 텍스트의 변용과 재구성

오규원의 시에는 다른 사람의 시를 패러디하거나 모티프로 하여 쓰여진 시들이 많다. 이때 원 텍스트는 이상이나 김춘수, 발레리, 릴케처럼 국내 및 국외 시인의 시일 때도 있고,「소설가 구보씨의 일일」,『돈키호테』처럼 소설인 경우도 있다. 그뿐만 아니라 회화와 같은 다른 예술작품이 결합되기도 하고 광고 문구가 차용되기도 한다. 특히 중기 시에 집중적으로 나타나는 이러한 특징은 패러디라는 측면에서 다수의 연구가 이루어진 바 있다.[1]

이 시들이 다른 사람의 작품을 모방하거나 반영한 것임에 비해, 오규원 자신의 시의 일부분이 반복되거나 다시 쓰여지는 경우도 있다. 그의 후기 시에는 비판이나 풍자적인 의도 없이 자신의 작품을 변용하거나 차용하여 쓴 시들이 종종 발견된다. 이 시들 또한 선행하는 텍스트가 있고 그것을 활용하여 창작되었다는 점에서 패러디 시들과 공통점을 가지고 있다.[2] 그러나 패러디 시들이 비판적 의도를 실현하려는 작품 외적인 목적이 강한 반면, 자신의 시를 변용하는 경우

---

1   대표적인 연구로 아래와 같은 것들이 있다. 홍윤희,「한국 현대시에 나타난 패러디 양상 연구」, 부산대 석사논문, 1993; 김준오,「문학사와 패러디 시학」, 김준오 편,『한국 현대시와 패러디』, 현대미학사, 1996; 정수진,「오규원 시 연구 ─메타시를 중심으로」, 이화여대 석사논문, 2000; 정끝별,「서늘한 패러디스트의 절망과 모색」, 이광호 편,『오규원 깊이 읽기』, 문학과지성사, 2002; 이연승, 「오규원 시의 변모과정과 시 쓰기 방식 연구」, 이화여대 박사논문, 2002.

2   패러디는 연구자와 연구 맥락에 따라 인유, 상호텍스트성, 메타성, 비판적 풍자, 희극적 개작 등 다양한 개념들과 혼용되고 있다. 이에 대해서는 김준오, 앞의 글, 정끝별,『패러디 시학』, 문학세계사, 1997을 참고할 수 있다.

는 변주와 통합을 통한 재구성, 재문맥화를 의도하는 창작의 방법에 더 가깝다.

그의 시들은 구절이나 상황, 이미지 등이 반복되거나[3] 서로 다른 시들이 연결되어 또 다른 시 한 편을 만들기도 한다.[4] 초·중기 시들이 후기 시에 나타나는 특징들을 예고하거나 암시하는 경우도 있다.[5] 실제로 오규원의 1시집 『분명한 사건』은 현상, 신체, 언어 등 그의 시를 설명하는 중요한 주제들을 포괄하고 있다. 이 주제들은 시기와 시집에 따라 관심의 정도는 다르지만 이후 오규원의 시를 설명하는 핵심적인 틀이 된다. 초기 시에서 두드러지게 나타나는 신체성에 대한 관심은 중기 시에서 주체의 '몸'에 대한 자각으로 연결되고, 후기 시에서 주체와 대상을 동등한 존재로서 인식하는 근거가 된다. 또한 관

---

3   예를 들어, "나뭇가지를 타고 / 이웃집으로 도주해버린. // 시간의 신발이 / 발을 떠나서 / 거주하는 뜰을"(「꽃이 웃는 집」, 『분명한 사건』)은 "가지 하나, 벽을 타넘고 있다 / 가지 하나, 벽을 타넘고 있는 / 가지를 넘고 있다"(「뜰 앞의 나무」, 「길 골목 호텔 그리고 강물소리」)로 변용된다. 앞의 시에서 '시간이 가지를 타고 이웃집으로 도주했다'는 비유는 뒤의 시에서는 나뭇가지가 옆집 담을 넘어가는 구체적인 모양에 대한 묘사로 바뀐다. 이것은 비슷한 소재를 어떻게 표현할 것인가에 따라서 변용한 경우이다.

4   예를 들어, 「새와 길」 전문은 행과 연이 재배치된 형태로 「지붕과 창」의 3연으로 들어가 있다. 「지붕과 창」은 「새와 길」의 내용을 포함하여 확장된, 「새와 길」과 비슷한 풍경을 그린 새로운 그림인 것이다. 졸고, 「오규원 후기 시와 시론의 현상학적 특징 연구」, 『국어국문학』 175, 2016, 161면. 이에 대해서는 최현식, 「시선의 조응과 그 깊이, 그리고 '몸'의 개방」, 『토마토는 붉다 아니 달콤하다』 해설, 문학과지성사, 1999에도 논의되어 있다.

5   한 예로, 중기 시인 「바다의 길목에서」의 "마주 보고 서 있어도 너무나 당연하게 / 나는 내 옆사람 속으로 들어가 서. // 사람을 통해 구부러지는 길과 무덤을 보고"는 후기 시 「거리의 시간」에 나타나는 '체험된 원근법'적 시선을 보여 주고 있다. '체험된 원근법'에 대한 내용은 졸고, 위의 글 참고.

넘적인 언어에 대한 비판은 중기 시의 사회 비판적인 성격과 후기 시의 대상을 구현하려는 시도로 연결된다. 이러한 특징들은 현상학적 맥락에서 관련지어 설명될 수 있을 것이다. 이렇게 본다면, 오규원의 시는 스스로 설정한 시적인 주제를 발전시키고 심화하는 과정이라고 말할 수 있다. 그러한 과정에서 자신의 작품을 모방하고 변용하는 자기반영적인 특징이 드러나는 것은 자연스러운 일이다.

연작시 「한 잎의 女子」[6]는 자기반영성[7]이 드러나는 대표적인 예이

---

6 「한 잎의 女子」는 원래 시와 연작시 모두 '여자'가 한자로 표기되어 있다. 이 글에서는 편의상 시의 원문 인용을 제외하고는 이하, 한글로 표기하도록 한다. 또한 불필요한 반복을 피하기 위해서, 연작시 「한 잎의 여자」를 연작시, 「한 잎의 여자 1」 등을 연작시 1 등으로 지칭하기로 한다.

7 '자기반영성'은 포스트모더니즘의 중요한 특징으로서 문학의 성격과 범위 자체에 대한 질문이다. 포스트모더니즘에서 문학의 자기비판은 언어라는 매체를 넘어서 다른 예술 장르와 결합하거나 혹은 기존 예술의 영역 외의 대중문화와의 결합 형태로 나타나기도 한다. 오규원의 시에 나타나는 다른 예술 장르와의 결합 혹은 상품 광고나 포스터를 차용한 혼성모방 역시 이러한 맥락에서 설명될 수 있다. 이연승, 앞의 글 참고. 또한, 자기반영성은 시 쓰기 자체에 대한 시 쓰기, 시의 표현 매체인 언어에 대한 시 쓰기라는 의미에서 '메타시', '시론시'라는 개념과 연결되어 설명되기도 한다. 김준오, 「현대시의 자기반영성과 환유 원리」, 『오규원 깊이 읽기』, 문학과지성사, 2002; 정수진, 앞의 글; 송현지, 「오규원의 초기 시론시에 나타난 언어의식 연구」, 『한국문예비평연구』 59, 2018 참고. 그런데 두 경우 모두 '자기반영성'은 확정된 개념으로서의 고유 명사가 아니라 '자기 자신을 반성과 성찰의 대상으로 삼는' 특징을 설명하는 서술어에 가깝다. 포스트모더니즘이 문학 혹은 예술 전반을 성찰의 대상으로 한다면, 메타시는 시 쓰기 자체에 대한 성찰이다. 이 글에서는 자기 자신의 시를 반성과 성찰의 대상으로 하는 특징을 '자기반영적'이라고 지칭한다. 이때 '자기반영성'은 외적인 대상을 소재로 하여 창작되는 일반적인 시와 달리, 창작된 시를 어떻게 활용하고 재구성하는가에 초점을 맞추는 것이다. 오규원의 경우 이러한 행위는 단순히 자신의 시를 고쳐 쓰는 데 그치는 것이 아니라 시적인 주제를 발전시키고 심화하는 것이다.

다. 원작 「한 잎의 여자」는 3시집 『왕자가 아닌 한 아이에게』에 실려 있는 것으로서 부제가 달려 있지 않은 한 편의 시이다. 이것이 6시집 『사랑의 감옥』에서는 「한 잎의 여자 1」~「한 잎의 여자 3」 연작으로 확대되고 각각 언어와 관련된 내용이 부제로 달려 있다. 각각의 부제들은 1시집 『분명한 사건』에 있는 「현상 실험」의 구절들을 따온 것이다. 또한 연작시에는 두 시 외에도 내용과 표현 면에서 유사한 오규원의 다른 시들이 포함되어 있어서 자기 반영적인 성격을 잘 보여준다.

연작시 「한 잎의 여자」는 부제가 '언어는 ~이다'라는 형식으로 되어 있는 데서 알 수 있듯이, 언어에 대한 반성을 공통적인 주제로 하고 있다. 부제들은 원래의 시 「현상 실험」에 있는 언어에 대한 생각들을 구체화한 것으로서, 원래의 시와 동일한 맥락인 것도 있고 그렇지 않은 경우도 있다. 연작시와 관련된 선행텍스트를 비교·분석하여 자기반영적인 특징을 검토하는 것은 오규원의 언어 의식이 어떻게 변화되는지를 살펴볼 수 있는 중요한 단서이다. 실제로 연작시 세 편은 오규원의 초·중기 시의 언어적인 특징들을 집약해 보여 주면서 후기 시의 언어적인 변화를 암시하고 있다.

또 원작시 「한 잎의 여자」는 중기 시인 3시집 『왕자가 아닌 한 아이에게』에 실려 있는 반면, 연작시는 후기 시가 시작되는 6시집 『사랑의 감옥』에 실려 있다. 6시집 『사랑의 감옥』은 물신 사회에 대한 비판적인 관점이 두드러지는 한편 대상을 구현하는 시들이 섞여 있는데, 이것으로 보아 연작시는 중기의 사회 비판적인 시들에서 후기 시로 옮겨가는 과도기에 쓰여진 것임을 알 수 있다. 즉 그것은 언어에 대한 사고의 변화만이 아니라 시인이 자신의 시 세계를 검토하고 방향성을 모색하는 전환 지점에 있는 것이다. 따라서 연작시 「한 잎의 여자」의 자기반영적 특징을 밝히는 것[8]은, 언어 의식의 변화는 물론 오규원 시 전체의 변화 과정을 설명할 수 있는 근거가 될 수 있다.

2. 연작시 「한 잎의 여자」의 선행 텍스트 「현상 실험」

연작시 「한 잎의 여자」는 「현상 실험」의 구절들을 각각의 부제로 하고 있을 뿐만 아니라 내용에서도 「현상 실험」의 일부분을 변용하고 있다. 그런데 「현상 실험」은 1시집 『분명한 사건』에 있는 다른 시들과 상호텍스트적 관계에 있어서 그 자체가 오규원 시의 자기반영적인 성격을 보여주고 있기도 하다. 따라서 연작시를 설명하기에 앞서 선행텍스트인 「현상 실험」을 먼저 검토하도록 한다.

1

언어는 추억에

---

8   김준오는 연작시 「한 잎의 여자」를 초기 시 「한 잎의 여자」의 자기패러디라고 규정하고, 연작시 각각이 상호텍스트 관계에 놓여 있을 뿐만 아니라 「현상 실험」과도 상호텍스트적이라고 지적하고 있다. 그러나 연작시 간의 상호텍스트성을 구체적으로 설명하지는 않고 있고, 다만 연작시의 부제들이 시인의 체험을 언어를 형상화하는 수단으로 사용하고 있다는 점에서 해체주의적이라고 설명한다. 즉 언어가 시인의 체험을 표현하는 수단이 아니라 언어 자체에 대한 시 쓰기를 시도하고 있다는 것이다. 이런 맥락에서 자기반영성은 포스트모더니즘이나 메타시와 연결되어 설명된다. 김준오, 「현대시의 자기반영성과 환유 원리」, 앞의 책, 254~255면 참고.

걸려 있는

18세기형의 모자다.

늘 방황하는 기사

아이반호의

꿈 많은 말발굽쇠다.

닳아빠진 인식의

길가

망명 정부의 청사처럼

텅 빈

상상, 언어는

가끔 울리는

퇴직한 외교관댁의

초인종이다.

2

빈 하늘에 걸려

클래식하게

서걱서걱하는 겨울.

음과 절이 뚝뚝 끊어진

시간을

아이들은

공처럼 굴린다.

언어는, 겨울날

서울 시가를 흔들며 가는

아내도 타지 않는 전차다.

추상의

위험한 가지에서

흔들리는, 흔들리는 사랑의

방울 소리다.

3

언어는, 의식의

먼 강변에서

출렁이는 물결 소리로

차츰 확대되는

공간이다.

출렁이는 만큼 설레는,

설레는 강물이다.

신의

안방 문고리를

쥐고 흔드는

건방진 나의 폭력이다.

광장에는 나무들이

외롭기 알맞게 떨어져

서 있다.

「현상 실험」 전문 (1)[9]

이 시는 내용에 직접 드러나 있는 것처럼 언어를 소재로 하고 있다. 제목인 '현상 실험'은 이 시가 현상을 표현하는 언어에 대한 실험임을 말한다. 즉 현상을 언어로 표현하는 문제, 현상과 언어의 관계를 주제로 하는 것이다. 이는 같은 제목을 가진 「현상 실험—별장別章」이 대상을 '낱말'로 표현하는 과정을 정밀하게 표현하고 있는 것에서도 유추해 볼 수 있다."낱말은 지친 바람은/가만가만 풀잎 위에 안아 올린다. (…중략…) 투명한 심상의 바다 속에서는 / 오늘 저녁에라도 깨어날 몇 사람의 인기척. / 낱말은 외로운 그 몇 사람처럼 / 아직 날지 못하는 새를 기르며 / 단절된 시간을 한 장 씩 넘기고 있다"

1에서 언어는 타성적이고 관념적인 것으로서 시효가 지난 표현 매체이다. '18세기형 모자', '아이반호의 말발굽쇠', '망명정부의 청사', '퇴직한 외교관댁의 초인종' 등은 현재는 아무 쓸모가 없는 과거의 '추억'에 해당한다. 또한 모자, 말발굽쇠, 길가, 청사, 초인종 등은 실재하는 대상이 아니라 언어에 대한 비유일 뿐이다. 즉 1은 실제적인 풍경이나 대상은 없고 비유적인 표현만 있는 형태이다. 이것은 실제 현상과는 무관한 언어의 상투성과 관념성을 보여준다. 첫 행의 '추억'은 '닳아빠진 인식'과 상통하는 것으로서,[10] 상투화된 인식에 기반한 언어는 실제 현상을 표현하는 데 아무런 도움이 되지 못함을 뜻한다.

2에서 '겨울'이라는 시간은 '서걱서걱'대거나 '음과 절이 뚝뚝 끊어진' 것으로 표현된다. 겨울의 텅 비고 싸늘한 느낌과 노는 아이들

---

9   강조된 부분은 순서대로 연작시 「한 잎의 여자 1」~「한 잎의 여자 3」의 부제로 사용된 구절이다.

10   이 때 '추억'은 김춘수의 "추억의 한 접시 불을 밝히고"(「꽃을 위한 序詩」)에서 의 의미와 유사하다.

의 모습이 묘사되고 있지만, 언어는 여전히 삶과 동떨어진 것으로 남아 있다. "서울 시가를 흔들며 가는 / 아내도 타지 않는 전차"는 현실을 구체적으로 포착하지 못하는 언어의 추상성을 비유한다. 언어는 생활의 현장인 서울 시가를 지나가는 전차에 비유되지만, 실제 전차를 탄 것은 아니기 때문에 전차의 내부나 거기서 보이는 서울 시가의 모습을 표현할 수는 없다.

같은 맥락에서 보면, "추상의 / 위험한 가지에서 / 흔들리는, 흔들리는 사랑의 / 방울 소리"[11]는 현상을 표현하지 못하는 언어의 한계를 의미한다고 볼 수 있다. 이때 '흔들리는 사랑의 방울 소리'는 '사랑이 흔들린다'는 것이 방울소리로 암시된다고 해석되어 부정적인 의미로 받아들여진다. 그러나 '방울소리'를 반드시 부정적으로 해석해야 할 근거는 없다. '사랑의 방울소리가 들린다'고 해서 새로운 가능성에 대한 암시로 읽을 수도 있다. 이 부분을 해석하는 데는 유사한 내용을 가지고 있는 다음 시를 참고할 수 있다.

고요한 환상의

출장소

뜰, 뜰의

달콤한 구석에서

---

11   이 부분에서 김춘수의 "모국어로 불러도 싸늘한 어감의 / 하나님, / 제일 위험한 곳 / 이 설레이는 가지 위에 나는 있습니다"(「裸木과 시」)라는 구절을 연상하는 것은 어렵지 않은 일이다. 이에 대한 비교는 송현지, 앞의 글에서 상세하게 설명되어 있다.

언어들이

쉬고 있다.

추상의 나뭇가지에

살고 있는

언어들 중의

몇몇은

위험한 나뭇가지 사이를

날아다니다

떨어져 죽고.

나의

고장난 수도꼭지에서도

뚜욱 뚜욱

언어들이 죽는다.

건강한 언어의

아이들은

어미의 둥지에서

알을 까고,

고요한 환상의

출장소

뜰에

새가 되어

내려와 쉰다.

의식의

고장난 수도꼭지에서

쉰다.

「몇 개의 현상」 부분 (1)[12]

이 시는 1시집 『분명한 사건』에 실려 있으면서 현상을 소재로 하고 있고 언어에 대한 생각을 담고 있다는 점에서 「현상 실험」과 상호텍스트 관계에 있다. 「현상 실험」의 "추상의 / 위험한 가지에서 / 흔들리는, 흔들리는 사랑의 / 방울 소리"는 위의 시의 강조된 부분과 비교될 수 있다. 여기서 "추상의 나뭇가지에 / 살고 있는 / 언어들"은 이것이 언어에 대한 이야기임을 직접적으로 드러내고 있다. 그 언어들 중의 일부는 위험한 나뭇가지 사이를 날아다니다 떨어져 죽고, 고장난 수도꼭지에서도 언어들이 떨어져 죽는다. 이것은 뒷부분의 "고요한 환상의 / 출장소 / 뜰에 / 새가 되어 / 내려와 쉰다. / 의식의 / 고장난 수도꼭지에서 / 쉰다"라는 구절과 대비를 이룬다.

'뜰'에는 부화해서 새가 되어 내려와 쉬고 있는 언어도 있는데, 이것들이 '의식의 고장난 수도꼭지에서' 쉰다는 것에 주목할 필요가 있다. '의식이 고장 났다'는 것은 의식 즉 관념과 해석이 멈춤을 의미하고, 그로 인해 '환상'이 가능해짐을 뜻한다. '추상의 나뭇가지'는 '의식'과 '환상'이 대조를 이루며 공존하는 장소처럼 표현되고 있다. 즉 언어의 한계죽은 언어들와 가능성알의 부화, 새의 휴식을 동시에 품고 있는 것이다.[13] 이는 「현상 실험」에서 '추상의 위험한 가지에서 흔들리는 사

---

12 [저자 주] 강조 부분은 저자가 표시한 것이다.

13 송현지는 이 부분을 "추상의 나뭇가지에 살고 있는 언어, 나뭇가지 사이를 날

랑의 방울 소리'가 양면적인 성격을 가지고 있는 것과 유사하다. 따라서 「현상 실험」의 '추상의 위험한 가지에서 흔들리는 사랑의 방울 소리'라는 구절은 아직 의미가 확정되지 않은 채 열려 있는 상태라고 할 수 있다.

3에서 언어는 '의식의 / 먼 강변에서 / 출렁이는 물결 소리로 / 차츰 확대되는 / 공간'이라고 표현되어 있다. 이 구절에서 '의식' 역시 「몇 개의 현상」 마지막 부분의 '의식'과 유사한 의미로 사용되고 있다. 특히 언어는 '의식의 먼 강변'에서 '출렁이는 물결 소리'로 확대된다는 점에 주목할 필요가 있다.[14] '의식'이 아닌 '소리'를 인지함으로써 '설렘'이 가능해지는 것이다. 여기서 언어는 1에서 드러나는 관념

다 떨어져 죽는 언어, 성공적으로 나는 새가 되어 내려와 쉬는 '건강한 언어'로 나눔으로써 어떠한 언어는 이 추상의 속성에 만족하며 살아가는 반면, 어떠한 언어는 추상으로 점철된 기호화된 언어체계를 벗어나려는 언어의 존재가 있음을 상징"하고 있다고 설명하고 있다(위의 글, 161면). 이러한 설명은, 언어가 의지를 가진 존재이고, 각각의 경우에 해당하는 언어들이 구분되어 있는 것 같은 오해를 일으킬 수 있다. 그러나 추상성이나 관념성 등은 언어의 일반적인 속성으로서 사용된 맥락에 따라 나타나는 성질일 뿐, 관념적인 언어와 추상적인 언어가 따로 정해져 있는 것은 아니다. 마찬가지로 이 시에 드러나는 '언어' 또한 맥락과 쓰임에 의해 달라지는 것이지, 종류가 다른 언어를 말하는 것이 아니다.

14 송현지 역시 이 시를 「몇 개의 현상」과 연결하여 설명하면서 '소리'가 '환상'을 구현할 수 있는 방법으로 제시되고 있음을 지적하고, '소리'를 내는 '모든 것'들을 부르기 위해서는 "그것을 부르는 언어의 형태 역시 동사와 같은 언어여야 한다는 생각으로 이어진다"고 말하고 있다(위의 글, 165면). 그러나 오규원이 말하는 명사와 동사의 구분은 언어의 품사적 형태가 아니라 언어의 역할이 명명인지 아니면 구현인지를 뜻하는 것이다. 대상은 '명명'되지 않아도 움직임이나 소리 같은 것으로서 거기에 있다. 오규원이 후기 시에서 집중적으로 고민했던 것은 이러한 대상의 존재 자체를 '구현'하는 것이었다.

성, 2에서의 추상성과는 달리 구체적이고 감각적인 '소리'로 파악되고 있다. 이것은 2시집 『순례』에 실려 있는 「別章 3편」의 "모든 것들이 자기 이름을 빠져나와 / 거기 그대 옆 / 풀밭을 거니는 발자국 소리를 (…중략…) 명사로 부를 수는 없으나 / 동사로 / 거기 있음을 확신하는, / 명사로 부를 때까지 / 오오래 서늘한 발자국 소리를 / 그곳에서 내는"이라는 부분과 연결해서 설명될 수 있다. 즉 '소리'는 이름^{명사}을 부여받음으로써 존재하는 것이 아니라 움직임^{동사}으로 스스로의 존재를 알리는 것이다. '신의 안방 문고리를 쥐고 흔드는' 것은 언어에 대한 이와 같은 사유의 전환을 뜻하는 것이다.

3의 실제 공간적 배경인 '외롭기 알맞게 떨어져 서 있는 나무'는 이러한 사고의 전환을 뒷받침한다. 떨어져 서 있는 나무는 '외로운' 것이 아니라 '외롭기 알맞게' 떨어져 있다. 이때 외로움은 사유의 전환이 가능해지는 조건으로서 '홀로 있음'에 가깝다.

이렇게 보면 「현상 실험」은 언어에 대한 인식의 변화를 보여 줌과 동시에 이후에 전개되는 오규원의 시적인 변화 과정을 예고하는 암시적이고 예비적인 성격을 가지고 있다고 할 수 있다.

3. 연작시 「한 잎의 여자」와 관련 텍스트 비교

연작시 「한 잎의 여자」는 「현상 실험」의 1~3에서 "언어는 ~이다"라는 구절을 가져와서 각각의 부제로 하고 있다. 그 결과 원작 시 「한 잎의 여자」가 낭만적 서정시로 읽히는 것과 달리, 연작시는 언어에 관한 내용으로 한정된다. 시인인 '나'가 대상을 마주하고 사랑하는 방식은 언어를 통해서만 가능하다. 「현상 실험」이 대상을 표현하는 언어 자체에 대한 생각을 담은 것이라면, 연작시 「한 잎의 여자」는 그것을 각각 독립된 시로 풀어서 구체화한 것이다. 또한 연작시는 부제가 아닌 본문에서도 「현상 실험」을 비롯한 다른 시들을 변용하고 있다. 연작시와 관련 텍스트의 변용 양상을 표로 정리하면 다음과 같다.

연작시	선행텍스트 (해당 시집)	변용된 내용
「한 잎의 여자 1」	「현상 실험」(1)	부제로 구절 차용 "언어는 추억에 걸려 있는 18세기형 모자다."
	「한 잎의 여자」(3) "그러나 누구나 영원히 가질 수 없는 女子, 그래서 불행한 女子. // 그러나 영원히 나 혼자 가지는 女子,"	구절의 순서 바뀜 "영원히 나 혼자 가지는 女子, 그래서 불행한 女子. // 그러나 누구나 영원히 가질 수 없는 女子,"
「한 잎의 여자 2」	「현상 실험」(1)	부제로 구절 차용 "언어는 겨울날 서울 시가를 흔들며 가는 / 아내도 타지 않는 전차다"
	「현상 실험」(1) "추상의 / 위험한 가지에서 / 흔들리는, 흔들리는 사랑의 / 방울 소리다."	본문 내용 비교 "그러나 가끔은 한 잎 나뭇잎처럼 위험한 가지 끝에 서서 햇볕을 받는 女子."
	「저 여자」, 「사랑의 감옥」, 「원피스」, 「그 여자」, 「명동 4」(6)	이미지 변용
「한 잎의 여자 3」	「현상 실험」(1)	부제로 구절 차용 "언어는 신의 안방 문고리를 쥐고 흔드는 / 건방진 나의 폭력이다"
	「한 잎의 여자」(3) "女子만을 가진 女子, 女子 아닌 것은 아무것도 안 가진 女子, 女子 아니면 아무것도 아닌 女子,"	본문 내용 비교 "앉으면 앉은, 서면 선 女子인 女子, 밖에 있으면 밖인, 안에 있으면 안인 女子. (…중략…) 女子 아니면 아무것도 아닌 女子."

1) 「한 잎의 여자 1」과 「현상 실험」, 「한 잎의 여자」 비교

「한 잎의 여자 1」은 연작시의 원형이 되는 원작 「한 잎의 여자」를 대부분 그대로 옮겨놓고 있다. 부제가 달려 있고, 시의 구절의 순서가 바뀌어 있다는 것이 차이점이다. 원작 「한 잎의 여자」는 중기 시가 시작되는 3시집 『왕자가 아닌 한 아이에게』에 실려 있지만, 실제 창작 시기는 개봉동에 거주하던 1971~1973년으로 되어 있다.[15] 즉 창작 시기상으로는 초기에 해당하는 것이다. 이 시에서 반복되는 '~같은 여자'라는 표현은 대상을 설명하기 위해 다른 관념을 끌어들이는 비유의 전형적인 형식을 보여 주고 있다.

나는 한 女子를 사랑했네. 물푸레나무 한 잎같이 쬐그만 女子, 그 한 잎의 女子를 사랑했네. 물푸레나무 그 한 잎의 솜털, 그 한 잎의 맑음, 그 한 잎의 영혼, 그 한 잎의 눈, 그리고 바람이 불면 보일 듯 보일 듯한 그 한 잎의 순결과 자유를 사랑했네.

정말로 나는 한 女子를 사랑했네. 女子만을 가진 女子, 女子 아닌 것은 아무것도 안 가진 女子, 女子 아니면 아무것도 아닌 女子, 눈물 같은 女子, 슬픔 같은 女子, 病身 같은 女子, 詩集 같은 女子, 그러나 누구나 영원히 가질 수 없는 女子, 그래서 불행한 女子.

---

15   이원은 오규원 연대기에서 「한 잎의 여자」가 개봉동 거주 시절(1971~1973)에 쓰여진 것이라고 말한 바 있다. 이원, 「'분명한 '사건'으로서의 '날이미지'를 얻기까지」, 『오규원 깊이 읽기』, 52면.

그러나 영원히 나 혼자 가지는 女子, 물푸레나무 그림자 같은 슬픈 女子.

「한 잎의 女子」 전문 (3)[16]

　1연에서 '여자'는 '물푸레나무 한 잎'에 비유된다. 그것은 '물푸레나무 한 잎같이 작다'는 직접적인 비교에서 '솜털, 맑음, 영혼, 눈'처럼 관념을 병렬시키는 형태로 바뀐다. '솜털, 맑음, 영혼, 눈'은 물푸레나무의 것이면서 그것과 동일시되는 '여자'의 것이다. 그리고 그것은 다시 '순결, 자유'라는 추상적인 관념으로 대체된다.

　2연에서는 이러한 추상화 과정을 거치지 않고 '여자'가 '눈물, 슬픔, 병신, 시집'에 비유된다. 비교의 근거는 제시되지 않고, 비교된 대상들 역시 객관적인 공통점을 가지고 있지 않다. '그러나 누구나 영원히 가질 수 없다, 그래서 불행하다'를 앞의 구절과 연결해서 보면, 이 부분은 '여자는 다양한 것들에 비유될 수 있지만 그 중 어느 하나에도 속하지 못하고 그래서 불행하다'라는 것으로 볼 수 있다.

　그러나 3연에서 '나'는 그 여자를 영원히 혼자 가진다. 누구나 영원히 가질 수는 없지만 나 혼자 영원히 가질 수 있다는 것은, 표면상으로는 나만이 대상을 혼자 가지는 사랑의 배타성을 말하지만 이면으로는 대상에 대한 '나'의 주관적인 해석의 절대성을 뜻한다.

　나는 한 女子를 사랑했네. 물푸레나무 한 잎같이 쬐그만 女子, 그 한 잎의 女子를 사랑했네. 물푸레나무 그 한 잎의 솜털, 그 한 잎의 맑음,

---

16　[저자 주] 강조한 부분은 저자가 표시한 것이다.

그 한 잎의 영혼, 그 한 잎의 눈, 그리고 바람이 불면 보일 듯 보일 듯한 그 한 잎의 순결과 자유를 사랑했네.

정말로 나는 한 女子를 사랑했네. 女子만을 가진 女子, 女子 아닌 것은 아무것도 안 가진 女子, 女子 아니면 아무것도 아닌 女子, 눈물 같은 女子, 슬픔 같은 女子, 病身 같은 女子, 詩集 같은 女子, **영원히 나 혼자 가지는 女子, 그래서 불행한 女子.**

그러나 누구나 영원히 가질 수 없는 女子, 물푸레나무 그림자 같은 슬픈 女子.

「한 잎의 女子 1」 전문 (6)¹⁷

원작과 비교할 때, 연작시 1은 2, 3연의 강조된 부분의 위치만 바뀌어 있을 뿐이다. 즉, 원작의 "그러나 누구나 영원히 가질 수 없는 **女子, 그래서 불행한 女子. // 그러나 영원히 나 혼자 가지는 女子**"가 "**영원히 나 혼자 가지는 女子, 그래서 불행한 女子. // 그러나 누구나 영원히 가질 수 없는 女子**"로 바뀐 것이다. 그러나 구절의 순서의 차이는 단순한 자리바꿈 이상의 중요한 의미를 갖는다.

연작시 1은 「현상 실험」의 구절을 부제로 삼음으로써 이 시가 언어에 관한 것이라고 한정하고 있다. 이를 감안한다면, 연작시 1에서

---

17 [저자 주] 강조한 부분은 저자가 표시한 것이다.

'나'와 '여자'의 관계는 시인과 대상의 관계에 비유될 수 있다. 1연은 시를 쓰는 행위가 대상에 대한 애정 어린 관찰로부터 시작됨을 보여준다. 1연이 대상을 관찰하고 그 속성에서 비유가 비롯되는 과정을 보여준다면, 2연에서 비유는 '나'의 일방적인 해석과 명명에 의해 이루어진다. 2연의 "영원히 나 혼자 가지는 女子, 그래서 불행한 女子"는 대상에 일방적인 해석을 부여하는 언어의 관념성을 비판하는 것이다. 대상에 대한 '나'의 일방적인 의미 부여는 대상을 '나 혼자'의 것으로 만들 수는 있을지 모르지만, 대상 자체로 본다면 왜곡된 형태로 고정되는 것이다. 이때 대상을 명명하는 언어는 부제인 "언어는 추억에 걸려 있는 18세기형 모자다"처럼 고정되고 관습적인 것이다.

그러나 이같은 상황은 3연의 "그러나 누구나 영원히 가질 수 없는 女子"에서 반전된다. 2연에서 '나'는 '여자'를 영원히 혼자 가진다고 생각하지만, 3연에서 '여자'는 '물푸레나무 그림자'처럼 실체를 알 수 없는 '누구나 영원히 가질 수 없는 여자'로 남는 것이다. 2연까지 행해지는 대상에 대한 다양한 해석과 의미 부여는 대상과 일치하는 것이 아니며 대상은 여전히 대상 그대로 남는다. 부제의 내용을 반영하면서도 결론적으로는 그에 대한 비판으로 끝나고 있는 것이다.

이처럼 원작 시와 연작시 1은 구절의 순서를 바꾸었을 뿐이지만, 그로 인해 서로 다른 주제와 내용으로 읽힌다. 원작이 '여자^{대상}'에 대한 '나'의 사랑과 결국 그것을 '나' 혼자 가진다고 말함으로써 '나'에 초점을 맞추고 있는 것에 비해, 연작시 1은 결국에는 누구나 그 여자를 영원히 가질 수 없다고 말함으로써 소유할 수 없는 '여자^{대상}'의 존재에 초점을 맞추고 있다. 그것은 관습적인 언어로 포착될 수 없는 대상의 고유성에 대한 깨달음을 보여주는 것으로서, '대상 자체를 구현하는 언어는 어떠해야 하는가'라는 후기 시의 언어 의식과 자연스럽게 연결된다. 언어에 대한 이러한 반성은 연작시 「한 잎의 여자」의 공통적인 주제를 이루며 반복된다.

2) 「한 잎의 여자 2」와 「현상 실험」, 기타 시 비교

연작시 2는 「현상 실험」의 "언어는 겨울날 서울 시가를 흔들며 가는 / 아내도 타지 않는 전차다"라는 구절을 부제로 하고 있다. 그것은 현실과 동떨어진 언어의 추상성을 비판한 것으로서, 오규원 자신의 시에 대한 고민과 반성을 담은 것이기도 하다. 그는 시론에서 이러한 고민을 "『분명한 사건』의 언어는 대상을 객관적으로 드러내는 일에 한해서는 그의 편이었지만 그 자신의 삶을 표백시키고 있었다는 점에 있어서는 그를 배반하고 있었지요"[18]라고 직접적으로 말하기도 했다. 즉 언어에 대한 관념적인 사유와 그것이 현실과 괴리되어 있다는 점에 주목하고 있는 것이다.

오규원의 초기 시에 드러나는 관념성[19]은 구체적이고 현실적인 생활의 공간을 소재로 하면서 극복된다. 자본주의 문명이 집결된 도시의 물질주의와 상품 숭배를 비판적으로 바라보고 있는 중기 시들이

---

18 오규원, 「이상과 쥘르의 대화」, 『현실과 극기』, 문학과지성사, 1976, 52면.
19 오규원의 초기 시에서는 세계에 대한 관념적인 인식과 표현들이 빈번하게 나타난다. 이에 대해서는 정과리, 「안에서 안을 부수는 공간」, 『오규원 깊이 읽기』, 136~137면을 참고할 수 있다. 정과리 역시 3시집 『왕자가 아닌 한 아이』에게부터 관념이 구체적인 사회적 내용을 갖추면서 드러나기 시작한다고 지적하고 있다.

이에 해당한다. 연작시 2의 본문은 중기 시에 나타나는 일상적인 삶의 모습들을 압축해 놓고 있다.

나는 사랑했네 한 女子를 사랑했네. 난장에서 삼천 원 주고 바지를 사 입는 女子, 남대문시장에서 자주 스웨터를 사는 女子, 보세가게를 찾아가 블라우스를 이천 원에 사는 女子, 단이 터진 블라우스를 들고 속았다고 웃는 女子, 그 女子를 사랑했네. 순대가 가끔 먹고 싶다는 女子, 라면이 먹고 싶다는 女子, 꿀빵이 먹고 싶다는 女子, 한 달에 한두 번은 극장에 가고 싶다는 女子, 손발이 찬 女子, 그 女子를 사랑했네. 그리고 영혼에도 가끔 브래지어를 하는 女子.

가을에는 스웨터를 자주 걸치는 女子, 추운 날엔 팬티스타킹을 신는 女子, 화가 나면 머리칼을 뎅강 자르는 女子, 팬티만은 백화점에서 사고 싶다는 女子, 쇼핑을 하면 그냥 행복하다는 女子, 실크스카프가 좋다는 女子, 영화를 보면 자주 우는 女子, 아이 하나는 꼭 낳고 싶다는 女子, 더러 멍청해지는 女子, 그 女子를 사랑했네. 그러나 가끔은 한 잎 나뭇잎처럼 위험한 가지 끝에 서서 햇볕을 받는 女子.

「한 잎의 女子 2」전문 (6)

이 시에 등장하는 '여자'는 생활 속에서 마주치는 일상적이고 평범한 여자이다. 이 '여자'의 이미지는 같은 시집의 여러 시들에서 가져온 것으로서, 그 자체가 자기반영적인 것으로 구성되어 있다. 1연에 그려지는 여자의 이미지는 같은 6시집 『사랑의 감옥』에 있는 「저 여자」, 「사랑의 감옥」에 등장하는 여자의 이미지들을 섞어놓은 것이다. 「저 여자」에서 '여자'는 월남치마를 입고 아이들 내복을 고르는 여자, 임신복을 입고 정육점 돼지갈비를 쳐다보는 여자, 청바지를 입고 발 뒤꿈치가 새까만 여자, 간이의자에 앉아 순대를 먹고 있는 여자 등 여러 모습으로 등장한다. 이처럼 다양한 여자의 이미지들은 「사랑의 감옥」에서 '난장의 리어카에서 털옷을 고르는 임산부'의 모습으로 종합되어 있다. 또한 2연에 나오는 여자의 이미지들은 같은 시집의 「원피스」, 「그 여자」, 「明洞 4」 등에서 그려지는 상품화된 도시와 소비의 풍경과 더불어 압축되어 있다. 1연의 난장이나 남대문 시장은 구체적이고 현실적인 생활을 상징하는 공간인 반면, 2연의 극장이나 백화점은 물질적이고 일상적인 욕망이 투영된 공간이다.

이렇게 보면, 연작시 2의 내용은 "언어는 겨울날 서울 시가를 흔들며 가는 / 아내도 타지 않는 전차다"라는 부제와 일치하지 않는다. 「현상 실험」에서 이 구절은 언어의 추상성을 비판하는 것이었지만, 연작시의 내용은 구체적이고 일상적인 현실을 소재로 하고 있기 때문이다. 그것은 오히려 부제에 있는 '서울 시가'의 모습을 구체적으로 그려낸 것으로서, 여기서 언어는 추상성을 벗고 현실의 구체적인 모습들을 포착하고 있다. 그런 면에서 연작시 2는 중기 시에서 나타나는 언어의 사회적인 성격을 집약해놓은 것이라고 볼 수 있다. 부제가 시적인 화두라면 본문은 그에 대한 답변인 셈이다. 그럼에도 불구하고 해당 구절을 부제로 삼은 것은, 연작시임을 고려하여 '언어는~다'라는 공통의 형식을 염두에 두었기 때문으로 보인다.

두 시에서 비교가 필요한 부분은 오히려 "추상의 / 위험한 가지에서 / 흔들리는, 흔들리는 사랑의 / 방울 소리다"「현상 실험」와 "그러나 가끔은 한 잎 나뭇잎처럼 위험한 가지 끝에 서서 햇볕을 받는 女子"「한 잎의 여자 2」라는 구절이다.

연작시 2의 '한 잎 나뭇잎처럼 위험한 가지 끝에 서서 햇볕을 받는 女子'는 '한 잎의 여자'라는 제목과 '위험한 가지'를 연결시켜 놓은 이미지로서, 일상적인 현실을 보여주는 시의 전체적인 내용과 구별되는 유일한 구절이다. 연작시 2의 내용 대부분이 일상의 소재들과 연결되어 있는 것과 비교해볼 때, '햇볕을 받는' 행위는 일상적인 목적이 제거된 무목적적이고 이질적인 것이다. 그것은 물질적인 욕망과 일상적인 생활이 잠시 멈춘 순간 즉 일상성에 대한 반성과 자각의 순간을 내포하고 있다.「현상 실험」에서 해당 구절이 언어의 추상성에 대한 비판과 가능성이라는 양면적인 특징을 가지고 있던 것에 비해, 연작시 2에서 '위험한 가지'는 현실의 삶을 반영하는 언어가 타성에서 벗어날 수 있는 가능성을 상징하는 것으로 확정된다.

이와 같은 변화는 두 시의 창작 시기를 고려해 볼 때 설명이 가능하다.「현상 실험」은 1시집『분명한 사건』에 실려 있는 반면 연작시 2는 후기 시가 시작되는 6시집『사랑의 감옥』에 실려 있다. 두 시 사이에는 언어의 사회 비판적 기능이 두드러지는 중기 시가 놓여 있다. 전자에서의 '추상의 위험한 가지'가 구체적인 일상을 담지 못하는 언어에 대한 초기 시의 자기비판이라면, 후자에서의 '위험한 가지'는 중기 시의 현실 비판적인 언어 이후에 새로운 전환을 꾀하는 것이라고 볼 수 있다. 즉 때 묻은 일상성의 언어와 대비되면서 그것을 타개할 수 있는 방법에 대한 모색과 가능성의 상징인 것이다. 이에 대한 내용은 연작시 3에서 구체화된다.

3) 「한 잎의 여자 3」과 「현상 실험」, 「한 잎의 여자」 비교

연작시 3은 연작시 2의 마지막 구절 "그러나 가끔은 한 잎 나뭇잎처럼 위험한 가지 끝에 서서 햇볕을 받는 女子"를 하나의 장면처럼 설정하고, 원작 시 「한 잎의 여자」를 부분적으로 변용하고 있다. 부제인 "언어는 신의 안방 문고리를 쥐고 흔드는 / 건방진 나의 폭력이다"는 「현상 실험」에서와 마찬가지로 언어에 대한 사유의 전환을 뜻한다. 그러나 「현상 실험」에서 그것이 사유의 전환을 예고하는 선언적인 것임에 비해, 연작시 3은 그것이 어떻게 가능한 것인지를 보다 구체화하고 있다.

내 사랑하는 女子, 지금 창밖에서 태양에 반짝이고 있네. 나는 커피를 마시며 그녀를 보네. 커피 같은 女子, 그래늄 같은 女子. 모카골드 같은 女子. 창밖의 모든 것은 반짝이며 뒤집히네, 뒤집히며 변하네, 그녀도 뒤집히며 엉덩이가 짝짝이가 되네. 오른쪽 엉덩이가 큰 女子, 내일이면 왼쪽 엉덩이가 그렇게 될지도 모르는 女子, 줄거리가 복잡한 女子, 소설 같은 女子, 표지 같은 女子, 봉투 같은 女子. 그녀를 나는 사랑했네. 자주 책 속 그녀가 꽂아놓은 한 잎 클로버 같은 女子, 잎이 세 개이기도 하고 네 개이기도 한 女子.

내 사랑하는 女子, 지금 창밖에 있네. 햇빛에는 반짝이는 女子, 비에는 젖거나 우산을 펴는 女子, 바람에는 눕는 女子, 누우면 돌처럼 깜깜한 女

子. 창밖의 모두는 태양 밑에서 서 있거나 앉아 있네. 그녀도 앉아 있네. 앉을 때는 두 다리를 하나처럼 붙이는 女子, 가랑이 사이로는 다른 우주와 우주의 별을 잘 보여주지 않는 女子, 앉으면 앉은, 서면 선 女子인 女子, 밖에 있으면 밖인, 안에 있으면 안인 女子. 그녀를 나는 사랑했네, 물푸레나무 한 잎처럼 쬐그만 女子, 女子 아니면 아무것도 아닌 女子.

「한 잎의 女子 3」 전문 (6)

이 시는 연작시 1, 2와 달리 대상을 바라보는 '나'의 구체적인 정황이 드러나 있다. 1연에서 '나'는 커피를 마시며 햇빛에 반짝이는 '여자'를 바라보고 있고, 그러한 '나'의 정황으로 하여 '여자'는 커피 혹은 그래뉼, 모카골드 같은 커피의 상품명에 비유된다. 연작시 2의 마지막 구절에서는 여자가 나뭇잎처럼 '햇볕을 받는다고 비유되어 있지만, 연작시 3에서 '여자'는 나뭇잎과 동일한 것이었다가 분리되고 다시 결합되는 이중적인 양상을 띤다. "창밖의 모든 것은 반짝이며 뒤집히네, 뒤집히며 변하네, 그녀도 뒤집히며 엉덩이가 짝짝이가 되네. 오른쪽 엉덩이가 큰 女子, 내일이면 왼쪽 엉덩이가 그렇게 될지도 모르는 女子"는 햇빛을 받은 나뭇잎이 바람에 흔들리며 모양이 달라지는 것을 표현한 것으로서, 이면적으로는 현상의 가변성과 대상의 비고정성을 암시하고 있다.

2연에서는 이러한 비고정성이 '여자'만의 것이 아니라 주변 사물 전체의 특징임이 드러난다. '여자'는 햇빛에는 반짝이고 바람이 불면 눕고, 누우면 그 자체로 돌과 유사해진다. 그리고 '태양 밑에서 서 있거나 앉아 있는' 창밖의 모든 것들과 나란히 있다. 이는 주변의 환경과 대립하지 않고 그것의 일부로서 있는 '여자'의 존재 방식을 의미한다.

"앉으면 앉은, 서면 선 女子인 女子, 밖에 있으면 밖인, 안에 있으면 안인 女子. (…중략…) 女子 아니면 아무것도 아닌 女子"는"는 원작시 「한 잎의 여자」의 "女子만을 가진 女子, 女子 아닌 것은 아무것도 안 가진 女子, 女子 아니면 아무것도 아닌 女子"를 변용하여 반복하고 있다. 이는 '누구나 영원히 가질 수 없는 女子'와 유사한 맥락으로서, 그것 아닌 다른 것으로 지시될 수도 없고 해석될 수도 없는 대상의 고유성을 말하는 것이다. 대상은 다양한 수사를 붙여서 설명할 수는 있지만 그 중 어느 하나로도 온전히 규정되지 않고, 여전히 그것 자체로 남는다.

그러나 원작 시에서 해당 구절이 비슷한 내용을 말장난과 유사하게 반복하고 있다면, 연작시 3의 구절은 여자의 구체적인 존재 양태와 방식을 나타낸다. '앉으면 앉은 여자, 서면 선 여자'는 무언가에 비유되기 이전에 그 자체로 있는 상태를 말한다. 그리고 '밖에 있으면 밖인, 안에 있으면 안인 女子'는 이러한 존재의 양태가 주변의 세계와 더불어 있는 것임을 보여 준다.

언어로써 대상에 주관적인 해석을 부여하는 방법으로는 이러한 대상의 고유성을 표현할 수 없다. 결국 언어에 대한 사유는 '있는 그대로의 대상을 어떻게 표현할 것인가'의 문제로 옮겨갈 수밖에 없다.[20] 부제인 "언어는 신의 안방 문고리를 쥐고 흔드는 / 건방진 나의

---

20   정수진 역시 이같은 변화를 지적하고 "그는 이제 추상성을 구체적인 사물로 대치시키는 '현상'이 아닌, '현상' 그 자체를 묘사하는 시기로 진입하게 된다"고

폭력이다"는 「현상 실험」에서와 마찬가지로 언어에 대한 사고의 전면적인 전환을 뜻한다. 다만 「현상 실험」에서 그것이 언어에 대한 새로운 사유의 필요성을 환기하는 데 그쳐 있다면, 연작시 3은 대상의 존재 양태와 관계 양상을 밝힘으로써 언어의 새로운 방향성을 구체화하고 있다. 즉 '앉으면 앉은 여자, 서면 선 여자', '밖에 있으면 밖인, 안에 있으면 안인 女子'를 언어로써 구현해내는 방법을 모색할 것임이 예고되는 것이다.[21]

이는 오규원의 후기 시가 시작되는 지점을 시적으로 표현하고 있다. 6시집 『사랑의 감옥』에는 「明洞」 연작, 「목캔디」, 「제라늄, 1988, 신화」와 같은 자본주의적 욕망을 비판하는 시들과 「후박나무 아래」 연작, 「空山明月」, 「풀밭 위의 식사」 등 세계를 구현하려는 시도를 보여주는 시들이 섞여 있다. 물질문명에 대한 비판을 이어가는 한편 그 자체로 존재하는 세계를 구현하는 방법에 대한 탐구가 시작되고 있는 것이다. 이는 '1980년대 후반부터 인간 중심의 사고에서 벗어나야겠다고 생각했다'[22]는 오규원의 말에서도 확인된다. 그런 면에서 연작시 「한 잎의 여자」가 이 시집의 마지막 부분에 배치되어 있다는 것은 의미심장한 일이다.

이후 오규원의 시는 대상을 해석하고 의미를 부여하는 것이 아니

말하고 있다. 정수진, 앞의 글, 93면.

21   후기 시에 드러나는 대상을 구현하는 언어는 이에 대한 방법론적인 시도이다. 그의 시는 이 지점에서 회화와 가까워진다. 후기 시의 구현, 언어와 회화의 상관관계에 대해서는 졸고, 「오규원의 시와 세잔 회화의 연관성 연구」, 『국어국문학』 185, 2018 참고.

22   오규원, 『날이미지와 시』, 문학과지성사, 2005, 서문.

라 대상을 대상 그대로 드러내는 언어는 어떠해야 하는지에 대한 사유로 옮겨 간다. 후기 시에 나타나는 환유적 성격이나 날이미지는 그 방법론으로서 제시되는 것들이다. 연작시 「한 잎의 여자」의 자기반영성은 그의 시가 스스로 제기한 시적 화두에 대한 해답을 찾아가는 과정이며 궁극적으로는 자기 성찰과 반성에 기반하고 있음을 말해 준다.

오규원의 시와 세잔의 회화

8

1. 대상의 묘사와 해석

오규원의 후기 시는 환유적 시 쓰기를 바탕으로 하여 대상을 묘사하는 것에 초점을 맞추고 있다. 대상에 대한 시인의 주관적인 반응을 표현하는 전통적인 서정시와는 달리, 대상과 거리를 두고 그것을 관찰하여 언어로 표현하는 것이다. 이러한 특징은 6시집 『사랑의 감옥』의 「후박나무 아래」 연작처럼 대상을 그림 그리듯이 묘사하는 것으로부터 시작되어 7시집 『길, 골목, 호텔 그리고 강물 소리』에서부터 본격화된다. 이것은 궁극적으로는 대상 자체를 언어로써 구현하는 것을 목표로 한다. 대상을 실제와 똑같이 모사하는 것이 아니라 대상의 객관적인 존재 양상을 밝히는 것 즉 현상 이면에 있는 대상의 존재 방식까지를 드러내고자 하는 것이다. 사연을 대상으로 하는 시들 역시 풍경을 베끼는 것이 아니라 대상인 자연과 그에 대한 시인의 해석을 같이 실어 놓고 있다.

이러한 창작 방법은 세잔의 회화와 상당한 유사성을 가지고 있다. 세잔은 인상파 화가들이 자연을 그대로 재현하기 위해 그것을 세밀하게 모사했던 것과는 달리, 관찰을 통해 파악된 자연의 구조를 그리고자 했다. 보이는 대상을 그대로 '재현representation'하는 것이 아니라 대상을 해석한 바대로 '구현réalisation'하고자 한 것이다.[1] 대상에 대한

1 　'재현'과 '구현'은 각각 미술 용어의 'representation'과 'réalisation'에 해당한다. 'representation'은 '사람이나 장소 또는 사물을 그대로 모사하는 것'(월간미술 편, 『세계미술용어사전』, 월간미술, 1998, 396면)을 말하는 반면 'réalisation'은 미술 용어로서 '감각의 표출'이라는 뜻이다("미술용어로서는 P. 세잔의 자기 제작태도의 표현이라고 할 수 있는 '감각의 실현'에서 시작된다. 그는 자연의 표

묘사와 해석을 병행하는 오규원의 후기 시들은 대상을 구현하려 했던 세잔의 회화적 특징과 유사한 성격을 가지고 있다.

오규원의 시와 세잔과의 연관성은 그의 산문에서도 직접적으로 드러난다. 「풍경의 의식 ─ 무릉일기04」에 따르면, 오규원은 거실 벽면에 걸려있는 세잔의 〈GROUPE D'ARBRES〉를 보면서 사유를 이어갔고, 에밀 베르나르의 『세잔느의 회상』과 질 플라지의 『세잔느』 화집을 보았음을 확인할 수 있다.[2] 또한 세잔에 대한 설명 뒤에 "이 봄에 나올 내 시집제목이 『길, 골목, 호텔 그리고 강물소리』에 수록할 작품의 스크랩을 뒤적인다"[3]라는 말이 있는 것으로 보아서, 『길, 골목, 호텔 그리고 강물소리』가 출간된 1995년 무렵 그가 세잔의 회화를 보고 있었음을 알 수 있다. 또한 오규원은 자신의 시 「우주 2」를 설명하면서, 세잔이 회화를 통해 표현한 자연을 언어로써 표현하려는 시도를 하기도 한다. 이것은 그의 후기 시와 세잔의 회화를 비교할 수 있는 직·간접적인 근거들이다. 오규원의 시를 세잔의 회화와 비교하는 것은 시 해석의 폭을 넓히고, 동일한 철학적 사유가 매체에 따라 어떻게 달리 표현될 수 있는지를 살펴보는 일이다.

현을 목적으로 할 때, 감성을 통해서 순수하게 형체화하고 감각을 엄격하게 실현함으로써 조형적 방법을 심화한다. 이 감각의 실현, 즉 표출이야말로 후기 세잔의 회화표현의 중핵이 되고 있다." https://terms.naver.com/entry.nhn?docId=1087754&ref=y&cid=40942&categoryId=33048). 본고에서는 에밀 베르나르, 『세잔느의 회상』을 참고하여, 'réalisation'을 '구현'이라는 말로 옮겼다.

2   오규원, 『가슴이 붉은 딱새』, 문학동네, 1996, 155~157면 참고.
3   위의 책, 169면.

2. 대상의 '깊이'를 구현하는 방법

오규원은 후기 시에서 대상을 묘사하는 것에 집중하는데, 일차적으로 그것은 대상을 스케치하는 회화적인 수법을 활용하는 것이다. 이때 중시되는 것은 대상을 실제와 얼마나 비슷하게 그려내는가 하는 것이다. 일반적으로 사생성寫生性을 중시하는 시들은 주체의 감정과 생각을 최대한 제거하고 대상을 눈앞에 보이는 것처럼 그려내는 것에 초점을 맞춘다. 그러나 오규원의 시는 대상을 묘사하면서도 사생성에 주체의 해석이 더해진다는 면에서 다른 시들과 차이가 있다.

잎 진 후박나무 아래 땅을 파고
새끼를 낳는 어미 개
싸락눈이 녹아드는 두 눈을 반쯤 감고
태반을 꾸역꾸역 먹고 있다
배 밑에서는 아직 눈이 감긴 새끼가 꿈틀거리고
턱 밑으로는 몇 줄기 선혈이 떨어지고

「후박나무 아래 1」 전문 (6)

이 시는 후박나무 아래 새끼를 낳은 어미 개의 모습을 묘사하고 있다. 새끼를 낳은 어미개가 태반을 먹는 모양이나 갓 태어난 새끼가 꿈틀거리는 모양이 눈에 보이는 것처럼 생생하게 그려져 있다. 그러나 묘사된 장면은 동일한 시간대에 관찰된 내용은 아니다. 새끼를 낳기 위해 나무 아래 땅을 파는 것과 새끼를 낳는 것, 어미가 태반을 먹고 갓 태어난 새끼가 꿈틀거리는 것 사이에는 시간적인 차이가 있다. "새끼를 낳는 어미 개"에서 '낳는'을 현재진행형으로 읽는다면, 잎 진 후박나무 아래 땅을 판 것은 사실상 과거의 일이므로, 새끼를 낳는 장면과 나란히 묘사될 수 없다. 어미가 태반을 먹고 새끼가 꿈틀거리는 모양 역시 출산의 순간과는 시간적 차이가 있다. 즉 이 시는 현재 보이는 대상만을 묘사한 것이 아니라 시간의 흐름을 압축하여 주체의 경험 내용까지를 묘사 대상에 포함시키고 있는 것이다.

　잘 다져진 아스팔트 길, 그 위로
　　　　아이들이 삼삼오오 유치원을 갑니다
　　　　아이들이 삼삼오오 국민학교를 갑니다
　　　　중학교를 갑니다 고등학교를 갑니다
　　　　대학교를 갑니다

　하자가 생기면 보수를 서두르는 길
　안전 수칙이 정해진 길
　　　　아이들이 그 길로 다시 돌아옵니다
　　　　내일 다시 갈 그 길로 돌아옵니다
　　　　어른들이 자동차를 타고 돌아옵니다
　　　　사람들을 따라 지상의 시간도 돌아옵니다
　　　　　　　　　　　　　　　　「아스팔트」 부분 (6)

　이 시가 묘사하고 있는 실제 대상은 '잘 다져진 아스팔트 길'이다.

'잘 다져진'은 아스팔트의 단단한 질감을 말하는 것으로서 일종의 촉지적 시각[4]에 의한 관찰 내용을 표현한 것이다. 그런데 이 '다져짐'은 단지 물질적인 질감 이상의 것으로서 시간적인 중첩의 결과로 만들어진 것이다. 아스팔트 길 위로 아이들이 학교에 갔다 돌아오고, 자동차가 지나가고, 사람들이 오간다.[5] '길'이라는 공간을 고정시키고 그 위를 오가는 사람들의 행위를 반복하여 보여 줌으로써, 마치 그것이 아스팔트를 꾹꾹 밟아서 다져 놓는 것처럼 표현하고 있는 것이다.

이것은 현상 묘사와 아울러 대상들끼리의 연관성을 설명한다. "사람들을 따라 지상의 시간도 돌아옵니다"는 하루 일과의 마무리를 보여주는 동시에 떠나고 돌아옴을 품고 있는 '길'의 속성을 표현하고 있다. 사람들은 길을 오고가며 길의 '단단함'을 만들고, 길은 사람들의 떠남과 돌아옴을 가능하게 하는 조건이 된다. 이렇게 해서 길에 사람들이 오고가는 일상적인 풍경은 현상 너머에 긴밀한 연관 관계를 가진 풍경으로서 새롭게 해석된다. 이처럼 오규원은 대상을 묘사할 때 현상을 묘사하면서 동시에 그에 대한 해석을 나란히 실어 놓고 있다.

---

4   메를로-퐁티는 시선이 단지 보기만 하는 것이 아니라 반질반질하든가 거칠거칠하다는 촉각적인 성질을 동시에 가지고 있다고 보는데, 이것을 '촉지적 시각'이라고 할 수 있다. "우리는 보이는 것은 무엇이나 촉지적인 것 가운데서 재단되었다고, 만질 수 있는 모든 존재는 어떤 식으로든 가식성을 약속받고 있다고 생각하는 데 익숙해져야 한다." 메를로-퐁티, 남수인·최의영 역, 『보이는 것과 보이지 않는 것』, 동문선, 2004, 192면.

5   길을 지나는 '아이들'은 유치원과 국민학교, 중학교, 고등학교, 대학교를 간다. 서로 다른 연령의 아이들이 지나갔다고 해석할 수도 있지만, 이 부분을 유치원을 갔던 '아이들'이 성장하면서 국민학교, 중학교, 고등학교, 대학교에 가는 것으로 읽으면 시 속의 시간의 폭은 훨씬 더 커진다.

이는 현상 너머에 있는 내적 연관성을 언어로써 표현하고자 하는 것이다. 특히 그것은 자연을 대상으로 할 때 더욱 두드러진다. 그가 파악한 자연은 살아 있는 현상들이 연관되어 있는 구조이자 현상 이면에 '속'을 감추고 있는 대상으로서, 시간의 변화에 따라 감추어진 '속'을 현현한다. 들의 같은 자리에서 다양한 식물들이 번갈아가며 돋아나듯이, 자연은 그 안에 숨겨진 혹은 잠재적인 존재들을 품고 있다.[6] 그 예로서 "산골무는 보지 못했다/ 원추리는 보지 못했다/ 더덕은 보지 못했다/무덤은 있었다"[산 b]는 현재 무덤이 있는 자리에, 산골무, 원추리, 더덕과 같은 '속'이 있었다는 것을 말해 주는 것이다. 이는 표면적인 현상 뒤에 숨겨져 있는 가능성 즉 '유보된 리얼리티'로서 세계의 '깊이'에 대한 성찰을 보여준다.[7]

세잔 또한 자연을 하나의 구조로서 파악하고 그것을 객관화하여 구현하고자 했다. 그는 회화에서 색채들의 조화와 질량들의 조직화를 통해 자연을 종합적으로 재구성하고자 했다.[8] 예를 들어 〈에스타크의 집〉, 〈에스타크의 바위〉[그림 1]에서 바위나 언덕의 집, 나무들과

---

6 "이렇게, 이 언덕의 '겉'은 지금 온통 무리지어 물결치는 개망초의 천지이지만, 그 '끝'은 함부로 말할 수 없다. 그것의 지금 현재의 '속'은, 분명히, 아직도 시퍼렇게 자라고 있는 쑥과 한삼과 새콩과 매듭풀과 달개비와 질경이와 쑥부쟁이와 자귀풀과 명아주와 갈퀴덩굴과 여뀌와 '며느리밑씻개'라 불리는 하백초(河伯草)와 메꽃의 땅이기 때문이다." 오규원, 앞의 책, 20~21면.

7 졸고, 「오규원 후기 시와 시론의 현상학적 특징 연구」, 『국어국문학』 175, 2016, 156면 참고.

8 "자연에 너무 복종하거나 너무 충실해서는 안되며, 자연을 지나치게 세심하게 처리해서도 안됩니다. 자기 앞에 있는 것을 꿰뚫어보고 가능한 자신을 가장 논리적으로 표현하도록 집요하게 노력해야 합니다." 에밀 베르나르, 박종탁 역, 『세잔느의 회상』, 열화당, 1995, 96면.

〈그림 1〉〈에스타크의 바위(Rocks at L'Estaque)〉, 1882~1885.
캔버스에 유화, 73×91cm 벤추리 404: 상파울루 아시스 샤토브리앙 미술관
(울리케 베크스 말로르니, 박미연 역, 『폴 세잔』, 마로니에북스, 2007, 44면에서 재인용)

멀리 있는 섬들과 바다 등은 거리 차이에 상관없이 같은 밀도로 취급

된다.[9] 전통적인 회화적 수법에 따른다면 가까이에 있는 지붕이 멀리

있는 섬들보다 선명하게 표현되겠지만, 세잔은 대상을 같은 밀도와

---

9 "(〈에스타크의 집〉과 〈에스타크의 바위〉 ─ 인용자) 전경(前景), 바탕, 재구성
된 공간에 결합된 현실적 공간은 없다. 구성은 정돈되고 추상 속에서 체계화
된다. 바위들, 언덕의 집, 나무들은 수평선을 가로막고 있는 섬들 또는 바다의
질량만큼 체계적으로 다뤄졌다. 그리고 섬들은 멀리 있는 안개 속에서 흐려지
는 것이 아니라 전경의 지붕들과 같은 터치들처럼 선명하게 채색되어 있다(…
중략…) 세잔느의 작품에 표현된 풍경에 대한 색채 표현은 화면의 모든 부분
에서 같은 밀도로 취급된다. 지붕들의 붉은 색, 덤불의 녹색, 바다의 푸른 색 등
은 똑같은 가치를 지니고, 공간적 통일성은 색채 밀도의 통일성에 의해 표현
된다. 색채들의 조화 질량들의 조직화는 구상의 종합적 재구성에 의해 실현된
다." 변재인, 「세잔느 회화에 있어서 조형공간과 시각적 특성에 관한 연구」, 부
산대 석사논문, 1987, 28~29면.

양감으로 표현함으로써 자신이 관찰한 바대로 자연을 표현하고 있는 것이다.

세잔이 대상을 색채와 데생으로 표현하려 했다면[10], 오규원은 언어로써 그것을 표현하려고 한다. 그는 창작 과정에서 세잔이 회화적으로 구현해놓은 것을 언어로 어떻게 표현할 것인지에 대해 고민하고 있다.

뜰 앞의 잣나무가 밝은 쪽에서 어두운 쪽으로 비에 젖는다

서쪽 강변의 아카시아가 강에서 채전 방향으로 비에 젖는다

아카시아 뒤의 은사시나무는 앞은 아카시아가 가져가 없어지고 옆구리로 비에 젖는다

뜰 밖 언덕에 한 그루 남은 달맞이가 꽃에서 잎으로 비에 젖는다

젖을 일이 없는 강의 물소리가 비의 줄기와 줄기 사이에 가득 찬다

세잔느라면 이런 현상을 어떻게 구현할까? '뜰 앞의 잣나무'에서부터 '달맞이'가 비에 젖는 것까지의 현상은 공간적 동시성의 측면에서도 볼 수도 있지만 시간적 순차성의 측면에서도 볼 수 있다개별적 사물 나름의 시간적 순차적 현상까지 포함하여. 이 현상의 시간적 순차성을 그림이나 사진은 표현하기 어렵다. 시에서는 가능한 이 시간의 순차성이 '살아 있는 현상'의 구현을 가능하게 한다. 모든 존재가 현상으로 자신을 말한다고 할 때, 그

---

10   "문학가는 추상적 개념으로 자신을 표현하는 반면, 화가는 데생과 색채를 사용해 자신의 감각과 지각을 구체화시키는 법이라네." 에밀 베르나르, 앞의 책, 52면.

리고 참된 의미에서 모든 존재의 그 현상이 그 '존재의 언어'라고 할 때, 그 언어는 존재의 시간적 생성과 함께 일어난다. 이 생성의 시간적 언어인 현상을 기록할 수 있다면 그것은 '살아 있는ᄨ 언어'이며 동시에 굳어있지 않은 의미로서의 이미지일 것이다.[11]

인용된 시는 오규원의 「우주 2」로서 비가 오는 일상적인 풍경을 소재로 하고 있다. 비는 뜰 안팎과 강변의 나무, 채전에 고루 내리고 있다. 각각의 대상들은 마치 풍경화를 설명하는 것처럼, 뜰과 언덕, 채전, 강변의 풍경으로 나누어서 배치되어 있다. 뜰에는 잣나무가 있고, 뜰 밖으로 보이는 언덕에는 달맞이꽃, 멀리 강변에는 아카시아와 은사시나무가 있다. 그리고 강변 언저리에 채전이 있다. 이것을 공간적 동시성과 시간적 순차성으로 표현하는 것은 회화세잔와 시오규원의 방법론적 차이를 말하는 것이다. 오규원이 말하는 '공간적 동시성'이 어떤 것인지는 다음의 글을 통해 추정해볼 수 있다.

이 작품세잔의 ⟨GROUPE D'ARBRES⟩ - 인용자은 다섯 그루의 나무가 서로 엉겨 이루고 있는 어두운 색조의 녹색 숲이 화면의 중앙에서 약간 우측으로 중심을 두고 전경으로 자리잡고 있으며, 그 숲이 비워놓은 좌측에서 우측의 나무 아래로 이어지며 산기슭의 수림과 그 사이사이 보이는 빨간 지붕 다섯 개가 후경을 이루고 있다. 그리고 다섯 그루의 나무가 서 있는 대지 여기저기에는 황색의 흙과 어둡지 않은 녹색의 풀들이 한창인 초

---

11   오규원, 앞의 책, 169~170면.

지초地가 드러나 있다. 이 모두가 밝지도 어둡지도 않은 연한 황색과 청색이 겹치다가 독립하다가 하는 좌측 윗부분의 하늘의 배색 위에 이루어져 있다. 그것들은 그렇게 '그냥' 있다.

그러나 이 복제품 그림 속에도, 이미, 내가 늘 놀라워하는 세잔느의 '그냥 있는' 세계의 내밀한 깊이가 있다. '그냥 있다'라는 이 주장 속에는 일차적으로 대상이 관념적인 해석에 의해 왜곡되어 있지 않다는 것을 의미한다.[12]

세잔의 그림 〈GROUPE D'ARBRES〉〈그림 2〉는 나무 몇 그루가 마치 숲을 이루는 것처럼 풍성하게 그려져 화면의 대부분을 차지하고, 그 사이로 멀리 있는 집 몇 채와 들의 풍경이 그려져 있다. 전경의 나무들은 빛의 각도와 이파리의 위치에 따라 반짝이는 느낌을 살리기 위해 부분적으로 밝은 녹색과 노란색을 칠해 놓고 있다.

오규원은 이 그림에서 세잔이 풍경을 어떻게 화폭에 배치하고 있는지를 상세하게 관찰하고 있다. 그는 그림에서 전경과 후경을 나누고 그 사이의 대상들을 어떻게 그리고 있는지, 그리고 그 각각의 대상들을 전체 화면으로 구성하는 과정에서 색깔을 어떻게 사용하는지에 주목하고 있다. 세잔이 세계의 '깊이'를 관념적으로 왜곡하지 않고 어떻게 구현하는지를 관찰하는 것이다. 그 결과 오규원은 세잔이 제재를 화면에 배치하면서 전체 공간을 구성하고 중간적인 색채를 사용하여 그것들을 같은 공간에 동시적으로 표현하고 있음에 주목한다.

---

12   위의 책, 157~158면.

「우주 2」는 이와 같은 세잔의 회화적 방법을 언어로써 구현하려는 시도인 셈이다. 오규원은 세잔이 공간적 동시성으로 드러낸 자연의 깊이를 '시간적 순차성'으로 표현하려고 시도한다. 「우주 2」에서 '밝은 쪽에서 어두운 쪽으로', '강에서 채전 방향으로'는 공간적인 이동만이 아니라 그 공간을 이동하는 만큼의 시간성을 포함하고 있다. 또한 '꽃에서 잎으로 비에 젖는다'는 것은 마치 꽃에 먼저 비가 떨어지고 그 후에 아래

〈그림 2〉〈작은 숲(GROUPE D'ARBRES)〉, 1887~1880.
(http://www.artshopkorea.co.kr/shop/shopdetail. html?branduid=8450)

쪽의 잎에 비가 떨어지는 것처럼 표현함으로써 시간적 차이를 나타내고 있다. 마지막 행의 "강의 물소리가 비의 줄기와 줄기 사이에 가득 찬다"에서 '비의 줄기와 줄기 사이'는 공간적이면서 동시에 시간적인 '사이'가 된다. 후기 시에서 자주 반복되는 '사이'는 풍경에 대한 관찰과 해석을 시공간적으로 집약한 언어적 결과물이다.[13]

---

13 이 시의 시간적 순차성에 대한 졸고, 「오규원의 시론 연구」, 『한국문학이론과 비평』 25, 2004 참고. '사이'가 시간적인 의미와 공간적인 의미를 동시에 가지는 것은 「양철지붕과 봄비」, 「강과 둑」, 「강과 나」, 「오늘과 아침」 등 많은 시들에서 드러나는 특징이다.

3. 다시점을 활용한 공간 구성과 사물들의 연계성

오규원은 자연의 깊이를 '속'이라고 표현하고, "그 '속'에서 위치를 잘 잡으면 '겉'의 것도 잘 보이는 이점이 있다"[14]라고 말하고 있다. 이때 '속에서 위치를 잡는' 것은 시점의 변화와 아울러 대상에 대한 해석의 태도까지를 집약하고 있다. '겉'을 보는 것이 현상을 보는 것이라면 '속'에 자리를 잡는 것은 현상 너머에 있는 대상의 구조를 본다는 것이고 나아가 주체의 일방적인 시선을 거두고 대상의 시선으로 옮겨간다는 것이다.[15]

대방동 조흥은행과 주택은행 사이에는 플라타너스가 쉰일곱 그루, 빌딩의 창문이 칠백열아홉, 여관이 넷, 여인숙이 둘, 햇빛에는 모두 반짝입니다.

대방동의 조흥은행과 주택은행 사이에는 양념통닭집이 다섯, 호프집이 넷, 왕족발집이 셋, 개소주집이 둘, 레스토랑이 셋, 카페가 넷, 자동판매기가 넷, 복권 판매소가 한 군데 있습니다. 마땅히 보신탕집이 둘 있습니다. 비가 오면 모두 비에 젖습니다. 산부인과가 둘, 치과가 셋, 이발소가 넷, 미장원이 여섯, 모두 선팅을 해 비가 와도 반짝입니다.

---

14   오규원, 앞의 책, 20면.

15   오규원 시의 시점에 관한 연구로는 김지선, 「오규원 시에 나타난 주체의식의 변모 양상 연구」, 『한국어문학연구』 50, 2008, 오연경, 「오규원 후기 시의 탈원근법적 주체와 시각의 형이상학」, 『한국시학연구』 38, 2013, 졸고, 앞의 글 등이 있다.

빨간 우체통이 둘, 학교 담장 밑에 버려진 자전거가 한 대, 동작구 소속 노란 소형 청소차가 둘, 영화 포스터가 불법으로 부착된 벽이 셋, 비디오 가게가 여섯, 골목에 숨어 잘 보이지 않는 전당포 안내 표지판과 장의사 하나, 보도블록 위에 방치된 하수도 공사용 대형 원통 시멘트관 쉰여섯이 눈을 뜨고 있습니다. 아, 그리고 ××↓↓↓표 가변 차선 표시등 하나도!

대방동 조흥은행과 주택은행 사이에는 한 줄에 아홉 개씩 마름모꼴로 놓인 보도블록이 구천오백네 개, 그 가운데 깨어진 것이 하나, 둘……
여섯…… 열다섯…… 스물아홉…… 마흔둘……

「대방동 조흥은행과 주택은행 사이」 전문 (7)

이 시는 시적인 공간을 '대방동 조흥은행과 주택은행 사이'로 고정시키고, 네 개의 연에 걸쳐 그곳의 풍경을 묘사하고 있다. 각각의 연은 관찰의 조건을 조금씩 달리하여 해당 공간에 있는 사물들을 표현하고 있다. 1연이 햇빛이 있는 맑은 날의 풍경이라면, 2연은 비가 올 때의 풍경이다. 또는 1연이 실제 관찰된 사실이라면, 2연은 과거의 경험을 바탕으로 한 주체의 해석이 결부된 진술일 수 있다.

이와는 별개로 관찰된 대상을 높이에 따라 나누면, 1연은 플라타너스 높이 정도에 있는 위쪽 풍경이고, 2, 3연으로 갈수록 점차 아래쪽 풍경으로 옮겨가다가 4연에서 지상의 풍경을 묘사한 것으로 볼 수도 있다. 대상에 초점을 맞춰서 보면 이것은 서로 다른 높이에 있는 대상을 각각 독립적으로 표현함으로써 전체 풍경을 그려내는 것이다.

여기서 강조되는 것은 전체 풍경을 공간으로 '구성'하는 것이다. 시에 나오는 숫자들은 풍경을 더욱 세밀하게 묘사하는 것처럼 여겨지지만, 사실상 수량을 병기한다고 해서 풍경이 보다 더 구체적으로 그려지는 것은 아니다. 숫자는 실제 수량이 아니라 공간을 점유하고 있는 각 대상들의 구성 비율 혹은 양감을 표현하는 것이다.

오규원 역시 이 시에서 주목할 것은 '사실들의 열거'가 아니라 '사실들의 사실성과 사실들의 허위성의 음영'이라고 말하고 있다.[16] '사실들의 사실성'이 열거된 실제 대상들이라면 '사실들의 허위성'은 취사선택된 대상들 간에 새롭게 구성되는 공간의 구조적 특징을 말한다. 각 연에서 그려지는 공간은 그것을 구성하는 사물의 비율에 따른 양감으로 구현되고, 각 연에 구현된 공간들이 모여서 '대방동 조흥은행과 주택은행 사이'의 전체적인 공간을 구성하고 있는 것이다.

한 사내가 윗도리를 벗어던지고
무거운 해머로 강물 속에
숨은 돌을 두들기고 있다 퍽 퍽
돌이 내는 소리인지 돌 밑에 숨은
강이 내는 소리인지 물이 흔들렸다
그러나 해는 여전히 사내의 어깨와
해머에 번갈아 옮겨다니며 올라앉았다
해머에 눌려 소리를 물 밑으로 내리면서도

16   오규원, 『날이미지와 시』, 문학과지성사, 2005, 24~25면.

강이 고기를 사내에게 건네주는 일은

드물고 사내의 허리쯤에 걸쳐져 있는

돌밭에서는 모닥불이 타고 있다

불 속에서 타는 나무 속의

물이 꺼멓게 하늘로 이어져 올라가며

들을 구불구불 자른다 들이

잘리면 하늘도 잘린다 그곳에서

자주 몸으로 강과 사내를

숨겼다 내놓았다 하는 한 여자의 목을

그 여자의 긴 머리채가 감아쥔다

그래도 여자의 엉덩이는 강물보다

높은 곳에 얹혀 있다

「물과 길 3」 전문 (7)

「대방동 조흥은행과 주택은행 사이」가 대상이 되는 공간을 평면상에 구성한 것이라면, 위의 시는 보이는 풍경을 원근감을 살려서 입체적으로 표현하고 있다. 물고기를 잡으려는 듯 강물 속의 돌을 내리치고 있는 사내가 있고, 그보다 조금 가까운 곳에 있는 돌밭에서는 모닥불이 타고 있다. 나무가 타며 나는 연기가 올라가면서 멀리 있는 들판과 하늘이 사내의 배경으로 들어온다. "사내의 허리쯤에 걸쳐져 있는 돌밭"은 돌밭이 사내보다 앞에 있음을 보여주고, "들을 구불구불 자른다 들이 잘리면 하늘도 잘린다"는 하늘과 들판이 연기보다 뒤에 있음을 보여 준다. 또한 "자주 몸으로 강과 사내를 숨겼다 내놓았다 하는 한 여자"라는 구절로 보아 여자가 강과 사내보다 근경에 있다는 것을 알 수 있다.

이것은 세잔이 3차원의 공간을 2차원의 평면으로 옮겨 표현한 방법과 유사한 특징을 가지고 있다. 세잔은 3차원의 입체감을 살리기 위해서 먼저 공간을 분석하고 그것을 기하학적으로 단순화된 새로운 형과 질서로 표현했다. 그는 자연을 공, 원뿔, 원통으로 처리하거나, 수평의 선을 이용해서 넓이를 그리고 거기에 수직의 선을 그음으로써 깊이를 표현하고자 했다.[17] 그가 표현하고자 한 것은 풍경을 구성하는 부분들 간의 구조이며 그것이 구성해 내는 공간의 깊이였던 것이다.

위의 시에서 대상이 되는 풍경은 수직과 수평선을 기본으로 하고 각각의 대상들이 배치되어 있다. 강물과 돌밭, 들판, 하늘이 수평의 선을 형성하고 나무와 연기가 수직의 선을 형성함으로써 전체의 구도를 잡는다. 그리고 사내와 여자의 움직임이 그 구도 속에 첨가되는 것이다. 그런데 사내와 여자는 세부적인 묘사는 생략되고 어깨와 허리, 목, 머리채와 같은 큰 덩어리들로만 구성된다. 그럼으로써 인물들은 해머나 모닥불, 돌밭, 연기와 같은 것들과 동일하게 공간을 구성하는 요소가 된다.[18]

---

17 "자연은 공, 원뿔, 원통으로 처리되어야 합니다. 원근관계에 놓여진 모든 것은 그것이 어떤 물체의 각 변이든, 혹은 어떤 평면의 각 변이든 간에 중심점을 향해 모여야 합니다. 지평선에 평행하는 모든 선은 넓이를 줍니다. 즉 자연의 단면, 다시 말하자면 만능의 아버지이신 영원한 주께서 우리의 눈앞에 펼쳐 놓은 광경의 단면을 주는 것입니다. 또 이 지평선에 수직하는 모든 선은 깊이를 줍니다." 에밀 베르나르, 앞의 책, 94면.

높은 곳으로 올라간 길은 흔히

작은 집을 만난다 그 집은

나뭇가지 끝에서도 발견된다

그 집은 수액을 받기까지는 오랜

시간이 걸린다 그런 집에 눌려

부러지거나 꺾인 가지도 있다

「집과 길」 부분 (7)

이 시 역시 대상의 3차원의 원근감을 2차원의 평면으로 표현하고
있다. 그러나 「대방동 조흥은행과 주택은행 사이」와 「물과 길 3」이
단일한 주체의 시점에서 그려지고 있는 데 비해 위의 시는 주체의 시
점이 어긋나 있다.

"높은 곳으로 올라간 길은 흔히 / 작은 집을 만난다 그 집은 / 나뭇
가지 끝에서도 발견된다"라는 구절을 실제 풍경이라고 가정해 보면,
길은 근경에서 원경까지 펼쳐져 있고 그 중간에 나무와 집이 있는 풍
경을 상상해 볼 수 있다. 그것을 평면 위에 나타내기 위해서는, 멀리
까지 펼쳐진 길은 화면의 '높은 곳'으로 올라가도록 그리고, 길 끝에
있는 집은 그 위에 위치하도록 그린다. 이러한 방식은 전통적인 원근
법인 투시도법을 이용한 것으로서, 풍경을 그릴 때 가까운 것은 아래

---

18   이는 세잔의 인물화에 그려진 인물의 특징과도 유사하다. 그의 회화에서 인
     물이나 정물, 풍경은 "그것이 인물이나 정물이나 풍경이기 전에 하나의 의도
     된 공간, 구성의 의지에 의해 구축된 공간"(오광수, 『서양근대회화사』, 일지사,
     1984, 26면)으로서 의미를 갖는다.

로, 먼 것은 위쪽으로 그리는 형식에 의해 공간감과 거리감을 표현[19]한 것이다. 이에 따르면 '집이 나뭇가지 끝에서 발견된다'는 것은 집이 나무보다 높은 쪽에 그려져 있는 것이므로 집이 나무보다 먼 거리에 있는 것이다. "그 집은 수액을 받기까지는 오랜 / 시간이 걸린다"는 집과 나무가 실제 공간상으로 멀리 떨어져 있다는 것을 표현한 것으로 볼 수 있다.

그런데 "그런 집에 눌려 / 부러지거나 꺾인 가지도 있다"에서, 집에 눌려 가지가 부러지거나 꺾였다는 것은 집이 나무를 가리고 있어서 나뭇가지의 일부분이 그려지지 못했다는 것을 말한다. 투시도법상 이 진술이 가능하려면 집이 나무보다 가까운 곳에 있어야 한다. 만약 집이 나무보다 멀리 있다면, 집 때문에 나뭇가지가 안 보이는 것이 아니라 반대로 나뭇가지에 가려서 집의 일부분이 잘리는 모양으로 그려져야 하기 때문이다. 따라서 "그 집은 나뭇가지 끝에서도 발견된다"와 "그런 집에 눌려 / 부러지거나 꺾인 가지도 있다"는 대상을 바라보는 시점이 서로 다르다는 것을 알 수 있다.

서로 다른 시점이 나타나는 이러한 방식은 세잔의 정물화에 나타나는 시점의 불일치를 연상시킨다. 예를 들어 세잔의 〈체리와 복숭아〉[그림 3]에서 체리가 있는 접시는 거의 원형으로 그려져 있는데, 이런 모양이 가능하려면 시점은 접시의 위쪽에 있어야 한다. 그러나 나란히 놓여 있는 복숭아 접시는 그보다는 타원형에 가까운 원형으로 그려져 있어서 시점이 버찌 접시의 그것보다는 아래쪽에 위치해 있

---

19   변재인, 앞의 글, 59면.

〈그림 3〉〈체리와 복숭아(Cherries and Peaches)〉, 1883~1887.
캔버스에 유화, 50×61cm 벤투리 498: 로스앤젤레스 카운티 미술관
(울리케 베크스 말로르니, 박미연 역,『폴 세잔』, 마로니에북스, 2007, 56면에서 재인용)

다. 옆에 있는 항아리는 측면의 시점에서 그려져 있지만, 그것에 기
준하면 항아리의 주둥이 모양은 지나치게 벌어져 있다. 각각 다른 모
양의 원형들은 사실상 시점이 모두 다른 것이다.[20]

---

20 세잔의 회화에 드러나는 다중 시점은 세잔 연구에서 빠지지 않는 주제이다.
메를로-퐁티 역시 세잔의 회화에 타나나는 시점의 불일치에 주목하고, 그것을
"리얼리티에 이르는 방법을 포기한 채 리얼리티를 추구하는 것"이라고 설명하
고 있다. 메를로-퐁티, 오병남 역,「세잔느의 회의」,『현상학과 예술』, 서광사,
1983, 185~213면 참고.

세잔은 다시점을 이용해서 원근법적인 시선에 상관없는 사물 자체의 객관적인 이미지, 즉 감상자나 화가의 시선과는 무관한, 사물끼리의 조화를 그려 내고자 했다.[21] 세잔이 시점이 다른 사물들을 같은 화면에 배치함으로써 사물끼리의 조화를 표현했듯이, 오규원은 하나의 시 안에서 시점을 달리하여 대상을 묘사함으로써 입체감을 부여하고 사물들의 연계성을 살려 낸다.

4. '긍정적 부정 공간'과 '허공'의 양감

오규원이 후기 시에서 일관되게 구현하고자 했던 것은 주체를 포함한 대상들의 내적 연관성과 그것으로 구성된 세계의 구조였다. 그는 「안락의자와 시」에서 대상들의 이면에 있는 내적 연관성을 추적해가는 철학적 사유를 보여준 바 있다.[22] 자연의 풍경을 묘사하는 시들은 그러한 사유를 실제 대상을 통해 구체화한 것이다.

오후 2시 나비가 한 마리

저공으로 날았다 나비가 울타리를

넘기 전에 새가 한 마리

급히 솟아올랐다 하강하고 잠자리가

---

21 윤대선, 「메를로-퐁티의 현상학적 신체주의와 세잔의 예술세계」, 『미학』 56, 2008, 31~32면 참고.

22 졸고, 「오규원 후기 시와 시론의 현상학적 특징 연구」, 152~155면 참고.

네 마리 동서를 천천히

가로질러 갔다 동쪽의 자작나무와 서쪽의

아카시아나무 사이의 이 칠십 평의

우주는 잠시 잔디만 부풀었다

다시 남동쪽 잔디 위로 메뚜기

한 마리가 펄쩍 뛰고

햇빛은 전방위로 쏟아졌다 그리고 적막이

찾아왔다가 토끼풀 위로 기는

개미 한 마리와 함께 사라졌다

잠자리 두 마리가 교미하며 날았다

「뜰의 호흡」 부분 (7)

이 시는 나비와 새, 잠자리, 메뚜기 등 다양한 생명체가 출몰하는 뜰의 풍경을 소재로 하고 있다. 각각의 생명체들은 뜰이라는 공간을 나누어 차지하고 있다가 사라진다. 나비가 울타리를 넘어가는 것과 새가 솟아오르는 것은 서로를 간섭하지 않고, 잠자리가 나는 것과 개미가 이동하는 것 역시 마찬가지다. 이것들은 각각 공간을 수직과 수평으로 분할하며 뜰의 풍경을 구성하고 있다. 나비와 새의 움직임이 수직의 선을 그린다면, 동서를 가로지르는 잠자리는 수평의 선을 그리고 그 선이 '잔디'라는 넓이로 연결된다. 수직의 선은 자작나무와 아카시아나무의 높이로 연결되고, 시의 뒷부분에서 '웃자란 잔디의 끝'을 솟아오르게 한다. 평화롭게 각각의 공간을 차지하고 있는 생명들은 자신의 자리를 벗어나지 않으면서도 긴밀하게 연결되어 뜰의 풍경을 구성하고 있는 것이다.

그런데 시의 내용에는 '뜰'에 대한 설명이 따로 있지 않다. 그럼에
도 불구하고 뜰은 이 생명체들이 나타났다가 사라지는 배경으로서
'있다'. 시 속의 모든 움직임은 뜰에서 이루어지는 것으로서 '뜰'이라
는 배경이 주어질 때 비로소 전체 풍경을 완성한다.[23] 이것은 마치
'뜰의 호흡'이라는 제목을 가진 그림을 보는 것과 유사하다. 대상들
의 움직임은 여백을 배경으로 해서만 성립될 수 있는 것이다.

담쟁이덩굴이 가벼운 공기에 업혀 허공에서
허공으로 이동하고 있다

새가 푸른 하늘에 눌려 납작하게 날고 있다

들찔레가 길 밖에서 하얀 꽃을 버리며
빈자리를 만들고

사방에 몸을 비워놓은 마른 길에
하늘이 내려와 누런 돌멩이 위에 얹힌다
길 한켠 모래가 바위를 들어올려

---

23 "나무가 있으면 허공은 나무가 됩니다/ 나무에 새가 와 앉으면 허공은 새가 앉
    은 나무가 됩니다/ 새가 날아가면 새가 앉았던 가지만 흔들리는 나무가 됩니
    다/ 새가 혼자 날면 허공은 새가 됩니다 새의 속도가 됩니다."「허공과 구멍」에
    서 '허공' 역시 '뜰'과 유사하게 제재의 배경으로서 늘 있으면서 전체 풍경을 구
    성한다.

자기 몸 위에 놓아두고 있다

「하늘과 돌멩이」 전문 (8)

「뜰의 호흡」에서 잠재적인 공간으로 처리되었던 배경은 위의 시에
서는 다른 대상들과 마찬가지로 공간을 구성하는 동등한 요소로 표
현되어 있다. 배경인 '허공'과 '하늘'은 제재인 담쟁이덩굴이나 들찔
레와 동일한 양감을 가진 것으로 표현된다. 담쟁이덩굴은 허공에서
허공으로 이동하고, 새는 하늘에 눌려 날고, 지어가는 들찔레는 빈자
리를 만든다. 하늘은 돌멩이의 배경이 아니라 돌멩이에 내려와 앉는
다.[24] 지금까지 배경이었던 것이 대상인 제재들과 동등하게 공간을
구성하는 중요한 요소로서 기능하는 것이다.

이것은 회화에서의 제재와 배경의 관계로 설명할 수 있다. 일반적
으로 회화에서는 주제물인 제재는 긍정적 공간, 배경은 부정적 공간
으로 설명된다. 세잔 이전의 정물화에서는 주제물인 제재만을 강조
하고 주변은 배경으로 처리하는 것이 일반적이었다. 그러나 세잔은
정물화에서 사과나 오렌지 같은 제재만이 아니라 그것이 놓여 있는
식탁보의 주름까지를 화면에 중요하게 배치하여 대상의 양적인 구
조를 표현하고자 했다. 〈사과와 오렌지〉[그림 4]가 대표적인 예이다.[25]

24　"온몸을 뜰의 허공에 아무렇게나 구겨 넣고 / 한 사내가 하늘의 침묵을 이마에
얹고 서 있다 / 침묵은 아무 곳에나 잘 얹힌다 / 침묵은 돌에도 잘 스민다"(「하
늘과 침묵」). 역시 이와 유사한 표현이다.

25　"그(세잔―인용자)는 식탁보의 주름을 아주 정확하게 재현해냈는데, 그림이
끝날 때까지 빳빳함이 유지될 수 있도록 식탁보를 미리 물이나 횟물에 담가 놓
았기 때문이다. (…중략…) 세잔느는 한 작품 속에서 대상의 양적인 구조를 표

〈그림 4〉〈사과와 오렌지(Apples and Oranges)〉, 1895~1900.
캔버스에 유화, 74×93cm; 오르세 미술관, 파리.
(질 플라지, 김용민 역, 『Cezanne』, 열화당, 105면에서 재인용)

배경이 주변시각으로서 화면에 도입됨으로써 화면은 새롭게 재구축
된다. 스티븐 컨은 이와 같은 경우를 배경이 제재와 마찬가지로 중요
성을 가진다는 의미에서 '긍정적 부정 공간'이라고 설명하고 있다.[26]
오규원의 다음 시는 세잔의 정물화와 매우 흡사한 특징을 보여준다.

   붉고 연하게 잘 익은 감 셋

   현하기 위해 여러 관점을 제시하고 있다." 질 플라지, 김용민 역, 『Cezanne』, 열
   화당, 1994, 105면.
26   스티븐 컨, 박성관 역, 『시간과 공간의 문화사』, 휴머니스트, 2004, 381면.

먼저 접시 위에 무사히 놓이고

그 다음 둥근 접시가

테이블 위에 온전하게 놓이고

그러나 접시 위의

잘 익은 감과 감 사이에는

어느 새 '사이'가 놓이고

감 곁에서 말랑말랑해지는

시월 오후는

접시에 담기지 않고

그냥 밖에 놓이고

「접시와 오후」 전문 (9)

이 시는 테이블 위에 감 세 개가 놓인 접시가 있는 제재를 그린 정물화를 연상시킨다. 오규원은 마치 회화를 위한 제재가 세팅되는 장면을 보고 있는 것처럼 대상을 묘사하고 있다. 각 행은 대상을 그림으로 표현할 수 있을 만큼 회화적인 감각을 염두에 두고 있다. '붉고 연하게 잘 익은'은 감의 색감과 채도를 촉지적 시각으로써 재현하고, 둥근 접시가 온전하게 놓인 모양은 감이 놓인 접시의 모양과 테이블에서의 배치를 결정한다. 이는 그림의 제재에 해당하는 감과 접시, 테이블을 화면에 어떻게 배치할 것인가를 설명하는 부분이다.

그림이라고 가정해본다면, 5행 이하에서 묘사되는 것들은 사실상 배경이다. '감과 감 사이'는 비어 있는 공간이고, '시월 오후'는 테이블 바깥에 표현된 배경이거나 혹은 그림에서 유추할 수 있는 시간적 배경이다. 시에서 '사이'는 감과 감 사이에 놓여진 제재로서의 배경이다. 오규원은 "'사이'가 놓이고"라고 표현함으로써 그것이 단순히 배경이 아니라 양감을 가진 공간임을 강조하고 있다. '시월 오후' 또한 감의 말랑말랑한 질감을 강화하는 의미 있는 배경으로 기능한다. '시월 오후'라는 시간에 비추어 감이 얼마나 익었는지를 짐작할 수 있고, 거꾸로 잘 익은 감으로 인해서 시월 오후의 늦가을 풍경이 한층 더 강조될 수도 있다. 이는 세잔의 정물화에서 커튼이나 식탁보가 차지하는 역할과 유사한 기능을 하는 '긍정적 부정 공간'인 것이다.

오규원의 후기 시의 중요한 소재인 '허공'은 '긍정적 부정 공간'을 언어로써 본격적으로 구현한 것이다. 그는 '허공'을 '있음'과 동등한 것으로 표현하는 것에서 더 나아가 '있음'을 포함하고 있는 '깊이'로 표현한다. '허공'은 사물의 평면적인 배경이 아니라 그 속에 사물을 집어넣거나 품고 있는 입체감을 가진 것으로 해석된다"나무들은 모두 눈을 뚫고 서서 / 잎 하나 없는 가지를 가지의 허공과 / 허공의 가지 사이에 집어넣고 있습니다", 「새와 나무」.

투명한 햇살 창창 떨어지는 봄날

새 한 마리 햇살에 찔리며 붉나무에 앉아 있더니

허공을 힘차게 위로 위로 솟구치더니

하늘을 열고 들어가

뚫고 들어가

그곳에서

파랗게 하늘이 되었습니다

오늘 생긴

하늘의 또 다른 두께가 되었습니다

「하늘과 두께」 전문 (9)

위의 시에서 허공은 새와 붉나무의 배경이다가 새가 들어갈 수 있는 부피를 가진 공간이 된다. '허공'이 사물과 하늘까지의 비어 있는 공간이라면, '하늘'은 그 공간의 상층 끝에 해당하는 파란 공간이라고 할 수 있을 것이다. 그러나 사실 '하늘'과 '허공'은 경계가 없는, 구별되지 않는 공간으로서 무한으로 펼쳐져 있다. '하늘을 열고 뚫고 들어간다'는 그 무한 공간의 일부분을 특정하고 질감과 부피를 더함으로써 배경을 제재와 동등한 차원으로 끌어올린다.

중요한 것은 새가 허공을 열고 들어간 뒤에 '파랗게 하늘이 된다'는 것이다. 새가 하늘이 되었지만, 하늘은 더 파래지는 것이 아니라 두터워진다. 허공의 한 귀퉁이인 하늘은 그대로 파랗고, 다만 또 다른 '두께'가 생긴다. '허공'은 다른 사물들과 동등하게 '있음'으로 존재할 뿐만 아니라 사물들이 있었던 흔적을 품음으로써 한층 더 두터워진다. 그러나 이 때 '두께'는 덧칠되면서도 색감이 더 진해지지는 않는 투명한 덧칠과도 같다.

이것은 세잔의 후기 풍경화에서 하늘이 부분 부분들이 서로 겹쳐 있는 빈 공간들로 표현되는 것과 유사하다. 세잔의 후기 수채화에 나타나는 공간은 투명한 표면들이 중첩되면서 만들어진다. 예컨대 〈레로브에서 바라본 생트 빅투아르 산〉〈그림 5〉에서 대상의 윤곽선이 사라지고 면들의 중첩으로 표현된 공간들은 반짝이며 유동하는 것처럼 보인다. 공간은 그것이 포함하고 있는 대상 중 어느 것과도 관계

〈그림 5〉〈레 로브에서 바라본 생트 빅투아르 산(Mont Saint-Victoire, Seen from Les Lauves)〉, 1902~1906.
수채화, 48×31cm; 필라델피아 미술관.
(울리케 베크스 말로르니, 박미연 역, 『폴 세잔』, 마로니에북스, 2007, 66면에서 재인용)

하지 않으면서도[27] 대상들과 동등한 가치를 지니며 함께 어우러져 주제를 구성한다.[28] 이것은 오규원의 시에서 '허공'이 품고 있는 대상들 어느 것과도 관계하지 않으면서 그것들의 흔적으로 두터워지며 양감을 부여받은 것으로 표현되는 것과 흡사하다. 세잔이 빈 공간을 겹쳐 그림으로써 대상의 양감을 표현하려 했다면, 오규원은 거꾸로 허공에 숨겨져 있는 사물의 흔적들을 읽어냄으로써 '비어 있음'을 '있음'과 동등한 것으로 구현하고 있는 것이다.

세잔이 3차원의 입체감을 2차원의 평면에 재현하고자 했다면, 오규원은 언어를 사용하여 2차원의 평면에 고정되는 것들에 양감을 불어넣어 3차원적 입체성을 살려

27 메를로-퐁티는 「눈과 마음」에서, 세잔의 후기 수채화에 나타나는 공간이 '어디'라고 정해질 수 없는 면들을 중심으로 해서 사방으로 퍼져 나온다고 설명한다. 그는 세잔의 후기 수채화를 설명하면서, "회화는 오직 '아무 것도 아닌 것의 광경'이 됨으로써 무엇의 광경이 되고 있는 셈이며, 사물들이 어떻게 사물들로 되며 세계가 어떻게 세계로 되는가를 밝히기 위해서 '사물들의 껍질'을 벗겨냄으로써 무엇의 광경이 되고 있는 셈이다"라고 말하고 있다. 메를로-퐁티, 오병남 편역, 「눈과 마음」, 『현상학과 예술』, 325면. 퐁티가 말하는 '아무 것도 아닌 것의 광경'은 오규원의 '허공'의 속성과도 비슷하다.

28 스티븐 컨, 앞의 책, 402면.

내고자 했다. 방향은 정반대이지만, 두 사람은 세계의 내적 연관성을 드러내고 그 '깊이'를 구현하고자 했다는 공통점을 가지고 있다.

창작 방법으로서의 이미지 시론

9

1. 제작으로서의 시

한국 근대시사에서 시의 이론에 대한 관심을 처음 보여 주었던 시인은 김억이고, 황석우, 주요한, 유춘섭 등이 비슷한 시기에 시에 대한 생각들을 단편적으로 발표했다. 그 후에도 시인들이 창작과 관련된 짤막한 단상을 발표하는 일은 종종 있었지만, 이러한 생각들이 체계를 갖춘 본격적인 시론으로 나타나게 되는 것은 1930년대부터라고 해야 할 것이다. 박용철, 김기림, 임화 간에 벌어진 기교주의 논쟁은 시에 대한 이론적인 입장의 차이를 선명하게 보여 준 시사적 사건이었다. 그 중에서도 특히 김기림은 문학이론에 대한 전반적인 정리와 함께, 모더니즘 시론의 이론적인 기틀을 마련했다. 전후의 김수영, 조향, 김광림, 문덕수, 김춘수, 김규동, 문덕수, 송욱 역시 시와 시론을 병행했던 시인들이다. 공통적인 것은 이들이 대부분 모더니즘적 경향을 보이는 시인들이라는 점이다. 그것은 시를 제작의 산물로 보는 시론적인 특징에 연유한다. 시를 제작이라고 본다면 구체적인 제작의 방법론을 생각하지 않을 수 없기 때문이다.

시론사적으로 볼 때 오규원의 시론은 일제 강점기부터 전개되어 온 모더니즘 시론의 연장선상에 놓여 있다. 그의 시론은 기본적으로 유희적인 입장에서 출발한다. 시가 인간의 삶이나 사회 현실과 같은 외적인 요소에 봉사하는 것이 아니라 만족을 주는 것이라는 칸트적인 의미의 무목적성을 중시하는 것이다.[1] 이에 바탕한 그의 시론은

---

1   오규원, 「Hand Play 論」(1970), 『현실과 극기』, 문학과지성사, 1976, 22면.

크게 3기로 나누어지는데, 각각의 단계는 시론집 『현실과 극기』[1976], 『언어와 삶』[1983], 『가슴이 붉은 딱새』[1996]는 각각 오규원 초기, 중기, 후기의 시적인 특징을 대변한다. 『현실과 극기』에서 그는 현실이나 삶의 문제를 배제하고 대상에 대한 즉물적인 묘사를 강조하고 있다. 이는 당시 시단의 추상화 경향을 극복하는 대안으로 선택된 것이다. 이 과정에서 그는 언어가 가지고 있는 인식의 측면을 주목하게 된다. 『언어와 삶』은 대상을 새롭게 인식하는 해석의 측면에 집중되어 있다. 시인은 주어진 세계를 재해석하려는 욕구를 지니기 마련이고, 그 방법은 언어를 통한 것이다. 그러나 주체의 인식을 강조하는 이 같은 입장은 대상을 다시 한번 관념화시키는 결과를 낳을 수도 있다. 대상에 덧씌워진 기존의 관념을 탈피하는 방법으로 또 다른 관념을 찾는 것이다. 『가슴이 붉은 딱새』는 이러한 딜레마를 어떻게 극복할 것인가에 대한 해결책을 제시하는 것이다. 그는 방법론까지를 버리고 관념 대신 실재의 현상을 제시하는 방식을 택한다. 그의 '날이미지'는 현상과 현상의 생성 과정까지를 포함하는 입체적인 이미지 시론으로서, 현상의 드러냄과 해석의 욕망이라는 이중적인 과제를 통합한 형태이다.

그의 시론에서 동일한 시인의 작품에 대해 서로 다른 평가가 내려지는 것은, 이러한 시론의 변화에 기인한 것이다. 그는 『현실과 극기』에서 김수영의 시가 자신의 시적 출발점과는 정반대에 있는, 구체적인 경험에 바탕을 둔 진실성을 가진 시라고 평가한다.[2] 그러나 『언어

---

2   "그의 시도, 그의 산문도, 어느 것이나 구체적인 자신의 경험 위에서 출발한다. 그러므로 그것이 설사 '시시한' 경험이라도 그의 신념에 닿아 있어, 개인의 사

와 삶』에서 오규원이 주목하고 있는 것은, 김수영 시의 현실과의 관련성이 아니라 언어를 사용하는 방식이다. 김수영의 시는 명확히 드러내기 위한 진술이 아니라 '관념을 밑으로 깔고 읽는 사람이 찾아내도록' 고도로 조작된 언어로 이루어져 있다. 오규원은 여기서 김수영 시의 진실성이 삶의 진실성에서 오는 것이 아니라 방법론에서 온 것이라고 설명하고 있다.[3] 그러나 『가슴이 붉은 딱새』에서 김수영의 시는 이미지론을 설명하는 하나의 예이다. 그는 김수영의 「눈」에서 '때 묻지 않는 백색의 정신의 상징물',[4] 장식적 요인을 모두 제거한 현상의 세계를 보고 있다. 이러한 해석의 차이는 오규원의 시론적인 입장의 변화를 반영하고 있는 것이다.

이처럼 오규원의 시론은 대상에 대한 즉물적 묘사에서 대상을 새롭게 해석하는 인식론적인 방법을 모색하는 것으로 변화하고, 다음 단계에서는 그 방법론까지를 부정하고 현상을 드러내는 방향으로 전개되고 있다.

소한 경험 그것이 결코 우리가 말하고자하는 정치, 경제, 사회, 문화, 모든 분야와 결코 분리되어 있는 게 아니라, 분리되어 있기는커녕 그 모든 것의 가장 민감한 구체화(具象體)임을 시로 강조한다." 오규원, 「한 시인과의 만남」(1976), 『현실과 극기』, 15면.

3   "김수영의 진술은 그 솔직성에도 불구하고 소피스트의 어투를 깔고 있다. 뿐만 아니라 그의 진술은 명확히 드러내기 위한 진술이 아니라 관념을 밑으로 깔고 읽는 사람이 찾아내도록 되어 있다. 그가 소피스트의 어투를 사용하는 것은 진술이 시적 긴장 속에 있도록 하기 위한 방법적 장치이다." 오규원, 「여섯 개의 관점 또는 시점」(1980), 『언어와 삶』, 문학과지성사, 1983, 111면.

4   오규원, 『가슴이 붉은 딱새』, 문학동네, 1996, 64면.

2. 대상의 즉물적 묘사 『현실과 극기』

오규원의 『현실과 극기』는 추상에 대한 구상의 의지로 요약될 수 있다. 이는 1960년대 시의 추상화 경향에 대한 비판에서부터 비롯된다. 그는 1960년대 시인들의 내면화 경향이 한국시의 영역을 확대했다는 의의가 있는 것은 사실이지만, 한편으로 시를 추상화시킴으로써 또 다른 문제점을 야기했다고 지적한다. 1960년대 시인들은 사물을 이미지화함으로써 자연을 주된 소재로 했던 전통적인 한국시의 영역을 확대했고, 내면공간을 객관화함으로써 시를 자연발생적인 주관적 감정의 표현으로 보는 자연발생적인 시관에서 한 단계 진전된 양상을 보인다. 그러나 내면공간을 확대하게 되면서 시인 개인과 외부 사이에 위화감이 조성되고 개인의 내면으로만 안착하는 소극적인 경향을 보이는 것이 사실이다.[5] 또한 그들의 시에 나타나는 내면세계는 한 개인의 특수한 심리나 정서를 반영하는 것이 아니라 익명성으로 존재함으로써, 외부 세계에 맞서는 고유한 개인의 내면을 보여주는 것이 아니라 역으로 현대 문명사회의 비인간화 경향을 닮아가게 된다. 오규원은 이를 '관념과 추상에 의해 공제되는 자기 삶의 결손'[6]이라고 표현하고 있다. 그는 이같은 추상화 경향을 극복하는 방법으로 구상화를 지향하고 있다.

이는 오규원 자신의 시에도 중요한 영향을 미치고 있다. 첫 시집 『분명한 사건』에서 그는 '대상을 투명하게 파악'하려고 노력했고, "대

---

5   오규원, 「형식과 자유」(1972), 『현실과 극기』, 35면.
6   오규원, 「이상과 퀼르의 대화」(1976), 『현실과 극기』, 55면.

상이 되는 불투명한 관념이나 심상을 구체적인 사물로 치환시키거나 또는 의인화, 의물화시켜 그 추상성을 구상성으로 바꾸어놓"[7]으려고 시도하고 있다.

　　언어는 추억에
　　걸려 있는
　　18세기형의 모자다.
　　늘 방황하는 기사
　　아이반호의
　　꿈 많은 말발굽쇠다.

「현상 실험」 부분 (1)

　　안경 밖으로 뿌리를 죽죽 뻗어나간
　　나무들이
　　서산에서
　　한쪽 다리를 헛짚고 넘어진 노을 속에
　　허둥거리고 있다.
　　키가 큰 산오리나무의 귀가
　　불타고 있다.

「분명한 사건」 부분 (1)

7　오규원·이창기 대담, 「'날이미지'로 시를 살아가는, 한 시인의 현상적 의미의 재발견」, 『동서문학』, 1995, 246면.

'언어'는 모자나 말발굽쇠와 같은 구체적인 사물로 치환되고, 노을 지는 풍경은 의인법을 빌려서 나무들이 다리를 헛짚고 허둥대는 것으로 표현되고 있다. 그럼으로써 추상화된 관념들은 구체적인 형상으로 나타나게 되는 것이다. 그러나 이러한 비유는 추상적인 관념을 시각적인 것으로 대체하는데는 성공했을지 모르지만, 결국 다른 관념을 불러온다는 한계를 지니고 있다. '언어'를 대신하는 '18세기형의 모자'나 '아이반호의 말발굽쇠'는 또다른 설명을 필요로 하는 것이다. 언어가 투명해지기 위해서는 설명을 필요로 하는 관념을 완전히 제거해야만 한다.

이런 맥락에서 볼 때, 구상화가 가장 잘 이루어진 예는 사물시이다. 그것은 하나의 관념을 다른 관념으로 대체하는 은유적 사고의 틀을 배제하고 사상事象을 그대로 배치한다. 오규원은 사물시의 이러한 방식이 구상화의 대표적인 예이며, 이러한 과정을 통해 시의 추상화 경향을 극복할 수 있다고 본다. 그 예로 『해』에서 이상의 세계를 향한 소박한 희구를 보여주었던 박두진의 시는 『오도午禱』, 『거미와 성좌』에서는 믿음과 의지의 시로 변화하는데, 이 때 시는 개인의 체험 공간을 벗어나 이념으로서의 관념의 영역에 놓인 것이었다.[8] 이는 이데아를 지향하는 종교적 이상주의로서 추상화 경향이 짙은 것이다. 그러나 이러한 박두진의 시세계는 『사도행전』과 『수석열전』에 와서 관념의 한계를 벗고 담담한 묘사와 서정을 회복하게 되는데, 그 계기는 사물의 발견에 있다.

인고의 순간을 견디고 고고하게 직립한, 단일화된 인간人體과 단일화된 사물*石의 발견은 그의 초극의지를 깊이 자극하고, 그리고 대부분의 작품에 간결한 행구분과 사물의 순수한 모습을 볼 수 있도록 한다.[9]

  '수석'이라는 구체적인 사물을 발견하게 되면서 박두진의 시는 개별적이고 구상적인 사물과 인간을 발견하고 있다. 그 결과 『수석열전』은 박두진의 의지적이고 관념적인 특징과 사물이 가지고 있는 구상성이 결합된 이상적인 형태를 갖추고 있는 것이다.

  그는 이러한 박두진의 시적 특징을 김현승과 박목월의 시와 대비하여 설명한다. 김현승의 시에서 '고독'은 실생활에서 오는 외로움과 쓸쓸함이 아니라 신 앞에 있는 인간 본연의 실존적인 상황이며 절대적인 것이다. 즉 추상화된 관념의 대표적인 예인 것이다. 그러나 김현승은 소재상으로는 비시적인 고독을 미적으로 잘 승화시킴으로써 관념으로 이루어진 시가 가지는 위험성에서 벗어나고 있다. 박목월은 이와 정반대로 내용을 보다 시적으로 수용할 수 있는 방법에 중점을 둔다. 그의 시에 나타나는 선명한 이미지는 표현하고자 하는 사상 事象을 가장 정확히 추출해내기 위한 방법적인 것이다. 박두진의 『수석열전』은 그러한 정반대의 생각을 한꺼번에 수용하려고 한 것으로 평가된다.

  그럼에도 불구하고 대상을 투명하게 묘사하려는 노력은 번번이

---

8   오규원은 박두진의 이러한 변화의 원인을 시대적인 환경과 연결시켜 설명하고 있다. 『해』에서 지향하는 순수한 이상의 세계가 시대 현실에 부딪치면서 좌절을 겪은 후, 그것을 극복하는 방법으로 의지의 시로 변모한다는 것이다.

9   오규원, 「선비의식과 초극의지」(1974), 『현실과 극기』, 132~133면.

한계에 부딪치는데, 이는 언어가 대상을 묘사하는 기계적인 도구에 그치는 것이 아니라 인식의 측면을 가지고 있기 때문이다. 언어에는 인식해석의 기능과 표현의 기능이 있다. 대상에 대한 앎인식은 언어를 통한 앎이고, 그 앎을 구체화하는 것표현 역시 언어이다.

이에 비추어 볼 때 사물의 즉물적인 묘사는 언어의 양면 중 표현의 기능에 충실한 반면 인식의 측면은 간과하고 있다. 만약 언어가 사물을 그대로 베껴내는 것이라고 한다면, 언어는 대상을 찍어내는 사진기와 다르지 않으며 시인 역시 사진기를 동작시키는 기계 조작자에 지나지 않는다. 그러나 언어는 그 자체가 인식의 기능을 가진 것이고, 시인 또한 해석의 욕망을 지닌 존재이다. 따라서 대상을 기계적으로 묘사하는 것 이상의 시를 꿈꾸는 것은 당연한 것이다.

3. 대상에 대한 인식의 중요성 『언어와 삶』

시가 사실을 베끼는 것이 아니라 주어진 대상에 숨겨져 있는 본질을 읽어 내고 그것을 언어로 드러 내는 것이라면, 주어진 대상의 본질을 읽어 내는 주체의 역할이 강조될 수밖에 없다. "모든 인간이 던지는 종국적인 질문은 '나'라는 존재로 향하게 되어 있다. '나'가 곧 세계이며 그 세계의 시작과 끝인 탓이다. '나'가 부재하는 세계란 인간과 관계를 맺고 있지 않는 시간과 공간이다. 그 시간과 공간을 향해 질문을 던지는 시인은 없다. 한 시인이 세계를 투명하게 인식하고자 한다면 그것은 곧 '나'의 존재를 올바르게 파악하고자 하는 노력이다. 세계란 '나'의 형식이며 본질이며 허상이며 실상이어서 '나'를 가장 잘 비추는 거울인 탓이다."[10]라는 대목은 이런 맥락에서 이해될 수 있다. 그러나 그것이 주체의 일방적인 우위를 선언하는 것은 아니다. 다음 글은 오규원이 생각하는 시가 어떤 것인지를 잘 보여 준다.

모네의 〈수련〉은 대상이 색채 속에 녹아버린다. 조르쥬 쇠라의 색채 분할은 화면을 모자이크처럼 단순화시킨다. 고갱의 그림은 원주민화되어 있다. 그런데 고호의 붓놀림은 대상과 대상의 내부에 숨어서 좀처럼 그 모습을 드러내지 않는, 대상을 이 세계에 있게 하는 그 무엇을 대상과 함께 언어화한다.

그러므로 그의 붓놀림과 함께 있는 색채는 색채가 아니라 바로 언어이다. 대상을 화면에 고정시키거나 유착시켜 놓은 그림이 아니라, 오히려 우리 눈에 그 움직임을 좀처럼 보여주지 않고 있는 대상을, 붓놀림을 통해 어떻게 살아 있고 나아가고 있는가를 보여주는 한 편의 시이다. (…중략…)

어떠한 대상을 묘사하거나간에, 결코 잠이 든 사물을 발견할 수 없는 세계, 어떠한 풍경의 어떠한 사물들도 꿈꾸며 불타고 있는 세계 — 이 그림을 자세히 보라. 밀밭의 밀은 쭉쭉 몸을 뻗으며 움직이고 있고, 길은 달리고, 농부의 다리는 힘차며, 지붕은 숨을 쉬고, 말은 모가지를 힘차게 내뻗고 있다. 호흡하는 색채와 선, 이 살아 있는 언어의 세계가 그의 세계이다.[11]

---

10   오규원, 「시인은 '이미지의 의식'이다」, 『문예중앙』, 2000.
11   오규원, 「언어와 삶, 그리고 꿈의 세계」, 『언어와 삶』, 14~15면.

모네의 그림이 색채 안에 대상을 완전히 용해시키고 있다면, 쇠라의 그림은 대상을 점으로 분할해서 극히 단순화시켜버린다. 두 경우 모두 주체의 해석이 대상을 압도하는 것이다. 이에 비해 고흐의 그림은 대상과 그 안에 숨어 있는 대상의 본질까지를 한꺼번에 드러내고 있다. 오규원이 생각하는 시는 이와 유사한 것이다. 즉 주어진 대상의 외형만을 그대로 모방하거나 정반대로 작가의 주관적인 시각으로 대상을 덧칠하는 것이 아니라, 대상의 숨겨진 본질까지를 언어로 표현하고자 하는 것이다. 그가 생각하는 시는 대상을 있는 그대로 드러내는 기계적인 단순성에서 그치는 것이 아니라 그것을 뒷받침하는 시적 인식이 병행되어야 하는 것이다.[12] '단순성'은 의식을 명확하고 효과적으로 나타내는데 도움을 주지만, 사물에 대한 인식을 바탕에 깔지 않는다면 단편적일 수밖에 없다는 그의 말[13]은 이러한 생각을 뒷받침한다.

중요한 것은 "나름의 세계로 우리가 알고 있는 진실이라든지 가치에 변화를 주고 또 사고나 행위에 새로운 감수성을 첨가"[14]하는 것이다. 그가 김혜순의 시를 긍정적으로 평가하는 이유 역시 이 때문이다.

그의 작품들은 퍽 일관성 있는 방법론을 갖추고 있다. 그것은 시적 대

---

12 "나는 적어도 시란 내가 심은 꽃이 최소한 건물의 색깔이 낡았음을 알 수 있게 하는 존재여야 하고, 지금까지 알고 있던 식구들의 미적 감각이나 도덕 감각이란 일종의 고정관념이었음을 깨닫게 하는 존재여야 한다고 생각한다." 오규원, 「문화 현상 속의 시」(1980), 『언어와 삶』, 155면.

13 오규원, 「여섯 개의 관점 또는 시점」(1980), 『언어와 삶』, 116면.

14 위의 글.

상을 어떤 관념으로 파악하거나 재해석하는 게 아니라 그 대상을 주관적으로 왜곡시켜 언어로 정착시키는 작업을 통해서 대상을 새롭게 드러냄과 동시에, 그 새롭게 드러난 대상을 있게 하는 언어의 존재 또는 언어의 아름다움이 어떤 것인가를 우리 앞에 내보임 ― 바로 그것이다.[15]

위의 글에서 오규원이 강조하고 있는 것은 방법론이다. 대상을 '관념'으로 재해석하는 것이 아니라, 자신만의 주관적인 왜곡을 거쳐서 새롭게 드러내는 '방법적 드러냄'을 중시하는 것이다. 그것은 시의 내용에 해당하는 사회 현실이나 관념이 아니라 그것을 드러내는 '언어'에 주목하는 것이다.

오규원의 광고시 역시 같은 맥락에서 설명될 수 있다. 광고가 가지고 있는 사회적 의미와 자본주의 비판을 연결시키는 것은 주제적인 측면을 강조하는 것이다. 그러나 정작 오규원이 광고에서 주목하는 것은 그것의 자본주의적인 속성과 그를 통한 현실 비판이라는 외부적인 주제가 아니라, 자본주의 사회의 현상의 하나로서의 광고이며 그것의 본질을 드러내는 방식, 즉 언어를 통한 현상의 드러냄이다. 광고는 대상이나 현상의 표면 아래 숨겨진 본질을 드러내는 것이라는 면에서, 그가 생각하는 시의 본래 의미에 충실한 것이다.[16] 그에게 있어서 중요한 것은 여전히 '개별화된 현실'이며 문학적인 현실이

---

15 오규원, 「방법적 드러냄」(1981), 『언어와 삶』, 313면.

16 "언어의 해석에 의해서 세계를 바라보기보다는 현상을 가지고 본질을 드러낼 수 없을까라는 생각인데, 광고에 관한 시나 요즘 여러 작품들이 여기에 해당한다". 오규원·김동원·박혜경 대담, 「타락한 말, 혹은 시대를 헤쳐나가는 해방의 이미지」, 『문학정신』, 1991.3.

다. 따라서 오규원의 광고시를 근거로 해서 그의 시가 갑자기 사회현실에 대한 비판으로 옮아갔다고 보는 데는 무리가 있다. 오히려 그는 이 대목에서, 자신의 시가 1970년대의 참여시들과 다르다는 것을 뚜렷하게 밝히고 있다. 1970년대의 시들은 암호화, 구호화함으로써 시인의 임무를 다했다고 생각하지만, 시인에게 중요한 것은 현실의 장막을 걷어버리거나 뚫고 바라보는 '방법론'을 마련하는 일이라는 것이다. 그의 광고시는 현상을 바라보는 하나의 방식일 뿐이다.

그러나 주체의 인식론적인 측면을 강조할 때, 대상은 늘 왜곡될 가능성을 가지고 있다. 롤랑 바르트의 말처럼, "시선은 항상, 무엇인가를, 누군가를 찾는다, 그것은 걱정스러운 기호이다". 그러나 대상의 숨겨진 본질을 발견하고 드러내는 것 역시 이 '걱정스러운 기호' 덕분이다. 오규원은 대상을 새롭게 해석하고자 하는 욕망과 해석이 불러올 수 있는 왜곡의 위험 사이에서 갈등한다.

4. 인식론과 존재론의 결합 『가슴이 붉은 딱새』

오규원의 후기 시에 대응하는 시론집 『가슴이 붉은 딱새』는 이미지 시론이라고 정의될 수 있다. 여기서 그는 인간중심적인 시선과 관념의 흔적을 제거하고 장식적 요소까지를 삭제한, 이미지의 시학을 주장하고 있다. 그의 시론이 이미지로 귀결되는 것은, 관념을 피하기 위해 또다른 관념을 불러올 수밖에 없는 말의 특징 때문이다. 말의 함정을 벗어나기 위해서 그는 관념적인 설명 대신 실재의 사물을 제시할 것을 주장한다. 그것은 '설명하지 않기 위한 언어'이며, '제시의 언어'이다.

그가 이미지 시론에 이르게 되는 과정은, 김춘수가 무의미시론에 도달하게 되는 과정과 유사하다.[17] 김춘수의 무의미시론[18]은 '의미의 발생을 배제하기 위해 대상을 지우는 것'이다. 대상 자체는 소멸되고 대신 이미지만이 남는다. 오규원은 김춘수의 무의미시론이 발생하는 과정을 충실히 설명하고 있지만, 무의미시가 탄생하는 부분에서는 김춘수와 입장을 달리한다. 설령 무의미시가 대상 자체가 소멸된

---

17 주체를 강조하는 인식론의 측면과 세계를 있는 그대로 드러내려는 존재론적인 관점의 마찰은 김춘수에게서도 발견되는 부분이다. 주체가 대상을 명명함으로 해서 존재하게 한다는 생각(「꽃」)은 주체의 인식론적인 우위를 뒷받침하는 부분이지만, 그러한 인식의 우위가 오히려 대상의 본질을 왜곡한다는 깨달음(「꽃을 위한 서시」) 사이에 갈등이 발생하는 것이다. 이 갈등 앞에서 김춘수는 관념론적인 입장을 포기하고 철저한 현상학으로 전환한다. 그것이 관념이나 사회현실 뿐만 아니라 의미 자체를 제거하는 '무의미시'가 생겨나는 과정이다. 무의미시는 대상 자체가 소멸하는 것이며, 대상 자체가 소멸하므로 그것을 인식하는 주체의 우위도 당연히 폐기된다. 사물이 남는 것이 아니라 사물의 현상만이 남고 명사가 아닌 서술어만 남는 것이다. 이는 대상을 표현하는 데서도 주어 부분을 지우고 서술어만 남김으로써, 주체 우위의 사고를 부정한다.

18 김춘수에 따르면, 이미지는 그 기능에 따라 비유적 이미지와 서술적 이미지로 나뉜다. 전자가 관념을 설명하기 위한 도구적인 이미지라면, 후자는 이미지 자체가 목적이다. 또한 서술적 이미지는 사생적인 소박성을 가지고 있는 것과 사생성까지를 부정하는 것으로 나뉘는데, 무의미시는 이 중 후자에 해당한다. 사생적 소박성을 가진 서술적 이미지가 관념을 배제하고 대상을 충실히 그려내는데 집중하는 것이라면, 무의미시가 바탕하고 있는 서술적 이미지는 대상 자체가 사라짐으로 인해, 이미지가 곧 대상이 되어버리는 것이다. 김춘수의 이미지론은 이처럼 대상의 소멸과 이미지의 실체론으로 귀결된다. 김춘수의 이미지론에 대한 자세한 내용은 졸고, 「김춘수의 시와 시론에 나타나는 이미지 연구」, 『한국 현대시와 모더니즘』, 신구문화사, 1996 참고.

것이라고 하더라도, 그 대신 이미지가 대상이 되어 사실성을 얻고 있으므로 '무의미'하다고 할 수 없다는 것이다. 그러므로 대상이 소멸되었다고 말하는 것은, 의미를 덮어씌우는 대상이 없어졌다는 뜻으로 새겨져야 한다.[19]

인식론적인 고민 끝에 현상학으로 전환한 두 시인의 시론이 정반대로 나뉘는 대목은 바로 이 지점이다.[20] 김춘수가 대상의 소멸을 주장하며 현상 자체를 부정하는 극단의 추상화 경향으로 기울어지는데 반해, 오규원은 정반대로 이미지를 실재화함으로써 자신의 구상의 의지를 관철시킨다. 김춘수가 대상의 소멸을 지향하는데 반해 오규원은 오히려 대상을 살려내는 방법을 모색하는 것이다.[21]

그가 이미지를 실재화하는 방법은 환유적 원리에 기초한 것이다.

---

19   오규원, 『가슴이 붉은 딱새』, 142~146면 참고.
20   오규원은 이러한 차이를 근거로, 김춘수를 아이디얼리스트, 자신을 리얼리스트라고 표현하고 있다. "저는 아이디얼리스트인 김춘수 시인과 달리 리얼리스트입니다. (…중략…) 모든 시적 대상이 일차적으로 사실적 존재로 나타나는 것은 저의 작품에 일관되어 있을 것으로 보입니다. 그 다음, 저의 '날이미지시'는 개념적이고 사변적인 의미에서 벗어나 날것으로서의 사물과 사물의 현상을 이미지화하는 것을 그 특성으로 합니다. 그러므로 김춘수 시인과는 달리 사물을 주관적으로 관념화하는 경우는 좀처럼 보기 힘들 터입니다."(오규원·이광호 대담, 「언어 탐구의 궤적」, 『오규원 깊이읽기』, 문학과지성사, 2001, 38면) 이는 곧 추상 지향과 구상 지향으로 바꾸어 말할 수 있을 것이다.
21   이남호는 이 부분을 "김춘수의 시는 대상 자체가 소멸해버린다. 김춘수의 시는 대상을 지워버리고 언어와 이미지를 실체로 취급한다. 그것은 철저하게 언어 속의 공간이다. 그러나 오규원의 시에서는 대상 자체가 중요하게 살아 있다. 그는 언제나 대상을 보고, 그 대상으로부터 날이미지를 얻는다. 오규원은 대상으로서의 사실을 포기하기는커녕 그것에 강하게 집착한다는 면에서 김춘수와 전혀 다르다"고 적확하게 지적하고 있다. (이남호, 「날이미지의 의미와 무의미」, 위의 책, 270면.)

그는 자신의 「현상 실험」과 「후박나무 아래 1」을 비교하면서 은유적인 언술과 환유적인 언술을 구분한다.[22] 유사성에 의한 선택과 대치인 은유는 대치적substitutive이다. 즉 의미론적인 유사성에 바탕해서 한관념이 다른 관념으로 대치되는 것이다. 「현상 실험」에서 '언어'를 '추억에 걸려 있는 18세기형의 모자'라고 표현하는 형태가 그것이다. 이 방식을 따르면, 하나의 관념은 또 다른 관념으로 대체되어 대상을 그대로 드러내지 못한다. 이에 비해 환유는 인접성에 의한 결합과 접속의 축으로서 서술적predicative이다. 이 때 사물들은 어떤 관념이나 사물을 해명하기 위해서 차용된 것이 아니라 한 국면에서 연상되는 것이다. 예를 들어 「후박나무 아래 1」에 나오는 '어미개, 태반, 후박나무, 싸락눈'은 어떠한 관념을 대체하는 것이 아니라 시간과 공간의 인접성에 의해 연결된 것들일 뿐이다. 이는 개념이나 사변과는 대립하는 사실과 현상을 중시하는 것이다.

여기서 주목할 것은 서술적인 문맥 속에 나타나는 환유적인 사물들이 단순히 사실적인 의미만의 그것이 아니라 심상화된 사물이라는 점이다. 그것은 눈에 보이는 사물을 그대로 베껴낸 것과 달리, 시인의 의식의 표현이다. 즉 사실이 아니라 사실적인 것이며, 감각적 지각과 환유적 인식의 표상적 의미이다. 오규원은 이를 '사진적인 사실적 이미지'가 아니라 '생성적인 사실적 이미지'[23]라고 표현한다. 사진적인 이미지가 이미지즘적인 시 혹은 묘사시로 분류되는 형태의 시들이라면, 이것과 오규원의 날이미지의 차별성은 '생성'을 포함한

---

22   오규원, 「은유적 체계와 환유적 체계」, 『작가세계』, 1991. 겨울 참고.
23   오규원·이창기 대담, 앞의 글, 251면.

다는 것이다. 그가 말하는 사실적인 현상에는 생성의 과정이 포함되어 있다. 이 생성은 완료된 것이 아니라 과정을 담고 있는 것이고, 그 과정은 곧 '시간성'의 개입이다.

> 뜰 앞의 잣나무가 밝은 쪽에서 어두운 쪽으로 비에 젖는다
> 서쪽 강변의 아카시아가 강에서 채전 방향으로 비에 젖는다
> 아카시아 뒤의 은사시나무는 앞은 아카시아가 가져가 없어지고 옆구리로 비에 젖는다
> 뜰 밖 언덕에 한 그루 남은 달맞이가 꽃에서 잎으로 비에 젖는다
> 젖을 일이 없는 강의 물소리가 비의 줄기와 줄기 사이에 가득 찬다

세잔느라면 이런 현상을 어떻게 구현할까? '뜰 앞의 잣나무'에서부터 '달맞이'가 비에 젖는 것까지의 현상은 공간적 동시성의 측면에서도 볼 수도 있지만 시간적 순차성의 측면에서도 볼 수 있다개별적 사물 나름의 시간적 순차적 현상까지 포함하여. 이 현상의 시간적 순차성을 그림이나 사진은 표현하기 어렵다. 시에서는 가능한 이 시간의 순차성이 '살아 있는 현상'의 구현을 가능하게 한다. 모든 존재가 현상으로 자신을 말한다고 할 때, 그리고 참된 의미에서 모든 존재의 그 현상이 그 '존재의 언어'라고 할 때, 그 언어는 존재의 시간적 생성과 함께 일어난다. 이 생성의 시간적 언어인 현상을 기록할 수 있다면 그것은 '살아 있는 언어'이며 동시에 굳어 있지 않은 의미로서의 이미지일 것이다.[24]

---

24   오규원, 『가슴이 붉은 딱새』, 169~170면.

인용된 시에서 비는 사물들을 차근차근 적신다. 강변의 아카시아가 강에 인접한 부분부터 젖는다는 것은, 비가 강 쪽에서부터 온다는 것일 수도 있고, 채전이 강보다 가까운 곳에 있다는 의미일 수도 있을 것이다. 아카시아로 가려진 은사시나무는 '아카시아가 가져가 없어진' 것이라고 표현되고, 시야에 남아 있는 은사시나무는 옆구리에 비를 맞는 것이라고 표현된다. 자세히 보면 같은 사물에서도 위치에 따라 상황에 따라 비를 맞는 '시간'이 다르다. 잣나무는 밖으로 가지를 내어민 부분부터 비에 젖고 달맞이꽃은 꽃이 먼저 비를 맞고 잎이 젖는다.

이처럼 주관적으로 행해지는 해석은 대부분 '시간성'과 결합되어 있다. 이것은 이 시가 다른 사생시와 구별되는 중요한 특징이다. 사생시가 풍경화를 지향할 때, 그것은 공간적인 풍경을 대상으로 하고, 고정된 풍경은 곧 시간의 부재를 의미한다. 그러나 오규원은 정지되어 있는 풍경 속에 흐르고 있는 시간까지를 그려 내고자 하는 것이다.[25]

그는 눈에 보이는 현상에서, 그 현상이 만들어지기까지의 시간적 순차성을 표현하고자 한다. 이는 생성과 변화를 간직하고 있는 세계를 개념화된 언어로 풀어내기 위한 방법이다. 즉 대상의 생성과 변화 과정을 '날것' 그대로 담아내려는 언어적인 시도인 셈이다. 그의 '날이미지'는 이처럼 현상의 이면에 흐르는 생성의 과정을 포착하는 것이다. 그것은 현상을 평면적으로 베끼는 것이 아니라, 현상 속에 숨어 있는 비의를 찾아서 같이 드러내는 것, 즉 "눈에 보이는 사실보 다

---

25   졸고, 「길, 허공, 물물, 그를 따라 떠나는 여행」, 『돌멩이와 장미, 그 사이에서 피어나는 말들』, 하늘연못, 2001 참고.

더 무겁고 충격적인 심리적 총량으로서의 사실감"[26]을 시로써 표현하는 것이다.

이렇게 만들어지는 날이미지는 현상과 현상 이면의 생성의 과정을 결합한 새로운 형태를 갖는다. 거기에는 눈앞의 대상의 실재성만이 아니라 그 이면을 보는 주체의 해석이 개입된다. 현상을 있는 그대로 그리고자 하는 것이 이미지의 존재성을 인정하는 것이라면, 현상 이면에 있는 시간적 순차성을 발견하고 그것을 드러내는 것은 주체의 해석이 첨가되는 것이다. 그럼으로써 오규원은 주체의 인식론적인 우위해석의 욕망와 사물의 존재론대상을 있는 그대로 묘사하는 것 사이의 갈등을 해결한다.

날이미지 시론으로 귀결되는 오규원의 시론은 넓은 의미에서 이미지 시론이라고도 할 수 있다.[27] 이미지의 실재성을 인정한다는 면에서 김춘수와 오규원은 일치하지만, 김춘수는 그 지점에서 극단적인 추상으로 가는 반면, 오규원은 그것을 구상화하고 있다. '날이미지'는 현상이 생성되는 시간성을 포함함으로써, 이미지를 고정적이

---

26   오규원, 『가슴이 붉은 딱새』, 135면.
27   이미지를 시론의 중요한 주제로 생각했던 것은 김춘수, 김광림, 김규동의 시론 역시 마찬가지다. 김춘수는 기능에 따라 이미지를 도구적인 비유적 이미지와 그것 자체가 목적인 서술적 이미지로 분류했다. 이는 대상 자체를 소멸시키는 무의미시론으로 귀결된다. 김광림은 존재성이 어떻게 다른 감각으로 전화하는가에 초점을 맞추어 이미지를 설명하고 있다. 또한 김규동은 조형적 연관성에 사고의 과정을 결합시킨 이미지의 논리성을 추구하고 있다. 김광림과 김규동의 시론이 주어진 이미지를 어떻게 해석하는가에 중점을 두고 있다면, 김춘수와 오규원의 시론은 이미지를 어떻게 만드는가 하는 창작과정에 집중되어 있다. 이에 대해서는 「김광림의 이미지 시론 연구」, 『비교문학』 31, 2003, 졸고, 「전후 주지주의 시론 연구」, 『한국문화』 33, 2004 참고.

고 평면적인 것이 아닌 입체성을 가진 것으로 변화시킨다. 이는 '이미지 = 시각성, 공간성'으로 인식되어온 기존의 견해를 극복함으로써, 이미지 시론의 영역을 한층 확장시켰다는 의의를 가지고 있다.

개인의 경험과 시적 형상화

10

1. 시와 시론, 산문의 상호텍스트성

시에 드러나는 경험은 종종 시인 자신의 것으로 읽히지만, 시의 내용과 시인의 실제 경험이 동일한 것은 아니다. 하지만 설령 시의 내용이 다른 사람의 경험을 옮겼거나 가공된 것이라고 하더라도 그 과정에는 시인의 선택 행위가 개입된다. 개인의 경험이 시에 작용하는 방식은, 실제 경험이 직접적으로 시에 드러나는 비교적 단순한 경우부터 특정한 경험을 왜곡하거나 경험 자체를 아예 삭제함으로써 트라우마에서 벗어나고자 하는 경우 등 다양하게 나타난다.

오규원은 시에서 개인적인 경험이나 감정을 직접 드러내기보다는 감정적인 측면을 가능한 배제하고 현상학적인 사유를 바탕으로 하여 주체와 대상의 관계를 규명하고 있다. 또한 그는 창작과 아울러 시의 이론적인 요소들을 탐구하거나 창작 방법론을 이론화하는 작업을 병행하고 있다. 『현실과 극기』[1976], 『언어와 삶』[1983], 『현대시 작법』[1990], 『가슴이 붉은 딱새』[1996], 『날이미지와 시』[2005] 등 다섯 권의 시론집들은 시기별 시의 특징과 일정 정도 대응된다. 이처럼 시론적인 근거가 분명하고 시와 시론이 조응하는 경우, 시론은 시를 설명하는 기본적인 자료가 되는 동시에 암묵적인 억압으로 작용하기도 한다. 오규원 후기 시에 대한 연구들이 대부분 시인의 '날이미지' 시론에 근거를 두고 있는 것이 그 예이다.

그의 시론에 대한 연구는 이미 많이 이루어졌고 특히 '날이미지'를 중심으로 한 연구들이 축적되어 있다.[1] 이에 비해 그의 산문집[2]들은 시 연구의 보조적인 자료로 활용되었을 뿐[3] 본격적이거나 독립적인 연구가 이루어진 바 없다. 이는 산문집의 글들이 일상의 생활을 기록한 수필적 성격이 강해서 시와의 연결성이 느슨하고, 내용 또한 시의 특징과 일치하지 않는 경우들이 많기 때문이다. 오규원의 시와 시론이 직접적인 경험이나 인간적인 감정을 가능한 배제하는 것과 달리, 산문에서는 시인의 인간적이고 솔직한 면모가 그대로 드러난다. 산문에는 어린 시절 환경과 가족 관계, 개인적인 상처뿐만 아니라 가장으로서 살아가는 일상적인 생활의 기록이 있다. 여기서 드러나는 시인의 모습은 자연 친화적이고 인간에 대한 기본적인 애정을 가지고 있으며 일상인으로서의 성실함을 갖추고 있다. 이는 시와 시론에서 드러나는 언어에 대한 염결성, 감정을 배제한 객관적인 관찰, 현상학적인 사유 등과는 차이가 있다.

---

1   오규원의 날이미지 시론에 대한 연구로는, 졸고, 「오규원의 시론 연구」, 『한국문학이론과 비평』 25, 2004; 이찬, 「오규원의 '날이미지' 시론 연구」, 『한국시학연구』 제30, 한국시학회, 2011; 졸고, 「오규원 후기 시와 시론의 현상학적 특징 연구」, 『국어국문학』 175, 국어국문학회, 2016; 박동억, 「오규원 날이미지 시론의 비판적 이해」, 『한국문학과 예술』 26, 2018. 등이 있다.

2   산문집은 '에세이(집)' 혹은 '아포리즘'이라는 명칭이 붙어 있고, 일상인으로서의 생활 체험과 거기서 오는 발견들을 내용으로 하고 있다. 오규원의 산문집은 『볼펜을 발꾸락에 끼고』(문예출판사,1981), 『아름다운 것은 지상에 잠시만 머문다』(문학사상사, 1987), 『꽃피는 절망』(진화, 1992), 『오규원의 포토에세이─무릉의 저녁』(눈빛, 2017) 등 4권이다. 이하, 산문집을 순서대로 1~4까지의 숫자로 표시한다. 이외에 만화비평집 『한국 만화의 현실』(열화당, 1981)과 문학선 『길 밖의 세상』(나남, 1987)에 실려 있는 산문들을 참고로 할 수 있다.

3   박형준, 「시인 오규원의 생애와 문학적 연대기」, 『석당논총』 68, 2017은 오규원의 산문집에 바탕해서 문학적 연대기를 작성한 글이고, 박동억, 「단 하나의 삶이라는 아이러니─오규원의 초기 시 읽기」, 오규원문학회 기획, 『끝없이 투명해지는 언어』, 문학과지성사, 2022는 산문에 나오는 유년의 경험들과 초기 시를 연결하여 설명하고 있다.

이런 점에서 산문은 표면상 그의 시와 시론과는 이질적인 것으로 보이지만, 간접적으로는 시적인 지향점이나 세계관을 형성하는 개인적인 환경을 살펴볼 수 있는 중요한 자료이다. 한 예로 자연과 더불어 지냈던 어린 시절의 경험은 후기 시의 배경이자 소재가 되는 자연에 대한 기본적인 태도를 형성하게 된다. 그의 후기 시가 자연을 소재로 하는 것은 시인이 건강상 이유로 자연 속에서 생활하게 된 것이 일차적인 계기이지만, 밑바탕에는 어린 시절의 자연과의 친화감이 깔려 있다. 산문에는 도시와 동떨어진 자연환경에서 자란 어린 시절의 이야기, 서울로 거주지를 옮기고 난 후 식물, 동물과 더불어 살았던 체험들이 자주 등장한다. 후기 시에 드러나는 인간 주체에서의 벗어남, 인간과 사물의 공평한 존재성[4] 등은 철학적 사유의 결과이기도 하지만, 시인의 실제 체험에서 자연스럽게 체득된 것이기도 하다. 또한 산문에는 일부 시의 창작 배경을 알 수 있는 내용 혹은 창작에 대한 직접적인 메모가 있고, 시의 일부가 직접 인용되는 경우도 있다. 이것들은 그의 시를 설명하는 보조적인 자료가 될 수 있다.

---

4 오규원의 시는 현상에 대한 해석을 드러내는 것에서 인간적인 해석을 최대한 배제하고 대상을 있는 그대로 구현하는 방향으로 변화해간다. 이러한 특징은 선행 연구에서 탈주체적인 성격(김지선, 「오규원 시에 나타난 주체의식의 변모 양상」, 『한국어문학연구』 50, 2008)」, 수평적 세계관(송기한, 「오규원의 '날이미지'에 나타난 생태학적 상상력」, 『열린정신인문학연구』 18-1, 2017), 대상과의 공존(졸고, 「오규원 후기 시와 시론의 현상학적 특징 연구」, 『국어국문학』 175, 2016) 등으로 설명되어왔다.

2. 유년기의 상처와 초기 시에 나타나는 불안

산문에 따르면, 오규원은 삼랑진에서 태어났고 읍내에서 십오 리나 떨어져 있고 사방이 얕은 산으로 둘러싸인 벽촌에서 어린 시절을 보낸 것으로 되어 있다. 벽촌이긴 하지만 과수원과 논밭이 있고, 정미소를 운영하고 집안일을 돕는 가복家僕이 있는 비교적 풍요로운 가정이었다. 막내였던 그는 형과 누이들이 학교에 가고 나면 혼자 들을 돌아다니며 자연 속에서 놀았다. 특히 그는 어머니가 산에 나물을 캐러 갈 때 따라가거나 장에 가는 어머니를 졸라서 달구지에 앉아 함께 장에 가기도 했다. 이처럼 평화롭고 화목했던 어린 시절의 경험은 인간에 대한 기본적인 믿음과 애정을 가지게 하는 바탕이 된다. 산문에서 드러나는 다정하고 성실한 가장으로서의 시인의 모습은 이러한 원체험에 바탕했을 가능성이 크다.

작은 놈은 잠들어 있을 때 불러도 깨어 있을 때처럼 맑은 대답을 합니다. 저절로 없어질 때까지 기다려야 하는 천식 덕분에, 놈은 자다가도 부르면 일어나 밥먹듯 약을 먹어야 합니다. 그 오랜 투약 때문에 녀석은 이제 밤중에 불러도 깨어 있는 듯 쉽게 대답을 합니다. 그런 그의 귀에도 뉴우스는 역시 들리지 않는가 봅니다.

바람소리에 놀랐는지 옆집 개들이 짖어댑니다. 도시의 개들은 시골의 개들과 목소리가 다르게 들립니다. 이것은 그들의 잘못은 물론 아닙니다. 시골의 개 짖는 소리는 '공공공…' 하며 굴러옵니다. 그들의 소리는 나뭇잎이나 돌담이나 그런 곳에 부딪쳐 동그랗게 된 때문에 맑게 굴

러웁니다. 그러나 도시의 개 짖는 소리는 철조망과 시멘트 벽과 벽돌담에 부딪쳐 찢어지는 소리와 튕기는 소리를 냅니다. '앙, 앙, 앙……' 또는 '깡, 깡, 깡……' 이렇게.

「마루에 담요를 깔고 앉아」 부분[5]

이 글에는 천식을 앓는 아이에게 밤중에 약을 먹이고, 아이의 목소리가 어떠한지를 알아챌 만큼 다정하고 가정적인 시인의 면모가 잘 드러나 있다. 그는 추운 겨울날 마루에 화분을 옮겨 놓고, 학습지를 풀고 있는 두 아이를 보면서 라디오 뉴스를 듣고 있다. 옆집의 개가 짖는 소리는 시인으로 하여금 자연스럽게 어린 날의 기억을 떠올리도록 한다.

어릴 적 들었던 시골의 개 짖는 소리와 도시의 그것은 소리에서부터 차이가 난다. 시골의 개 짖는 소리가 동그랗고 맑은 것은, 소리가 나뭇잎이나 돌담 같은 것에 부딪치며 동그래졌기 때문이다. 그것은 인간과 자연의 모든 것이 순환되며 조화를 이루는 세계를 상징한다. 이에 비해 도시의 개 짖는 소리는 찢어지고 튕기는 소리를 낸다. 소리가 철조망과 시멘트 벽 같은 것에 부딪치며 파열되기 때문이다. 이는 모든 것들이 순환되지 않고 단절되며 소비되는 도시의 특징을 상징하는 것이다. 이같은 설명은 과학적인 근거에 바탕하지 않은 심정적인 것이지만, 자연의 순환적인 속성과 도시의 일회성 혹은 선조성을 잘 대조시키고 있다. 다음 시는 그러한 생각에 바탕을 두고 있다.

5   오규원, 『현상과 극기』, 30면.

시간은 돌담을 닮아 둥그렇게 맴돌다가

공이 되어 마을 마당에 내려와

아이들이 맨발로 힘껏 차 올려도

하늘이 낮아서 공은 앞 논밭에 떨어졌다.

낮은 하늘이 몰고 온 나직한 평화는

뒤뜰에 소리 없이 떨어지던 홍시였다.

동전이 마루를 구르듯 공 공 공

평화의 마룻바닥 위에 구르던 개 짖는 소리는

아, 그러나 / 시계 속의 숫자까지는 깨우지 못했다.

「어느 마을의 이야기-유년기」 부분 (2)

    2시집 『순례』에 실려 있는 이 시는 위의 산문에 나타나 있는 풍경과 비슷한 내용으로 이루어져 있다. 낮은 하늘과 논밭이 있고 뒤뜰과 마루와 개가 있는 풍경, 아이들이 맨발로 공을 차는 평화로운 풍경은 어린 날의 경험에서 온 것이다. '마을'의 풍경은 낮고 둥그렇고 평화로운 것으로 형상화되고, '공 공 공' 하는 개 짖는 소리는 마룻바닥 위를 구르는 동전 소리처럼 조용하고 평화롭다.[6]

    그러나 오규원의 시에서 과거의 경험이 이처럼 평화롭게 나타나

---

6   '공 공 공'은 시골이 아닌 곳에서도 강아지 소리를 표현하는 일반적인 소리로 표현된다("다른 놈들도 큰 놈과 작은 놈의 무릎 위로 기어오르며 공, 공, 공 하며 매달립니다. 이제는 목청도 제법 트여서 공, 공, 공 하며 연하고 동그랗게 짖습니다." 오규원, 「폴로도를 위한 메모」, 『현상과 극기』, 41면). 이 때 '공 공 공'은 특정한 소리의 청각 영상을 넘어서 연하고 동그란 것들 일반의 특징을 설명하는 상징이 된다.

는 경우는 거의 없다. 위의 시 또한 "아, 그러나 / 시계 속의 숫자까지
는 깨우지 못했다"라고 하여 시에 그려진 장면이 과거의 일일 뿐 현
재의 삶과는 이어지지 않음을 나타내고 있다. 초기 시에서 유년을 포
함한 과거의 기억은 종종 불안정하고 공포스러운 것으로서 환상적
으로 처리된다.

그 마을의 주소는 햇빛 속이다/바람뿐인 빈 들을 부둥켜안고 / 허우
적거리다가
사지가 비틀린 햇빛의 통증이 / 길마다 널려 있는 / 논밭 사이다
반쯤 타다가 남은 옷을 걸치고 / 나무들이 멍청히 서서 / 눈만 떴다
감았다 하는 / 언덕에서
뜨거운 이마를 두 손으로 움켜쥐고 / 소름 끼치는, 소름 끼치는 울음
을 우는 / 햇빛 속이다

「그 마을의 주소」 부분 (1)

위 시에서, 기억 속의 '그 마을의 주소'는 '사지가 비틀린 햇빛의 통
증이 널려 있는 논밭 사이'거나 '소름 끼치는 울음을 우는 햇빛 속'이
라고 표현되고 있다. 마찬가지로 '정든 땅'에는 '죽은 꽃들로 덮인 들
판'과 '잘려진 채 남아 있는 목책'이 있다.「정든 땅 언덕 위」 이것은 「어느
마을의 이야기—유년기」에 그려지는 평화로운 풍경과는 정반대의
것이다.
이는 유년의 평화가 깨어진 후 시인이 겪었던 심리적인 정황을 상
징적으로 표현하고 있다. 한국전쟁이 발발하면서 학도병으로 끌려

갔던 큰형은 부상을 당하고, 아버지는 밤마다 숨어 다녀야 했고, 작은형은 공비에게 끌려가다가 어린 탓에 되돌려졌다. 학교 건물이 불타고 미군과 인민군이 번갈아 사람들을 위협하는 난리통 속에서, 시인을 포함한 가족들은 부산으로 이사를 하게 된다. 그는 피난지 부산의 학교로 전학을 했지만 적응하지 못하고 겉돌았다고 회고하고 있다.[7] 휴전이 된 후 가족들은 다시 고향으로 돌아오지만, 어머니가 갑작스럽게 사망하고 가세가 기울면서 유년의 평화는 깨지고, 시인은 고향을 떠나 부산 친척 집을 전전하며 학업을 계속하게 된다.[8] 초기 시에 나타나는 근원을 알 수 없는 공포와 불안, 신경증적인 증상 등은 이와 같은 심리적인 상처들을 반영하고 있는 것이다.

눈을 반쯤 감은 어제의 죽음이 / 끌려오고

오늘의 거리를 구경한 나뭇잎의 신경이 / 공포의 그 순간이 끌려오고

주인의 손에서 칼이 / 식탁과 의자와 장롱과 방바닥이

방바닥 밑의 그림자가 천천히 눈을 뜨고

---

7   그는 당시 피난지 부산에 대해서 "도시는 추하고 피난민들은 거리마다 꽉 차 주택가는 시장 바닥 같았다. 마음에 들지 않은 도시 생활은 또 다른 혐오증을 유발시켰다"(오규원, 「6·25와 유년동화」, 『현상과 극기』, 231면)라고 말하고 있다. 이것은 그의 시에 나타나는 문명 비판적인 성격이 어린 시절의 경험에서부터 자연스럽게 형성된 것임을 알게 한다. 벽촌의 자연 속에서 화목하고 안정적인 어린 시절을 보낸 그에게 '도시'는 생활 환경 자체가 낯설고 이질적인 곳이었을 것이다. 피난지 부산은 그가 경험한 첫 번째 '도시'로서, 전쟁이라는 상황과 가족의 해체를 겪으면서 더욱 부정적인 곳으로 인식된다.

8   박형준, 앞의 글, 80면 참고. 오규원은 자신의 유년이 열두 살로 끝이 났다고 서술하는데(오규원, 「내 어린 날의 장날」, 『언어와 삶』, 142면), 여기에는 생모의 갑작스러운 죽음이 가장 큰 원인으로 자리하고 있다.

24시간 1,440분 86,400초가, 차례로 / 검토되고 있다

86,400초의 관계가, 살을 내놓고 / 옷을 벗는다 그리고 과거가 소집

당하고 있다

독립할 수 없었던 미래가, 아 순진한 / 미래가 체포되어 식탁 위에 오

르고 있다

「무서운 사건」 부분 (2)

이 시에는 24시간 즉 하루의 모든 시간이 초 단위까지 낱낱이 검토되고 있다고 표현된다. 하루 24시간이 검토된다는 것은 실상 모든 시간과 생활이 감시당하고 있다는 것이다. 과거가 끊임없이 소집되고, 미래는 독립되지 못하고 과거와 현재와 얽히며 발이 묶인다. 여기서 오는 심리적 압박감은 신경증적인 불안과 공포를 불러일으킨다.[9] 과거는 죽음과 공포, 그림자 등의 단어와 연결되면서 불안의 원인을 제공하는 근거가 되고 있다.

초기 시들에서 불안과 공포는 종종 환상적인 표현이나 이미지들로 표현되는데, 이는 유년의 평화가 깨지고 난 후 시인이 겪는 혼란과 억압을 상징적으로 나타내고 있다. 오규원은 과거 사실이나 사건을 환상과 결합하여 표현함으로써 심리적인 억압을 드러내는 한편 과거의 경험과 현재의 '나'를 분리함으로써 점차 현재적인 삶의 영역으로 옮겨 간다.[10]

---

9   "신경의 왼쪽과 / 오른쪽에서 / 오른쪽과 왼쪽에서 / 버려진 나의 깊은 우물 속을 / 내려가는 / 빈 두레박 소리가 빠져나오고 / 발자국이 큼직큼직한 악몽 이 / 등뼈를 타고 넘어오고 있다."(「현황 B」)

3. 자연의 관찰에 바탕한 현상학적 사유

유년의 평화는 깨어졌지만, 어린 시절 경험한 자연과의 교감은 시인이 성인이 되고 도시로 이사한 후에도 팍팍한 생활을 견디는 힘이 된다. 그가 이사를 한 등촌동은 개발되기 전 서울 변두리 지역으로 야트막한 산이 있고 주택단지로 조성해 놓은 빈터가 남아 있는 곳이다. 이 동네에서 그는 새들의 소리를 듣고 풀들이 자라는 것을 보며, 개와 식물을 키우며 살아간다. 직장인이자 가장인 그가 퇴근 무렵 집으로 돌아오는 길목에 있는 '빈터'는 휴식과 위안을 주는 공간이다.[11]

잡초가 무성한 그 빈터 가운데로 들어가서 돌멩이 위에 엉덩이를 얹고 앉으면 어느새 외출중이던 내 정신이 슬그머니 내 곁에 돌아와 함께 앉아 있곤 했습니다. 그 빈터는 정말 시골학교 운동장만큼 넓어서 잡초 속에 앉으면 구청 뒤로 난 포장도로로 다니는 사람이 제법 작게 보였습니다. 나는 퇴근길에 버스에서 내리면 곧장 그 곳으로 가서 광화문과 청진동에다 두고 온 내 정신이 내 곁으로 돌아오도록 기다렸습니다.

「要 注意, 터널!」부분[12]

---

10 오규원의 시는 2시집 『순례』부터 과거 경험에서 벗어나 현재의 일상을 소재로 하기 시작한다. 실험적이고 환상적인 표현은 일상적인 서술로 변화하며 개인적인 상처 대신 사회적인 관심이 주제로 등장한다. 이에 대해서는 졸고, 「오규원 초기 시의 시간 표현에 대한 연구」, 『구보학보』 33, 2023 참고.

11 '빈터'에 대한 이야기는 「등마루 마을의 빈터에서 1」, 「세 개의 노트 2」 등에도 나와 있다. 그것은 텅 비어 있는 무목적적인, 무심한 공간이라는 점에서 후기 시의 '허공'과도 일맥상통한다.

12 오규원, 『현상과 극기』, 46~47면.

잡초가 무성한 '빈터'는 일상생활의 공간인 '광화문', '청진동'과 대조되는 공간이다. 잡초가 무성하다는 것에서 알 수 있듯이, 그곳은 현실적인 쓰임새와는 거리가 먼 버려진 공간이다. 주택단지로 예정된 그곳은 늙은이들이 곳곳에 콩, 들깨, 배추 같은 것을 심고, 골라낸 돌멩이들이 아이들의 장난 같은 조그만 돌담을 이루고 있다. 빈터를 팔아서 돈을 벌거나 아파트를 짓는 것은 땅 주인이나 건설업자의 생각일 뿐, 현재 빈터는 자본주의적인 손익을 계산할 줄 모르는 무심한 사람들이 공유하는 공간이다.[13] 그것은 시인의 어린 시절 자연처럼 상상과 휴식이 가능한 공간으로서, 중기 시의 배경인 명동, 충무로와 같은 목적 지향적인 도시와는 구별되는 준자연적인 공간이다.

이 시기 생활을 담은 산문들은 도시 변두리에서 동식물을 키우고 살아가면서 다른 생명을 이해하게 되는 과정을 그리고 있다. 예를 들어 요크테리아 종 개인 '위타'가 일곱 마리 새끼를 낳는 이야기, 강아지를 절대로 남한테 줄 수 없다는 아이와 실랑이를 벌인 이야기, 지인에게 보낼 강아지를 위해 우유를 사고 털모자에 싸서 보온해주는 이야기 등은 동물을 사랑하는 시인의 따뜻하고 섬세한 모습이 잘 나타나 있다.[14]

그러나 인간의 입장에서 동물을 대하는 것은 번번이 예상과 빗나간다. 그는 위타가 품종이 있는 애완견이므로 똥오줌이나 음식, 잠자리를 스스로 가릴 것이라고 기대했지만, 정작 위타는 아무 곳에나 방뇨를 하고 화장실 휴지를 뒤지는 등 똥개와 다르지 않은 행위를 해서

13 오규원, 「등마루 마을의 빈터에서」, 『현상과 극기』, 13~14면.
14 오규원, 「플로도를 위한 메모」, 『현상과 극기』, 41~45면 참조.

시인을 당황하게 한다. 그는 이 일을 계기로 해서 '위타'라는 독립적인 생명을 관찰하게 된다.

참으로 그녀를 이해하고 싶은 욕망에 사로잡힌 때는, 그녀가 아이를 낳고 난 후였습니다. 그녀가 혼자서 일곱 마리의 아기를 낳고, 그 산후 처리까지 혼자 말끔히 해치운 것을 본 후라고 하는 게 더 정확합니다. 탯줄을 끊어 깨끗이 먹어치우고 아이들이 다칠까 봐 누구의 접근도 허락하지 않는가 하면 종일 집구석에 들어앉아 아이들만 보호하는 것이었습니다. 뿐만이 아닙니다. 그녀는 아이들이 똥을 싸면 모두 먹어치워서 자리를 깨끗이 하고 아이들의 뒤를 깨끗이 핥아 아이들의 몸을 깨끗이 보호했습니다. (…중략…)

그러나 자기 몸 밑에 아이가 깔려 숨이 막혀 죽어도 그 사태를 파악하지 못하고 그냥 누워 있다가 죽이고 마는 그녀를 보고 나는 그녀가 사람과 다른 동물임을 절감했습니다. 아이는 깔려 소리를 낼 수 없었고, 그녀는 소리를 못들어 죽는 줄을 몰랐던 것입니다.

「사랑과 이해」 부분[15]

위타는 일곱 마리 새끼를 낳은 후 지극 정성으로 새끼들을 보호하면서도, 한 마리가 자기 몸 밑에 깔린 것을 모르고 누워 있다가 죽이고 만다. 인간의 관점으로 보면 그토록 사랑하는 새끼를 깔고 누워서 죽게 하는 것은 이해되지 않고 비난받을 일이지만, 그것은 인간적인

---

15   오규원, 『현상과 극기』, 22~23면.

의미의 책임이나 양육과는 다른 것이다. 자연적인 상황에서 본다면 살려는 의지와 체력이 강한 새끼는 살아남고 약한 새끼는 죽는 것은 생명 일반의 법칙이다. 이 에피소드는 6시집『사랑의 감옥』에 있는 「후박나무 아래」 연작의 소재가 되고 있다.

어미 개가 배 밑에서 죽은 새끼 하나 / 입으로 물어내고 있다
어미 개가 졸다가 깔아뭉갠 / 숨이 막혀 죽은 새끼 하나
어미 개가 입으로 질질 끌어내 / 뒷발로 문밖으로 차 던진다

배밑이 차갑다고 / 뻗은 사지가 딱딱하다고

「후박나무 아래 3」 전문 (6)

「후박나무 아래 1」, 「후박나무 아래 2」는 어미 개가 갓 태어난 새끼를 품고, 젖을 물리고, 똥 묻은 항문을 혓바닥으로 핥아주는 모양을 그리고 있는 반면, 위의 시는 죽은 새끼를 내치는 어미 개의 행위에 초점을 맞추고 있다. 오규원은 어미 개의 행위를 감정적 반응이나 평가 없이 객관적으로 묘사함으로써 동물의 생리를 있는 그대로 보여준다. 대상을 인간의 관점이 아닌 대상 자체의 속성에 충실하게 이해하고자 하는 것이다.[16] 동식물은 관찰의 대상이지만 교훈이나 비

---

16 시인은 위타의 새끼인 11개월 된 '레드'와의 첫 외출에서 개의 목줄을 당기고 놓아주며 나란히 산책하는 법을 배워간다. 이것은 동물을 키우면서 다른 생명들과 더불어 살아가는 태도를 자연스럽게 익히고 있음을 보여 준다. 오규원, 「동행을 꿈꾸며」, 『현상과 극기』, 52면.

유의 대상이 아니라 각각의 삶의 방식을 가진 동등한 생물체로서 서술된다.[17]

이러한 태도는 파브르, 시이튼, 로렌츠의 동물기를 설명하는 부분에서도 잘 드러나 있다. 그는 시이튼의 『동물기』가 문학적인 왜곡작품화의 과정을 담고 있는 반면, 파브르의 『곤충기』는 인간이 비유를 위해 의도적으로 왜곡한 동물들의 세계를 사실대로 밝히는 데 주력한다고 평가한다. 이와 비교하면 로렌츠의 『솔로몬 왕의 반지』는 제삼자 또는 관찰자의 입장에서 동물들을 사랑하는 것이 아니라 그들과 '함께 머물고 함께 살고' 있다고 평가된다.

즉 그[로렌츠]는 동물과 나란히 (상하의 관계가 아니라) 서 있는 것입니다. 그러니까 동물을 있는 그대로 관찰한다는 점에서는 파브르와 같은 과학자의 입장에 서 있지만, 인간 또한 동물이라는 생물학적 입장을 견지함으로써 동물들과 '함께' 대화를 하고, 그리고, 이해하고, 사랑하는 것입니다. (…중략…)

나는 시이튼으로부터 야생동물에게도 인간과 마찬가지로 통일된 삶의 질서를 주기만 하면 얼마나 그들이 위대하게 보이는가 하는, 삶을 가치 있게 하는 한 표현 방법을 봅니다. 파브르로부터는 과학의 정신이란 얼마나 철저한 피와 땀을 요구하며, 인간이 무엇까지를 할 수 있는가 하는 삶의 한 형태를 봅니다. 그리고 로렌츠로부터는 우리가 우리와

17　이런 면에서 후기 시는 1990년대 생태시와 주제를 일부 공유하지만, 실천적 의지나 당위적인 주장이 아니라 생활 경험에서 오는 체험적 공생을 보여 준다는 특징이 있다.

'함께' 있는 세계를 어떻게 이해하고 사랑할 수 있는가 하는 삶의 한 방법을 봅니다. 그리고 이 모든 것이 끝없는 이해와 깨달음의 결과가 언어낸 사랑이라는 사실도 함께.

「세 동물학자의 사랑」 부분[18]

오규원이 세 사람의 글 중에서 로렌츠의 『솔로몬 왕의 반지』를 가장 높게 평가하는 것은, 동물과 '함께' 살기 때문이다. 시이튼이 동물을 인간의 관점에서 해석함으로써 그것에 의미를 부여한다면, 파브르는 최대한 객관적으로 곤충을 관찰함으로써 인간이 얼마나 객관적이고 과학적일 수 있는지를 보여 준다. 방법은 다르지만 둘의 공통점은 대상을 대하는 '인간'에 초점을 맞추고 있다는 것이다. 이에 비해 로렌츠는 동물에 대해 쓰면서도 인간의 해석이 지나치게 개입되는 것을 막고 함께 사는 방식을 택하고 있다. 즉 인간과 타 생명이 공평하게 살아가는 생태론적인 입장에 있는 것이다. 후기 시에서 자연을 구현하려는 노력은 대상의 존재와 특징을 알고 그것과 공생하려 한다는 점에서 로렌츠적인 입장과 유사한 맥락에 있다.

이와 더불어 산문에서는 자연에 대한 관찰 역시 두드러진다. 특히 후기 시와 산문에 나오는 자연은 무릉, 서후 등 실제의 자연환경을 소재이자 배경으로 하고 있다. 이때 시인이 자연을 대하는 태도는 어린 시절의 그것과 크게 다르지 않다. 형제들이 학교에 간 후 혼자 들을 돌아다니며 호박꽃의 벌을 잡거나 밭뚝에 앉아 개미를 잡고 산기

18   오규원, 『현상과 극기』, 66~67면.

숲을 헤매며 산딸기를 찾곤 했던 경험[19]은, 자연과 생명에 대한 관찰적인 태도를 형성하게 했던 것으로 보인다.[20]

그러나 다시 보면 12월의 들판은 텅 비어 있지 않다. 비어 있다는 것은 단지 우리의 느낌뿐이다. 들판 아니 세계의 어느 곳도 비어 있지는 않다. 논은 물을 숨기고 밭둑은 풀을 숨기고 띄엄띄엄 서 있는 나무는 잎을 숨기고 논은 논대로 밭은 밭대로 미래를 숨기고 있을 뿐이다. 숨긴 것을 보지 못하는 우리의 눈에만 들판은 텅 비어 있다. 그러니까 12월의 들판은 물과 흙과 잎을 숨긴 그들의 우주로 가득 차 있는 것이다.

「사계」 부분[21]

이 글에서 시인은 눈앞에 보이는 자연 풍경 이면에 있는 생명의 흐름을 읽고 있다. 12월의 들판은 텅 비어 있는 것처럼 보이지만, 나무는 잎을 숨기고 있고 밭은 풀을, 그리고 논은 물을 숨기고 있다. 현재 눈앞에는 아무것도 보이지 않지만 생명은 사라진 것이 아니고, 봄이 오면 다시 풀이 자라고 나무에 잎이 돋을 것이다. 이러한 생각은 자연 속에 살면서 직접적인 경험을 통해서 얻어진 것이다.

오규원은 이러한 경험을 자연 예찬이나 교훈으로 연결시키지 않

---

19 오규원, 「종일 한 알 모래처럼 머물며」, 『언어와 삶』, 46~47면.
20 박형준 역시 이 부분에 주목하여 "그 행위 자체가 중요한 게 아니라 그 행위 속에서 행하는 사고가 체질화한 것으로서, 시인 오규원의 관찰과 사색이 어린 시절부터 싹텄음을 보여주는 한 예라고 할 수 있다"고 설명하고 있다. 박형준, 앞의 글, 79면.
21 오규원, 『가슴이 붉은 딱새』, 24면.

고, 현상학적인 사유로 발전시킨다. 그의 시에서 자연은 인간에 의해 해석되는 것이 아니라 있는 그대로 존재하는 것이며, 인간과 더불어 살아가는 생명들의 세계이다. 그는 자연에서 인간이 살아가는 데 필요한 깨달음을 이끌어내는 시들과 달리, 자연 자체의 현상을 드러내고 그 이면의 가능성들을 드러내고자 한다. 이때 자연은 "유보留保들로 가득찬 무진장한 리얼리티로 제시"[22]된다.

> 산골무는 보지 못했다
> 원추리는 보지 못했다
> 더덕은 보지 못했다
> 무덤은 있었다
>
> 「산 b」 전문 (8)

일반적으로 '있다'는 판단은 감각 기관을 통해 확인되는 것들에 근거한다. 이 시의 '보다'라는 동사에 비추어보면, '무덤이 있다'는 판단은 '무덤을 볼 수 있다'라는 시각적 경험에 근거한 것이다. 이와 반대로, 산골무, 원추리, 더덕은 '보지 못했으므로' 없는 것이다. 눈에 보이는 현상만을 기준으로 하면, 산에는 무덤만 있고 산골무, 원추리, 더덕은 없다.

하지만 산골무와 원추리, 더덕은 '보지 못했다'고 서술됨으로써 '이전에는 있었다'라는 의미를 지시한다. 즉 '이전에는 산골무와 원

---

22   메를로-퐁티, 오병남 역, 『현상학과 예술』, 서광사, 1990, 195면.

추리, 더덕이 있었으나 현재는 무덤만 있다'고 읽히는 것이다. 대상의 부재는 역설적으로 대상의 존재성을 드러낸다. 이것이 현상 뒤에 숨겨져 있는 가능성이자 유보된 리얼리티인 것이다. 후기 시에서 '대상의 깊이'를 구현하려는 시도들은 이러한 맥락에 있다.[23] 시인은 이처럼 자연의 순환이라는 실제적인 경험을 대상에 대한 현상학적 사유로 발전시키고 있다. 이것은 더 나아가 인간과 자연의 공생이라는 생태론적인 입장으로 연결된다.

4. 생명 의식의 발현체로서의 여성

오규원의 산문에서 두드러지는 특징 중 하나는 여성에 대한 발언이 자주 등장한다는 것이다. 추운 겨울에 블라우스와 스타킹 차림으로 다니는 여성, 사무실에서 늘 거울을 보는 여성 등은 실제 생활에서 마주치는 구체적인 사람들이다. 이들을 소재로 한 산문들은 남성에게 선택되기를 바라지 말고 자신의 삶을 개척하라거나 외모를 꾸미는 것에 시간을 소비하지 말고 있는 그대로의 모습으로 당당하게 살아라 등 일반적이고 상식적인 차원에서의 조언에 가깝다. 이것은 페미니즘적인 기준으로 적절성을 논하기 전에 비자각적이고 관념적이라고 설명되는 것이 더 타당해 보인다. 예를 들어 그가 노브라의 여성을 찬양하는 것은 "가장이 없고 자연스럽기 때문"[24]이다. 여기에

---

23   이에 대해서는 졸고, 「오규원 후기 시와 시론의 현상학적 특징 연구」, 『국어국문학』 175, 2016 참조.

는 여성을 성적인 대상으로 비하하는 내용이 없고, 정반대로 여성 억압의 상징을 폐기해야 한다는 페미니즘적인 시각 또한 없다. 자연스러운 상태를 유지하는 것이 좋다는 소박하고 기본적인 입장이 있을 뿐이다. 산문에서 '여성'은 독립적인 주제가 아니라 자연이나 생명 일반을 설명하는 것과 동일한 맥락에서 설명된다.

그가 중시하는 '자연스러움'이란 각각의 존재가 스스로의 생명됨을 드러내는 일이다. 그것은 여성에게 적용될 때 '구체적인, 실감이 있는, 생활이 있는' 등과 유사한 의미로 사용된다. 서술의 공통적인 기준은 '실감'과 '구체성'이다. 예를 들어 그는 '지아리 00번'으로 지칭되는 유흥업소 여성의 앞가슴을 '풍요롭다'고 표현하는데, 그것은 성적인 섹슈얼리티가 아니라 여성의 구체적인 육체가 가지는 생동감과 실감을 말하는 것이다. 이어지는 글에서 그는 보들레르가 잔느 뒤발과 사라를 사랑했던 것 역시 육체의 풍만함 때문이 아니라, 가식적이지 않고 인간적인 욕망을 그대로 드러내는 생명의 충일감 때문일 것이라고 해석한다.[25] 이것은 존재가 가지는 자연스러운 본성인 생명 의식과 상통한다. 살아 있는 모든 것들은 살고자 하는 본성을 지니고 있고, 그것이 충실하게 발현될 때 가장 아름답다고 보는 것이다.

좁은 난장의 길을 오가며 한 시간씩이나

---

24   오규원, 「대낮에 쓴 여성론」, 『현상과 극기』, 172면.
25   "그(보들레르─저자)는 (…중략…) 온갖 가식이란 가식을 다 갖춘 상징의 하나 같은 여자보다 가장 인간적인 욕망을 거부하기는커녕 행복으로 아는 여자가 사랑스러웠을 것이다 ─ 라는 게 나의 상상입니다." 오규원, 「말에도 육체가 필요합니다」, 『현상과 극기』, 103~109면 참조.

곳곳을 기웃거리는 저 여자

월남치마를 입고 빨간 스웨터를 걸치고

한 손에 손지갑을 들고 한 손으로

아이들의 내복을 하나하나 들었다 놓았다 하며

이마에 땀을 흘리는 저 여자

시금치 한 단을 달랑 들고 그냥 가지도 오지도

못하고 망설이고 있는 저 여자

임신복을 둘러입고 배를 뒤룩거리며 정육점의

돼지갈비집에서 얻은 뼈다귀를 재빨리 비닐 봉지에

쓸어 담아 뒤돌아보며 가는 저 여자

양장점 앞을 피해 가는 저 여자

청바지를 입고 맨발로 슬리퍼를 끌고 나온

발뒤꿈치가 새까맣게 보이는 저 여자

간이 의자에 엉덩이를 걸치고 눈을 내리깔고

순대를 먹고 있는 저 여자

「저 여자」 부분 (6)

이 시에서 '여자'는 월남치마를 입고 아이들 내복을 고르거나, 임
신한 배를 뒤룩거리며 돼지갈비집에서 얻은 뼈다귀를 쓸어 담고, 청
바지에 맨발로 슬리퍼를 끌고 나오거나, 간이의자에 앉아 순대를 먹
고 있다. 이 '여자(들)'는 시장에서 흔히 볼 수 있는, 생활 속의 여자의
모습이다. 편안한 차림으로 시장에서 싸구려 옷을 고르고, 새까만 발
꿈치를 그대로 드러내고, 간이의자에서 순대를 먹는 여자(들)는, 남

의 시선을 의식하지 않고 자신이 하는 일에 집중하고 있다. 가지고 있는 돈과 물건의 값을 재 보고, 임신한 몸으로 뼈다귀를 얻어 가거나 순대를 먹는 여자의 모습은 적나라하면서도 현재의 생활에 지극히 충실하다. 시인은 이러한 모습에서 가식적이지 않은 본래 모습 그대로의 생명력을 느낀다.

> 우리가 좋아한다, 사랑한다는 말을 쓸 때, 그 말은 그 느낌을 주는 대상으로부터 어떤 생명감을 얻는 경우가 대부분이지요. 이 생명감이라는 것은 살아 있음의 행복을 느끼게 하는 감각인데, '~되고자'하는 의지나 '~하고자' 하는 의지가 소멸된 상태에서 얻기란 어렵습니다.

「실감적 여성론」 부분[26]

그는 대상의 생명감을 느끼게 될 때 비로소 대상을 사랑하는 것이 가능해진다고 본다. 즉 대상 자체가 지니는 생명에의 의지가 대상을 아름답게 하고, 그것을 사랑하는 마음을 불러일으키는 것이다. 이와 같은 맥락에서 그는 여성 또한 자신의 삶에서 무엇을 하고자 하는 지향성과 의지를 가질 때 아름답다고 말한다. '무엇엔가 집착하여 열심히 생각하고 일하는 여인'이 아름다운 것은, 꿈이나 이상이 '생명 감각'과 직결된 것이기 때문이다.[27] 적극적으로 자신의 삶을 일구는 여

---

26   오규원, 『현상과 극기』, 184면.
27   오규원, 「주홍글씨」, 『현상과 극기』, 197면. 이러한 입장은 천경자의 작품 중에서 「생태」, 「길례 언니」, 「조락」 등을 선호하는 것에서도 나타난다. 오규원, 「영원한 一人劇을 보며」, 『현상과 극기』, 167~168면 참조.

성이야말로 "만물 생성의 근원이 되는 기세氣勢가 있는 여자"[28]이다. 여기서 강조되는 것은 여성 스스로의 주체적인 의지와 자신의 길에 대한 지향성이다. 이러한 생각은 시인의 개인사를 바탕으로 한 시에서도 동일하게 나타난다.

나에게는 어머니가 셋. 아버지는 여자는 가르쳐주었어도 사랑은 가르쳐주지 않았다.

사랑이란 말을 모르고 자란 아버지와 / 사랑이란 말을 모르고 죽은 아버지의 아버지의 나라.

그 나라에 적당하게 자리 잡은 여자가 셋. 둘은 무덤 속에. 그리고 사라져버린 한 여자.

무덤을 딛고 내가 올라서니 / 두 개의 길이 보이는구나

사랑을 알기에는 너무 단순한 / 한 나라의 길과

사라져 버린 한 여자가 혼자 걸어간 길.

「한 나라 또는 한 여자의 길—楊平東 3」 부분 (3)

오규원은 산문에서 이 시가 자신의 실제 경험을 바탕으로 했음을 밝히고 있다. '무덤 속에 있는 두 여자'는 국민학교 6학년 때 타계한 생모와 서모를 말하고, '사라져버린 한 여자'는 생모가 타계한 후 와

---

28   오규원, 「실감적 여성론」, 『현상과 극기』, 183면.

서 석 달 정도 살다가 떠난 여자이다. 그 여자는 당시 '벽촌에서 얼마
간의 땅과, 과수원과 정미소를 가지고 있었던 만큼 결코 못사는 집
이라고 할 수 없는' 집을 마다하고 어느 날 가 버렸다. 어렸던 시인은
그녀가 떠난 이유를 알 수 없었고 소식 또한 들을 수 없었지만, 서모
가 타계하고 난 후 '사라져버린 여자'의 선택을 어렴풋이 이해하게
된다.

　　서모가 죽고 난 뒤, 문득 그녀가 나의 머리에 되살아났습니다.

　　그녀가 내 머리 속에 비교되는 두 여자의 다른 길을 터놓았던 것입
니다. 사랑보다는 어떠한 형태의 삶이든간에 살기 위해 삶을 수락해버
린 한 여자와, 그런 삶을 수락할 수 없었던 한 여자. 사랑을 알기에는 너
무 단순한 한 나라의 길은 물론 우선 삶을 수락한 뒤에 현실에 적응해
나간 한 여인, 또는 한 나라의 과거를 생각해본 것입니다. 그렇게 수락
할 수밖에 없는, 또는 수락해버렸던 삶을, 의심하고 증오하고 파괴하지
않은, 아버지와 아버지의 아버지의 나라이며 나의 나라인 그곳의 텅 빈
삶을 아프지만 내가 볼 수밖에 없었기 때문입니다.

　　그런 질서 속에서 사라져 버린 한 여자 — 그 여자가 걸어간 길이 혹
시 사랑의 길이었을지도 모른다는 생각이 아직도 나를 사로잡고 있습
니다.

「하나의 편지와 세 개의 축하 엽서」 부분[29]

29　오규원, 『현상과 극기』, 94면.

산문에 따르면, 인용된 위의 시에서 '두 개의 길'은 서모와 사라져 버린 여자가 각각 선택한 길이다. 즉 '우선 삶을 수락한 뒤에 현실에 적응해 나간 한 여인'인 서모와 '그런 질서 속에서 사라져버린 한 여자'의 길이 대비되는 것이다. 서모가 걸었던 길은 "사랑이란 말을 모르고 자란 아버지와 사랑이란 말을 모르고 죽은 아버지의 아버지의 나라"인 가부장제 하의 여성들의 일반적인 삶이다. 시인은 '사라져버린 여자'가 이러한 가부장적 질서를 벗어나 자신의 길을 찾고자 했던 것이고 그것이 '사랑의 길'이었을지도 모른다고 생각한다. 즉 현실적인 삶에 적응하기보다 '자신의 욕망에 충실한, 자기 의지를 가진' 여성의 행위로 평가하고 있는 것이다.

이것은 한약을 잘못 먹은 탓에 생모가 세상을 떠나고, 그 한약을 자신과 아버지가 지어왔다는 죄책감에 시달렸다는 것[30]이나 오랫동안 자신을 키워준 서모에 대한 감정 등 실제 경험과는 구별되는 것이다. 같이 산 시간이 얼마 되지 않았던 탓에 '어머니'라고 하기에도 애매한 '사라져버린 여자'를 긍정적으로 표현한 것은, 세 명의 어머니에 대한 실제 평가가 아니라 그가 생각하는 바람직한 여성상 혹은 여성관을 표현하는 것이다. 그것은 생명 의식을 가지고, 지향성과 의지로써 그것을 추구해 가는 여성에 대한 지지를 뜻한다.

내 사랑하는 女子, 지금 창밖에 있네. 햇빛에는 반짝이는 女子, 비에는 젖거나 우산을 펴는 女子, 바람에는 눕는 女子, 누우면 돌처럼 깜깜

30 박형준, 앞의 글, 80면.

한 女子. 창밖의 모두는 태양 밑에서 서 있거나 앉아 있네. 그녀도 앉아
있네. 앉을 때는 두 다리를 하나처럼 붙이는 女子, 가랑이 사이로는 다
른 우주와 우주의 별을 잘 보여주지 않는 女子, 앉으면 앉은, 서면 선 女
子인 女子, 밖에 있으면 밖인, 안에 있으면 안인 女子. 그녀를 나는 사랑
했네, 물푸레나무 한 잎처럼 쬐그만 女子, 女子 아니면 아무것도 아닌
女子.

「한 잎의 女子 3」 부분 (6)

위의 시에서, 햇빛에 반짝이고 바람이 불면 눕고, 누우면 그 자체
로 돌과 유사해지는 '여자'는 '태양 밑에서 서 있거나 앉아 있는' 창밖
의 모든 것들과 나란히 있다. 이것은 여자의 수동성이 아니라 주변의
환경과 대립하지 않고 그것의 일부로서 있는 생명 본래의 존재 방식
을 의미한다. '여자'는 '앉으면 앉은, 서면 선' 그대로의 여자이고, '밖
에 있으면 밖이고, 안에 있으면 안인' 여자이다. 이것은 '여자'가 다른
무엇을 위한 도구적인 존재도 아니고, '여자' 아닌 다른 어떤 것으로
도 대체될 수 없는 고유성을 가진 존재라는 것을 말한다.[31] 이는 '여
자'를 포함한 모든 생명에 고유한 속성이다. 이 시에서 '여성'은 그러
한 생명 일반의 속성이 체현된 고유한 존재로 새롭게 해석되고 있는
것이다. 이는 개인적인 경험을 새로운 시각으로 해석하고 재구성함
으로써 자신의 상처를 다스려가는 과정을 보여 주기도 한다.

---

31 졸고, 「오규원의 연작시 「한 잎의 여자」의 자기반영적인 특징 연구」, 『구보학
보』 30, 2022 참조.

참고문헌

1. 기본자료

오규원,『무릉의 저녁』, 눈빛출판사, 2017.

_____,『두두』, 문학과지성사, 2008

_____,『날이미지와 시』, 문학과지성사, 2005.

_____,『새와 나무와 새똥 그리고 돌멩이』, 문학과지성사, 2005.

_____,『오규원 시전집』1·2, 문학과지성사, 2002.

_____,『가슴이 붉은 딱새』, 문학동네, 1996.

_____,『꽃피는 절망』, 진화, 1992.

_____,『현대시작법』, 문학과지성사, 1990.

_____,『아름다운 것은 지상에 잠시만 머문다』, 문학사상사, 1987.

_____,『언어와 삶』, 문학과지성사, 1983.

_____,『볼펜을 발구락에 끼고』, 문예출판사, 1981.

_____,『현실과 극기』, 문학과지성사, 1976.

2. 논문 및 단행본

강미라, 「사르트르의 현상적 신체에 대한 메를로-퐁티의 비판」, 『대동철학』 61, 대동철학회, 2012.

강선형, 「메를로-퐁티의 '깊이'와 세계에 연루된 주체의 가능성」, 『철학사상』 57, 서울대 철학사상연구소, 2015.

강학순, 「공간의 본질에 대한 하이데거의 존재사건학적 해석의 의미」, 『현대유럽철학연구』 15, 한국하이데거학회, 2007.

_____, 「하이데거에 있어서 실존론적 공간해석의 현대적 의의」, 『현대유럽철학연구』 14, 한국하이데거학회, 2006.

구본관 외, 『한국어학개론』, 집문당, 2020.

김동원, 「물신 시대에서 살아남기 위하여」, 이광호 편, 『오규원 깊이 읽기』, 문학과지성사, 2002.

김병익, 「물신 시대의 시와 현실」, 『오규원 깊이 읽기』, 문학과 지성사, 2002.

김상민, 「한국어 지시사의 대립 체계―시간지시사를 중심으로」, 『한국어의미학』 72, 한국어의미학회, 2021.

김준오, 「현대시의 자기반영성과 환유 원리」, 이광호 편, 『오규원 깊이 읽기』, 문학과지성사, 2002.

_____, 「문학사와 패러디 시학」, 김준오 편, 『한국 현대시와 패러디』, 현대미학사, 1996.

김지선, 「오규원 시에 나타난 주체의식의 변모 양상 연구」, 『한국어문학연구』 50, 동악어문학회, 2008.

김진희, 「출발과 경계로서의 모더니즘」, 『세계일보』, 1996.1.

로만 야콥슨, 신문수 편역, 「언어의 두 양상과 실어증의 두 유형」, 『문학 속의 언어학』, 문학과지성사, 1989.

류의근, 『메를로-퐁티의 『지각현상학』 읽기』, 새창미디어, 2016.

마르쿠스 슈뢰르, 정인모·배정희 역, 『공간, 장소, 경계』, 에코 리브르, 2010.

마르틴 하이데거, 이기상 역, 『존재와 시간』, 까치, 2012.

_____, _____, 『기술과 전향』, 서광사, 1993.

메를로-퐁티, 남수인·최의영 역, 『보이는 것과 보이지 않는 것』, 동문선, 2004.

_____, 류의근 역, 『지각의 현상학』, 문학과지성사, 2002.

_____, 오병남 역, 『현상학과 예술』, 서광사, 1990.

문덕수, 『문장강의』, 시문학사, 1994.

문혜원, 「오규원 초기 시의 시간 표현에 대한 연구」, 『구보학보』 33, 구보학회, 2023.

_____, 「오규원의 연작시 「한 잎의 여자」의 자기반영적인 특징 연구」, 『구보학보』 30, 구보학회, 2022.

_____, 「오규원 시에 나타나는 공간에 대한 이해 연구―하이데거의 '공간' 개념을 중심으로」, 『한국시학연구』 59, 한국시학회, 2019.

_____, 「오규원의 시와 세잔 회화의 연관성 연구」, 『국어국문학』 185, 국어국문학회, 2018.

_____, 『존재와 현상』, 소명출판, 2017.

_____, 「오규원 후기 시와 시론의 현상학적 특징 연구」, 『국어국문학』 175, 국어국문학회, 2016.

문혜원, 「김춘수 후기 시에 나타나는 신체성에 대한 연구」, 『한국현대문학연구』 46, 2015.

_____, 「오규원의 시론 연구」, 『한국문학이론과 비평』 25, 한국문학이론과비평학회, 2004.

_____, 『돌맹이와 장미, 그 사이에서 피어나는 말들』, 하늘연못, 2001.

박동억, 「오규원의 시에 내포된 세계관으로서 아이러니 연구」, 숭실대 박사논문, 2023.

_____, 「단 하나의 삶이라는 아이러니 ─ 오규원의 초기 시 읽기」, 오규원문학회 편, 『끝없이 투명해지는 언어』, 문학과지성사, 2022.

_____, 「오규원 날이미지 시론의 비판적 이해」, 『한국문학과 예술』 26, 숭실대 한국문학과예술연구소, 2018.

박은정, 「하이데거와 메를로-퐁티의 '공간' 개념」, 『존재론 연구』 24, 한국하이데거학회, 2010.

박진호, 「시제, 상, 양태」, 『국어학』 60, 국어학회, 2011.

박현수, 「서정시제(시의 현재 시제)의 실제와 특성 고찰」, 『한국현대문학연구』 64, 한국현대문학회, 2021.

박형준, 「시인 오규원의 생애와 문학적 연대기」, 『석당논총』 68, 동아대 석당학술원, 2017.

변정민, 「한국어의 인지 단계에 대한 연구」, 『사회언어학』 10권 2호, 한국사회언어학회, 2002.12.

변재인, 「세잔느 회화에 있어서 조형공간과 시각적 특성에 관한 연구」, 부산대 석사논문, 1987.

서도식, 「공간의 현상학」, 『철학논총』 54, 새한철학회, 2008.

서진영, 「'시선'의 사유와 탈근대적 시간 의식」, 『한국현대문학연구』 22, 한국현대문학회, 2007.

세스 챈들러, 「오규원 문학과 문예창작교육 시스템의 연관성 연구」, 서울대 석사논문, 2019.

송기한, 「오규원의 '날이미지'에 나타난 생태학적 상상력」, 『열린정신인문학연구』 18권 1호, 원광대 인문학연구소, 2017.

송정원, 「오규원 시의 인지시학적 연구」, 전북대 석사논문, 2013.

송현지, 「오규원의 초기 시론시에 나타난 언어의식 연구」, 『한국문예비평연구』 59, 한국현대문예비평학회, 2018.

스티븐 컨, 박성관 역, 『시간과 공간의 문화사』, 휴머니스트, 2004.

심귀연, 「메를로-퐁티의 '몸-살 존재론'을 통해 살펴본 차이의 문제」, 『대동철학』 85, 대동철학회, 2018.

_____, 「세계와 깊이-메를로-퐁티와 세잔의 회화를 중심으로」, 『철학논총』 67, 새한철학회, 2012.

에밀 베르나르, 박종탁 역, 『세잔느의 회상』, 열화당, 1995.

울리케 베크스 말로르니, 박미연 역, 『폴 세잔』, 마로니에북스, 2007.

월간미술 편, 『세계미술용어사전』, 월간미술, 1998.

오규원, 「시인은 '이미지의 의식'이다」, 『문예중앙』, 2000.

_____, 「은유적 체계와 환유적 체계」, 『작가세계』, 1991.

_____·김동원·박혜경 대담, 「타락한 말, 혹은 시대를 헤쳐나가는 해방의 이미지」, 『문학정신』, 1991.

_____·이광호 대담, 「언어 탐구의 궤적」, 『오규원 깊이읽기』, 문학과지성사, 2001.

_____·_____, 「'날이미지'로 시를 살아가는, 한 시인의 현상적 의미의 재발견」, 『동서문학』, 1995.

오규원문학회 편, 『끝없이 투명해지는 언어』, 문학과지성사, 2022.

오광수, 『서양근대회화사』, 일지사, 1984.

오연경, 「오규원 후기 시의 탈원근법적 주체와 시각의 형이상학」, 『한국시학연구』 38, 한국시학회, 2013.

왕파, 「한국어와 중국어의 시제와 상 대조 연구-인지언어학적 관점으로」, 고려대 박사논문, 2014.

윤대선, 「메를로-퐁티의 현상학적 신체주의와 세잔의 예술세계」, 『미학』 56, 한국 미학회, 2008.

윤의섭, 「오규원 초기시의 시간의식 연구」, 『한국시학연구』 45, 한국시학회, 2016.

이광호, 「오규원 시에 나타난 도시 공간의 이미지」, 『문학과 환경』 8권 2호, 문학과 환경학회, 2009.

_____, 「에이런의 정신과 시쓰기」, 『작가세계』, 1994. 겨울.

_____, 「투명성의 시학-오규원 시론 연구」, 『한국시학연구』 20, 한국시학회, 2007.

이광호 편, 『오규원 깊이 읽기』, 문학과지성사, 2001.

이기상, 「시간, 시간의식, 시간존재」, 『과학사상』, 2000.봄.

_____, 『하이데거의 존재사건학』, 서광사, 2003.

이남인, 『후설과 메를로-퐁티 지각의 현상학』, 한길사, 2013.

이남호, 「날이미지의 의미와 무의미」, 『오규원 깊이 읽기』, 문학과지성사, 2002.

이승종, 「기술에 대한 하이데거의 물음」, 『해석학연구』24, 한국해석학회, 2009.

이연승, 「박태원의 小說家 仇甫氏의 一日 과 오규원의 詩人 久甫氏의 一日 비교 연구」, 『구보학보』12, 구보학회, 2015.

_____, 「오규원 시의 변모 과정과 시 쓰기 방식 연구」, 이화여대 박사논문, 2002.

이원, 「'분명한 '사건'으로서의 '날이미지'를 얻기까지」, 『오규원 깊이 읽기』, 문학과지성사, 2002.

_____, 「'분명한 사건'으로서의 '날이미지'를 얻기까지」, 『작가세계』, 1994.겨울.

이윤정, 「오규원 시 연구-공간 상징과 주체 인식을 중심으로」, 한양대 박사논문, 2011.

이종건, 『시적 공간』, 궁리, 2016,

이진경, 『근대적 시·공간의 탄생』, 푸른숲, 2002

이찬, 「오규원 시론에 나타난 '초월성'의 의미-언어와 삶을 중심으로」, 『한국근대문학연구』24, 한국근대문학회, 2011.

_____, 「오규원 시론의 변모 과정 연구」, 『한국민족문화』41, 부산대 한국민족문화연구소, 2011.

_____, 「오규원의 '날이미지' 시론 연구」, 『한국시학연구』30, 한국시학회, 2011.

_____, 「오규원의 초기 시론 연구-현실과 극기를 중심으로」, 『우리문학연구』34, 우리문학회, 2011.

임지룡, 『인지의미론』(개정판), 한국문화사, 2017.

_____, 「'시간'의 개념화 양상」, 『어문학』77, 한국어문학회, 2002.

임태성, 「다중감각어의 환유적 접근」, 『국어교육연구』71, 2019.

임혜원, 『언어와 인지』, 한국문화사, 2013.

전영백, 『세잔의 사과』, 한길아트, 2008.

정과리, 「안에서 안을 부수는 공간」, 이광호 편, 『오규원 깊이 읽기』, 문학과지성사, 2002.

정끝별, 「서늘한 패러디스트의 절망과 모색」, 이광호 편, 『오규원 깊이 읽기』, 문학과지성사, 2002.

_____, 『패러디 시학』, 문학세계사, 1997.

정수진, 「오규원 시 연구-메타시를 중심으로」, 이화여대 석사논문, 2000.

정은해, 「하이데거의 공간 개념」, 『철학』 68, 한국철학회, 2001.

조광제, 『몸의 세계, 세계의 몸』, 이학사, 2004.

조동범, 「오규원 시의 현대성과 자연 인식 연구」, 중앙대 석사논문, 2010.

조지 레이코프, 이기우 역, 『인지의미론』, 한국문화사, 1987.

_____, ·마크 터너, 이기우·양병호 역, 『시와 인지』, 한국문화사, 1996.

주성호, 「세잔의 회화와 메를로-퐁티의 철학」, 『철학사상』 57, 서울대 철학사상연구소, 2015.

질 플라지, 김용민 역, 『Cezanne』, 열화당, 1994.

최현식, 「시선의 조응과 그 깊이, 그리고 '몸'의 개방」, 『토마토는 붉다 아니 달콤하다』, 문학과지성사, 1999.

폴 세잔 외, 조정훈 역, 『세잔과의 대화』, 다빈치, 2002.

하정애, 「폴 세잔 작품에 나타난 회화 공간에 대한 연구」, 홍익대 석사논문, 1980.

한동완, 「국어의 시제 범주와 상 범주의 교차 현상」, 『서강인문논총』 10, 서강대 인문과학연구소, 1999.

홍윤희, 「한국 현대시에 나타난 패러디 양상 연구」, 부산대 석사논문, 1993.

M. H. Abrams, *A Glossary of Literary Terms*, Holt, Rinehart & Winston, 1971.

Rene Welleck & Austin Warren, *Theory of Literature*, Penguin Books, 1973.

부록

이 책에 실린 글들의 밑바탕이 되는 논문의 원제목과 발표지는 아래와 같다. 책 전체의 구성을 고려하여 내용을 전반적으로 수정·보완했으며, 그 과정에서 논문 게재 당시와 생각이 달라진 부분을 반영했음을 밝힌다.

1. 「오규원 시에 나타나는 공간에 대한 이해 연구－하이데거의 '공간' 개념을 중심으로」, 『한국시학연구』 59, 2019.
2. 「오규원 중기 시에 나타나는 공간과 몸의 관계 연구－『가끔은 주목받는 生이고 싶다』, 『사랑의 감옥』을 중심으로」, 『현대문학연구』 67, 2022.
3. 「신체(성) 그리고 현상학」, 『끝없이 투명해지는 언어』, 문학과지성사, 2022.
4. 「오규원 후기 시와 시론의 현상학적 특징 연구」, 『국어국문학』 175, 2016.
5. 「오규원 초기 시의 시간 표현에 대한 연구」, 『구보학보』 33, 2023.
6. 「오규원 시론에 나타나는 인지시학적 특징 연구－'비유'에 대한 관점의 변화를 중심으로」, 『국어국문학』 192, 2020.
7. 「오규원의 연작시 「한 잎의 여자」의 자기 반영적인 특징 연구」, 『구보학보』 30, 2022.
8. 「오규원의 시와 세잔 회화의 연관성 연구」, 『국어국문학』 185, 2018.
9. 「오규원의 시론 연구」, 『한국문학이론과 비평』 25, 2004.
10. 새로 집필

* 오규원 작품 목록

	전집	시집(단독)	시론	시선집, 기타
초기	1	『분명한 사건』, 1971	『현실과 극기』, 1976	
	1	『순례』, 1973		『사랑의 기교』(시선집, 1975)
중기	1	『왕자가 아닌 한 아이에게』, 1978		

	전집	시집(단독)	시론	시선집, 기타
중기	1	『이땅에 씌어지는 서정시』, 1981	『언어와 삶』, 1983	『볼펜을 발가락에 끼고』(산문집, 1981) 『한국 만화의 현실』(만화비평집, 1981) 『희망 만들며 살기』(시선집, 1985) 『길 밖의 세상』(문학선, 1987) 『아름다운 것은 지상에 잠시만 머문다』(에세이, 1987) 『하늘 아래의 생』(시선집, 1989)
	1	『가끔은 주목받는 생이고 싶다』, 1987	『현대시작법』, 1990	
후기	2	『사랑의 감옥』, 1991 (*중기로 구분하기도 함)		
	2	『길 골목 호텔 그리고 강물소리』, 1995	『가슴이 붉은 딱새』, 1996	
	2	(동시집) 『나무 속의 자동차』, 1995		『순례』,(개정판, 1997) 『한잎의 여자』(시선집, 1998)
	2	『토마토는 붉다 아니 달콤하다』, 1999		
	외	『새와 나무와 새똥 그리고 돌멩이』, 2005	『날이미지와 시』, 2005	『오규원 시전집』(2권)
	외	『두두』, 2008		『나무 속의 자동차』(복간, 2008)
			『무릉의 저녁』, 2017	『분명한 사건』(복간, 2017)